바이마르에서 무슨 일이

바이마르에서 무슨 일이

안삼환  장편소설

차 례

1. 할매 부처

저녁때가 가까이 다가오자 불곡佛谷이 점점 적막해지기 시작했다.

오늘도 많은 사람이 나를 보러 왔다.

특히 기억에 남는 것은 오전에 온 신혼부부 한 쌍이다. 그들은 내게 절을 하며 예쁜 아기를 점지해달라고 빌었는데, 참 순진하고 귀여운 젊은이들이었다. 소원을 빌 때, 아직은 아들인지 딸인지 구분해서 소원을 말할 줄도 모르고, 그저 '예쁜 아기'만 소망했다. 그들의 소원을 들어주고 싶은데, 딸을 원한 것일까? 아기는 다 예쁜데 말이다.

오후에도 많은 사람이 다녀갔는데, 우리 한국인이 점점 더 거칠어지고 이기적으로 변해가는 듯해서 뒷맛이 좀 씁쓸하다. 그중에서도 특히 조금 전에 다녀간 단체 관광객들은 요즘 우리 사회의 풍조를 잘 보여주는 예일 것 같다. 무슨 모임의 회원들인지도 분명찮은 20명 가까운 중년 남녀들이 시끌벅적하게 들이닥쳤는데, 나를 보고 다짜고짜 내뱉는 말이 부처님이 왜 이렇게 못생겼느냐는 둥, 할망구의 눈이 퉁방울눈이라는 둥 함부로 입을 놀리는 사람들이 있었다. 그중의 한 남자는 자기가 마시던 종이컵에 소주를 반쯤 부어 내 앞에 밀어놓고는 며칠 전 자기가 법원 경매에서 매입한 토지의 가격이 '하늘 모르게 치솟게' 해달라는 소원을 비는 것이었는데, 땅값이 '오르기'를 바라는 것만도 아니고 아주 '하늘 모르게 치솟기'를 바랐기 때문에, 나는 그 욕심쟁이 사내의 소원을 그냥 못 들은 걸로 해버릴 심산이다. 또한, 그 단체 중의 어떤 남녀는 바로 내 눈앞에서 서로 몸을 더듬었는데, 남정네가 제발 오늘 안으로 자기들한테 그 어떤 '절묘한 기회'가 찾아오도록 해달라는 소원을 아주 소리 내어 말하자, 여자 쪽에서는 키들키들 웃어댔다. 물론, 농담조가 섞여 있었지만, 다 이 '할매 부처'를 우습게 보고 저희끼리 함부로 놀아나는 작태였다. 나야말로 천사백 년 동안 이 땅에서 별별 사람들의 행태를 다 지켜봐왔기에, 새삼스럽게 무슨 화를 내거나 쩨쩨하게 심술을 부리지는 않는다. 아무튼, 그 시끄럽고 볼썽사납던 일행이 일시에 모두 다 물러가고 나니 조용해서 좋긴 한데, 이 거추장스러운 종이컵은 아직도 내 앞에 그대로 놓여 있고, 담배꽁초들도 여기저기 땅바닥에 버려져 있기에, 나는 약간 심란한 기분이었다.

그때 50대 후반쯤으로 보이는 남자 둘이 나타나더니, 우선 조용히 안내판부터 읽은 다음, 내 앞으로 다가와 공손히 합장했다. 안경을 끼고 머리가 약간 벗어진 남자는 지금 보자니 벌써 여러 번 나를 찾아오는 '단골'이었는데, 대구 K대학 민속학과의 박 교수였다. 그의 안내를 받아 오늘 나를 처음 찾아온 남자는 전체적 인상에 조금 귀티가 있고 순하고 착실한 성격이 그 얼굴에 쓰여 있는 것 같았다. 두 사람 다 합장을 하며 내게 경의를 표하긴 했지만, 둘 다 아무 소원도 빌지 않았는데, 그 점이 내게는 오히려 조금 서운하기도 했다.

　"박 교수, 여래좌상이 맞는가? 내 눈에는 삼신 할매같이 보이는데……." 하고 그 순하고 착실해 보이는 남자가 박 교수한테 물었다. 아마도 그는 박 교수와는 친구 사이인 듯했다.

　"7세기 초의 마애磨崖 석조좌상인데, 아마도 삼신 할매일 가능성이 다분히 있네!" 하고 박 교수가 말했다. "불교가 들어오기 이전에 신라인들이 산에 와서 소원을 빌던 신령神靈 같다는 느낌이 들지 않아? 이런 경우에는 대개 우리의 첫 느낌이 맞을 때가 많지!"

　두 사람의 대화를 듣자, 나는 갑자기 매우 흡족한 기분이 되었다. 온갖 잡인들이 다 다녀간 뒤끝에 이런 점잖은 사람들이 찾아온 것이 반가웠던 데다, 불교가 들어와서 갑자기 부처처럼 보이도록 나를 덧쪼아놓기 이전의 내 참모습을 알아본 그 '순둥이' 남자한테도 나는 약간 호감을 느꼈기 때문이었다. 더욱이 그가 아직도 내 앞에 거추장스럽게 놓여 있던 그 종이컵을 집어 들더니 근처 바위 위에다 소주를 부어버리고 나서 땅바닥에 여기저기 떨어져 있던 담배꽁초들을 일일이 주워 그 빈 컵에다 담더니, 컵을 조금 구겨서 자기 배낭의 옆주머니에 조심스럽게 집어넣고 있었기 때문에, 나는 그에게 약간의 고마움까지 느꼈다. 조금 더 오래 내 곁에 있어주면 좋으련만, 그들은 내게 다시 한번 합장을 하고는 뒤돌아서서 떠나가고 있었다.

바로 그때였다. 조금 전에 이미 도착해서 안내판을 들여다보고 있던 서양 여성 둘이 내 앞으로 다가왔다. 한 여인은 금발에다 파란 눈이 빛나는 40대 중반이었는데, 곡선미가 돋보이는 연 노란색 투피스 차림이었고 꽤 미인이었다. 또 다른 여인은 금발 여인보다 두어 살쯤 더 많은 듯했는데, 머리카락이 벌써 희끗희끗 변한 데다 깡마르고 키가 좀 커 보였고, 속살이 약간 내비칠까 말까 하는 청회색 원피스 차림이었다. 둘이 좀 대조적으로 보이긴 했지만, 둘 다 어딘지 학식과 교양을 갖춘 듯한 여인들로 보였다. 그중 금발 여인이 나를 보고 "분더쇤wunderschön!"이란 탄성이 섞인 독일 말을 하자, 떠나가던 두 신사 중 그 '순둥이' 남자가 문득 뒤돌아서면서, 그녀를 보고 독일어로 말했다. "예?! 정말 그렇지요? 놀라울 정도로 아름답습니다! 그렇지요? 독일에서 오셨습니까?"

"예, 그렇습니다!" 하고 그녀가 미소를 머금은 채 대답했다.

"실례지만." 하고 '순둥이'가 몇 걸음 되돌아오면서 말했다. "독일 어디에서 오셨는지 여쭤봐도 되겠습니까?"

"저는 바이마르에서, 그리고 여기 제 친구는 라이프치히에서 왔습니다." 하고 '금발'이 대답했다. "이런 호젓한 곳에서 독일어 하시는 분을 만나다니! 참 반갑네요!"

앞서가던 박 교수가 뒤돌아서서 영문을 모른 채 자기 친구와 독일 여인들을 번갈아 바라보고 있었다.

"반갑긴 저도 마찬가집니다. 이런 한적한 곳에서 독일의 미인들을 만나 뵙다니, 정말 큰 행운이네요!"

"우리 쪽의 행운인 듯합니다!" 하고 키 큰 여인이 말했다. "그런데, 한 가지 여쭈어보고 싶은데요? 이 석조石彫 좌상坐像이 부처님 맞는지요? 부처님이라기보다는 소박한 시골 할머니의 모습으로 보여서요……."

"아, 실은 조금 전에 우리도 그런 얘기를 나누었답니다!" 하고 대답하면서, '순둥이'는 손짓으로 박 교수를 불렀다. 그래서 가까이 다가온 박 교수한테 그가 말했다. "독일분들을 만났는데, 이분들에게도 이 석조 좌상이 그냥 여래좌상으로 보이지는 않는 모양이구먼! 자네가 아까 나한테 했던 그 설명을 영어로 좀 해드리면 어떨까?"

'순둥이'는 독일 여인들에게 '최'라고 자기소개를 하고 나서, 자기 친구를 민속학 전공 박 교수라고 소개하면서, 전문가인 그의 설명을 한번 들어보시라고 했다.

"예, 안녕하십니까? 박입니다. 반갑습니다!" 하고 박 교수가 영어로 말했다. "여기 안내판에는 '마애 여래좌상'이라고 소개되어 있고, 속칭 '할매 부처'라고도 적혀 있습니다. 그래서, 제가 이 소개와 아주 다른 견해를 말하기가 좀 주저됩니다만, 제 개인적 추측으로는 이것은 7세기 초에 신라의 어떤 석수가 화강암에 새긴 조각상으로, 당시 신라인들이 믿어오던 어떤 신령적 존재일 듯합니다. 이를테면, 아기를 점지해준다는 생명신, 즉 '삼신 할매'일 수도 있겠습니다. '삼신 할매'라 할 때의 '삼'은 하늘과 땅, 그리고 사람의 '셋'이라는 의미도 있지만, 원래는 '삶'이라는 한국어, 즉 '삶을 주다', 또는 '생명을 부여하다'란 뜻을 지녔던 것 같고, '할매'도 단순한 할머니가 아니라 '큰어머니', 즉 괴테의 『파우스트』 제2부에 나오는 그런 '어머니들Mütter'의 의미도 있을 듯합니다. 아마도 불교가 들어오기 이전에 이 땅의 민초民草들이 모셔오던 신령의 모습일 텐데, 불교가 들어와서도 칠성각七星閣이나 삼성각三聖閣 등의 형태로 불교라는 큰 품안에 안긴 고대 한국 종교의 한 신령상일 것으로 짐작되네요. 그래서, 저 공식 안내판에서도, '마애 여래좌상'이라는 공식 명칭 이외에, '할매 부처'라는 속칭도 있음을 아울러 슬그머니 밝히고 있는 것 같고요. '할매 부처'라 할 때의 '할매'는 아마도 그 심상찮은 유래를 은미隱微하게 드러내고 있다고 봐야 할 듯합니다."

"아, 자세한 설명에 감사드립니다." 하고 키 큰 여인이 말했다.

14

"참, 소박한 할머니 모습인데, 친근감을 느끼게 하는 투박한 아름다움이 있네요!"

"약간 미소를 띠고 있는 것 같지 않습니까?" 하고 '순둥이'가 말했다. "여기 우리나라에서는 착한 사람만이 이런 석상에서 미소를 발견할 수 있다는 속설이 있답니다!"

"아, 저는 미소가 안 보이는데요?" 하고 '금발'이 약간 걱정스럽게 말했다. "제가 착한 여자가 못 되나 봅니다!"

"제가 괜한 농담을 했네요!" 하고 '순둥이'가 말했다. "석상에서 무슨 미소가 그렇게 쉽게 보이겠습니까! 하지만 조금 떨어진 위치에서, 살짝 주저앉으신 채 약간 올려다보는 기분으로 찬찬히 살펴보세요. 조금 전에 저도 그러다가 미소를 보았거든요!"

"아, 예! 보여요, 그러니까 보이네요, 미소가!" 하고 '금발'이 살짝 쪼그리고 앉는 자세를 하면서, 기쁜 탄성을 섞어 나지막하게 외쳤다. 그 쪼그린 자세 때문에 제법 팽팽해진 그녀의 몸매가 귀여운 곡선을 보여주고 있었다.

"착한 분이 틀림없네요!" 하고 '순둥이'가 '금발'에게 미소를 지어 보였다.

"과연! 자세를 낮추고 약간 아래로부터 올려다보니, '신령 할머니'의 미소가 보입니다!" 하고 키 큰 여인도 기뻐하면서 말했다.

"아, 잘됐어요!" 하고 '순둥이'가 꽤 큰소리로 외쳤다. "두 분 다 착한 분들이 틀림없으십니다! 두 분의 행운을 빕니다. 부디 좋은 여행 하시기 바랍니다!"

"고맙습니다!" 하고 '금발'이 말했다. "두 신사분에게도 행운이 함께하기를! 좋은 저녁 보내세요!"

그렇게 인사를 나눴기 때문에도 두 사람은 이제 아쉽게도 여인들과 그만 헤어져야만 했다. 여인들도 이제 그 친절한 남자들과 작별하지 않을 수 없었다.

한국인들은 일반적으로 나를, 아기를 점지해주는 '모성'의 신령으로 이해하지만, 실은 나는 인간의 운명에 꽤 많은 영향을 끼칠 수 있는 이 땅 고래古來의 여신으로, 키 큰 독일 여인이 방금 말했듯이 '신령 할머니'다. 두 신사는 내게 아무 소망도 말하지 않았다. 이 독일 여인들도 '경이롭게 아름답다'며 첫눈에 내 진면목을 알아봐준 것은 고맙지만, 내게 무슨 소원을 빌 줄은 몰랐다. 그렇지만, 지금 이 내 마음이 무척 흡족해서, 나 '할매 부처', 아니, '신령 할미'는 이 착한 사람들에게 한번 호의를 베풀어주고 싶은 기분이 든다. 뭐, '절묘한 기회'를 선사하는 것까진 아니더라도, 이들 남녀가 이렇게 헤어질 게 아니라, 오늘 저녁 시간이라도 함께 즐겁게 보내도록 해주고 싶은 것이다. 지금 당장 칠성님께 말씀드려야겠다!

2. 바이마르로 떠나다

　내가 잠시 바이마르에 다녀올 예정이라니까 모두들 니체 연구 때문에 가는 것으로 지레짐작을 했다. 하긴, 이 최준기崔峻基가 철학과 교수로서 니체에 관해 연구를 좀 했던 건 사실이고, 니체를 연구한답시고 바이마르에도 두세 번 갔고, 그중 한번은 그곳 훔볼트 슈트라세 36번지 '니체 서고Nietzsche-Archiv'에서 연구한 적도 있었으니까 그렇게 짐작할 만도 했다. 하지만 이번에 내가 바이마르로 가는 것은 그야말로 개인적으로 가는 것이다. 정년 퇴임을 해서 홀가분하기도 했지만, 어딘지 좀 허전하던 참에, 마침 클라라 폰 쥐트휘겔Klara von Südhügel이 나를 바이마르의 자기 저택으로 초대했기 때문에, 꽤 망설인 끝에 내가 그 초대에 응한 것이다.

　내가 클라라 폰 쥐트휘겔을 만난 것은 지금으로부터 8년 전, 그러니까 2015년 초여름, 경주 남산의 불곡에서였다. 나는 민속학을 하는 친구 박재선朴在善 교수에게 경주 남산 안내를 부탁했고, 우리 둘은 아침부터 경주 남산 여기저기를 둘러보다가 오후 늦게 마지막 코스인 불곡에 이르러, '할매 부처'를 보고 나서 막 그 자리를 떠나려던 참이었다. 그때 웬 서양 여성 둘이 나타났는데, 얼른 보기에도 꽤 미인들인 데다 교양인으로 보였기 때문에, 내가 조금 호기심이 동해서 약간 주춤거리고 있었다. 그때, 내 귀에 "분더쉔!" 이란 독일어가 설핏 들려왔다. 그래서 내가 그 여인들에게 독일어로 말을 걸게 된 것이었다.

실은 우리가 그녀들과 약간의 대화를 나누긴 했지만, 남녀유별이라 서로 조심하고 체면은 지켜야 했기에, 우리 네 사람은 아쉽게도 서로 헤어졌다. 귀한 인연이 생긴 듯했지만, 어쩔 수 없이 금방 헤어져야 했다.

그런데 나와 내 친구 박재선 교수가 불곡 입구의 주차장에 와서 차에 탔을 때, 박 교수가 차에 시동을 걸지 않고 약간 미적거리고 있었다. 내가 좀 이상하게 여기고 박 교수의 옆얼굴을 힐끗 쳐다봤더니, 이윽고 그가 마지못해 중얼거렸다.

"주차장에 우리 차 이외에는 남아 있는 차가 없어서 말인데, 그 독일 양반들한테 차편이 있는지 모르겠네. 택시 타기 쉬운 곳까지라도 우리가 모셔드리면 좋지 않을까 싶어서……."

우리가 그렇게 잠깐 지체하고 있는 사이에 과연 그 여인들도

'할매 부처'와 하직하고 불곡 입구로 걸어 나오고 있는 것이 저만치 보이기 시작했다.

그래서 내가 혼자 차에서 내려 그녀들에게로 다가가면서 다시 말을 붙였다. "차편이 어떻게 되시나요? 혹시 원하신다면, 택시 타실 수 있는 지점까지 우리 차로 모셔다드렸으면 해서요."

"예, 참 고마운 말씀이네요!" 하고 금발 여인이 말했다. "저희는 불상이 골짜기 안 깊숙이 자리 잡고 있을 줄 알고, 택시를 일단 보내버렸답니다. 택시 잡을 수 있는 곳까지만 데려다주신다면, 호의를 고맙게 받겠습니다."

그래서 그 독일 여인들이 박 교수의 차에 동승하게 되었고, 내가 그들의 행선지를 물어보니 보문단지에 있는 H 호텔이어서, 마침 우리 둘의 숙소와도 그다지 멀지 않은 곳이었다. 그래서 우리 차는 일단 보문단지를 향해 달려가고 있었다. 그런데 이런 경우에, 이미 고인이 된 내 아내의 말마따나, 내가 '팔자로 잘하는 짓'이 하나 있는데, 그것은 '시간과 비용에 구애되지 않고서' 손님 접대에 '목숨을 거는' 짓이었다. 이른바 '봉제사 접빈객奉祭祀接賓客'이란 유가적 처신율에 따라 손님 접대를 중히 여기는 관습인데, 하긴 비단 나뿐만 아니라 내 세대의 한국 남자들이 일반적으로 가정교육을 통해 몸에 익히고 있는 습관이기도 하다.

"우리 한국인들은 '인연Verbundenheit'이란 것을 소중히 여깁니다." 하고 내가 갑자기 '신이 나서'(내 아내가 늘 빈정대며 나를 놀리던 말이다!) 조수석에서 고개를 뒤로 돌려 뒷좌석의 독일 여인들에게 말했다. "제가 전에 본Bonn대학 유학생이었습니다. 오늘 우연히 두 분 독일인들을 만나 뵈어 반가웠고, 참 즐거운 대화를 나누었습니다. 이것이 바로 우리 한국인들이 '인연'이라 부르는 것입니다. 지금 6시인데, 저녁 식사 시간입니다. 우리가 일단 경주 시내로 들어가서 저녁 식사를 함께하고 나서, 보문단지로 다 같이 들어가는 게 어떻겠습니까? 제가 숙녀분들을 저녁 식사에 초대하고 싶으니, 부디 허락해주시기 바랍니다. 저는 '독일 고등교육진흥원 DAAD'의 장학금으로 5년 동안이나 독일 유학 생활을 할 수 있었습니다. 오늘 이런 때야말로 독일이 저한테 베풀어준 그 은혜를 조금이라도 갚을 수 있는 절호의 기회지요!"

두 여인의 망설임과 자기들끼리의 귓속말이 제법 길었지만, 나는 결국 그들의 허락을 받아내었고, 차가 방향을 월정교月精橋 쪽으로 돌려 숙녀들을 경주 문천蚊川 변의 교촌에 있는 '요석궁'이란 한식당으로 모시고 갔다. 바로 그 근처에 경주 최부자집도 있어서, 경주 최가인 내가 평소에 다소 각별하게 생각한 나머지 이 동네라면 몇 번 온 적이 있었다.

고백하건대, 그날 저녁에 무슨 '절묘한' 사건이라도 생긴 것은 아니었다. 박 교수와 나는 저녁 9시경에 여인들을 H 호텔 정문 앞에 내려주고 난 다음, 우리 숙소에 돌아와, 그날 종일 남산을 오르내린 피로 때문에 금방 잠이 들었다.

그날 내가 저녁 식사 대접을 했던 독일 여인들이 바로 바이마르의 교사 클라라 폰 쥐트휘겔과 라이프치히대학의 엘케 프리데만 Elke Friedemann 교수였다. H 호텔 앞에서 헤어질 때, 고맙다고 인사하는 여인들에게, 또다시 주소나 전화번호를 묻는다는 게 아무래도 좀 '진부한 수작' 같아서, 나는 박 교수와 나의 명함을 건네주면서, 독일로 귀국하신 연후에 이메일을 보내주시면, 친구로서 기꺼이 응답하겠다고만 말했다. 그들도 일단 이메일을 보내겠다는 말대답은 해주었다.

박 교수는 라이프치히대학 민속학과의 엘케 프리데만 교수로부터 진작 이메일을 받았다고 했다. 라이프치히에 도착한 그녀가 고맙다는 인사와 더불어, 한국인들이 아기의 잉태를 위한 기원祈願을 어떻게 하는지에 대한 보다 상세한 민속학적 지식과 그 참고문헌을 문의해왔는데, 박 교수도 그 메일에 대해 금방 자세한 회신을 보냈다고 했다.

하지만 클라라 폰 쥐트휘겔로부터는 나한테 아무런 메일도 오지 않았다. 이렇게 내가 우리 넷 사이에 무슨 짝이라도 형성된 듯 말하는 까닭이 있다. 그날 저녁 우리 넷이 저녁 식사를 하면서 서로 대화를 나누는 동안, 마치 젊은 대학생들이 무슨 미팅할 때처럼, 우리 사이에 막연하게나마 저절로 짝이 정해지는 듯한 모양새가 생겼다. 엘케 프리데만이 민속학적 관심을 표하며 주로 박 교수한테 이것저것 영어로 묻고, 박 교수가 거기에 대해 영어로 응답을 하곤 했다. 이에 반하여, 클라라 폰 쉬트휘겔은 나에 대한 약간의 호감을 감추지 않으면서, 주로 괴테나 쉴러가 한국에 번역이 되어 있는지, 그리고 그 번역의 수준이나 수용 현황을 나에게 물었다. 나중에는 내가 철학자로서 그 당시 염두에 두고 있는 학문적 프로젝트가 무엇인지도 물었기 때문에, 나는 쇼펜하우어와 니체에 관해서, 그리고 한국 특유의 철학이기도 한 동학에 관해서 그녀와 꽤 심도 있는 대화를 나눌 수 있었다.

처음에, 나는 클라라의 그 매력적인 금발과 빛나는 파란 눈빛을 회상할 때, 그렇게 헤어진 후 그녀한테서 한 통의 메일도 받지 못한 것이 다소 서운한 생각이 들긴 했다. 하지만, 나는 교수로서의 나의 바쁜 일상에 휘둘려 그 독일 여인들을 만난 일은 얼마 안 가서 그만 까맣게 잊었다. 고인이 된 아내의 말마따나, 나라는 위인은 원래 '신이 나서' '남에게 퍼주는 짓'은 곧잘 하지만 내가 그런 일을 두고 오래 기억하거나 무슨 반대급부를 기대하는 그런 사람은 못 되었다.

그런 일이 있고 나서 3년 반쯤 지난 2019년 정초에 나는 한 통의 수상한 이메일을 받았는데, 수상하다는 것은 이메일 주소에 '줄라이카suleika'라는 여자 이름만 보이고, 제목은 또 '안부 인사 Grüße'라고만 적혀 있었기 때문이었다. 무슨 쓸데없는 장난 메일인 듯해서 하마터면 열어보지도 않은 채 그냥 지워버릴 뻔했다.

그러나 '줄라이카'가 괴테의 『서동시집』에 나오는 이름이기 때문에, 나는 주저 끝에 그 메일을 일단 열어보기로 했는데, 그것이 뜻밖에도 클라라한테서 온 메일이었다.

친애하는 최 교수님께

안녕하세요?

이메일 드린다고 약속한 지도 어언 3년 반 가까이 흘렀네요.

엘케가 박 교수님한테 이메일을 보냈다고 해서, 저는 조금 여유를 부려도 큰 실례가 되지는 않겠다고 생각했던 것인데, 그새 시간이 이렇게도 많이 흘러버렸습니다. 미안합니다.

그동안 저의 남편한테 큰 교통사고가 나서 제가 통 경황이 없었답니다. 그리고 또 하나뿐인 딸은…… 아, 이런 복잡한 집안 이야기는 나중에 만나서 말씀드리기로 하고요.

솔직히 고백하자면, 제가 최 교수님을 그동안 아주 잊어버린 것은 아니었습니다. 그동안 무슨 귀신에게 씐 사람처럼 문득문득 최 교수님에 대한 은은한 그리움에 사로잡히곤 했답니다. 그럴수록, 제 마음의 평정을 유지하고 싶어서, 애써 메일을 드리지 않은 측면도 있었던 듯해요.

그런데 며칠 전, 바이마르의 한국 식당(그새 바이마르에도 한국 식당이 두 개나 생겼답니다!) '낙화유수'란 곳에서 남편과 함께 저녁 식사를 하던 중 어떤 한국 남자를 만나 잠깐 대화를 나누게 되었는데, 그 사람이 최 교수님을 잘 알더군요. 김이라고 했는데, 대구에 산다는 시인이었습니다. 최 교수님 강의를 들었다고 하던데, 누군지 아시겠어요? 제가 그의 이름을 다 기억하지 못해서요.

그 김 시인이 저의 부탁으로 최 교수님께 저의 안부를 전해드리기로 했습니다. 하지만 아무래도 그 전에 제가 먼저 메일을 드리는 것이 더 좋을 듯해서 지금 이 메일을 씁니다. 김 시인의 말에 의하면, 이제 전국적으로 인정과 존경을 받는 원로 학자님이 되셨다더군요. 저는 그 소식을 듣자 진심으로 기뻤답니다. 그날 경주에서 뵌 최 교수님의 그 순한 마음씨, 순발력 있는 독일어와 부드러운 유머 감각은 제게 아직도 아름다운 기억으로 남아 있습니다. 늦게나마 감사드립니다.

혹시, 독일에 오실 기회가 있으신지요? 그때엔 꼭 저에게 연락해주시기 바랍니다. 실은 저의 집이 제법 커서, 원하신다면 몇 달이라도 그냥 유숙하실 수 있습니다. 저의 남편도 진심으로 최 교수님을 뵙고 싶어 한답니다.

최 교수님의 사람 좋은 그 순하신 표정이 저의 기억에, 그리고 저의 가슴에, '할매 부처'의 '미소'와 함께, 은은한 그리움으로 남아 있습니다.

부디 건강하시고 행복하시기 바랍니다.

충심衷心의 인사를 보내며

바이마르에서

클라라 드림.

이 메일을 받고 무척 기뻤던 것은 사실이지만, 그렇다고 내가 당장 독일이나 바이마르에 갈 일은 없었다. 나는 소식을 들어서 반갑다는 회신은 보냈으나, 그것을 끝으로 우리들의 이메일 문통文通은 또다시 끊어지고 말았다.

김 아무개란 시인이 나에게 전화를 하거나 메일을 보내지도 않았다. 그 김 시인이 누구인지 짐작조차 가지 않았다. 그러던 중 코로나 역병이 팬데믹으로 기승을 부리는 바람에 가까운 인간관계조차 큰 제약을 받았다.

2022년 10월, 경북 성주星州의 어느 재가 불교인들의 소모임에 불려 가서 "쇼펜하우어와 불교"라는 간단한 발제를 하고 성주 지역의 불교인들과 저녁 식사를 하면서 대화를 나눈 적이 있었다. 그때 안면이 있는 듯한 어떤 중년 남자가 나에게 다가와 공손히 인사를 했다. 김충연金忠演이라고 이름을 밝힌 그는 Y대 철학과에서 내 강의를 들었다고 했다. 한참 서로 얘기를 나누다 보니, 그가 바로 클라라를 만났다는 그 김 시인이었다. 김 시인이 전하는 말에 의하면, 클라라 폰 쥐트휘겔 박사는 김나지움의 독어 교사, 즉 독일의 국어 교사이며, 어느 귀족의 마지막 후예로서 바이마르 근교에 큰 저택을 소유하고 있다고 했다. 그녀에 대해 어떻게 그렇게 잘 아느냐고 내가 물었더니, '바이마르 고전재단'에서 공모하는 3주간의 '독일고전 국제세미나'에—"독일어도 배울 겸 세계시민으로서의 교양도 좀 쌓고자"—자비 수강생으로 해외 연수를 간 적이 있었는데, 어느 날 클라라 폰 쥐트휘겔 박사란 여인이 바이마르 괴테협회 이사로서, 자기 저택에다 그 세미나의 운영자, 강사, 수강생 전원을 초청해 가든파티를 열어줬다는 것이다. 클라라의 남편은 보행이 불편해서 휠체어에 의지하는 장애인이지만, 대단히 밝은 성격에다 인종적 편견이 전혀 없는 탁 트인 인물이더라고 했다.

또다시 세월이 흘러 2023년 2월 초순이 되었다. 나는 2월 말에 정년 퇴임을 앞두고 있었기에 좀 착잡한 심정이었다. 정년 퇴임이라는 것이 참 묘했다. 한 인간의 삶에다 사회제도가 일단 쉼표를 찍어주는 것이어서 퇴임을 하는 당사자한테는 자연히 일생일대의 전환점이 되는 것이었다. 흔히들, '대과大過 없이' 임무를 마쳤다고 해서 주위 사람들의 축하를 받기도 한다. 그러나 쉼표가 그만 마침표로 끝나지 않으려면, 남아 있는 삶을 어떻게 살아야 할지에 대한 상당한 마음의 준비가 필요했다. 나로 말하자면, 너무 열심히 임무를 수행(이것도 나만의 일방적 생각일 수도 있으리라!)해온 나머지, 이런 마음의 준비가 아직 좀 덜 된 채, 지방 Y대학의 '명

예교수'라는 허울뿐인 직함만 남게 되었다. 아내가 세상을 떠나고 나서도 외아들 내외는 기특하게도 동대구역 근처의 아파트에서 함께 살아왔는데, 아들이 최근에 다른 도시의 시립병원장으로 영전을 하게 되자, 그들이 그만 독립해 내 아파트를 나갔다. 그 썰렁한 아파트에 혼자 지내오던 차에 정년 퇴임까지 하니, 나는 그야말로 좀 쉬어야 할 듯한 생각이 들었다. 마침, 내 생일이 되자, 아들 내외의 여행 권유가 있었고 그들의 금일봉을 받기도 했기에, 내가 젊은 시절에 유학했던 독일이나 한번 다녀와야겠다는 생각이 얼핏 들었다.

바로 그 시점에 다시 클라라 폰 쥐트휘겔로부터 이메일이 왔다. 코로나 팬데믹도 어느 정도 고개를 숙이는 듯하니, 한 번쯤 독일로 오실 때도 되지 않았느냐는 안부에다, 만약 독일에 오실 때는 꼭 바이마르에 와달라는 당부가 있었고, 만약 내가 자기 집에 머물기를 원한다면, 자기와 남편은 기꺼이 나를 자기 집의 특별 손님으로 초대하고 싶다는 내용이었다.

여기서, 내가 갑자기 바이마르행 결심을 굳히게 된 또 한 가지 사유가 있었음을 덧붙여두는 것이 정직할 것 같다. 그것은 현재 이 나라의 대통령과 그의 수하들이 일상적으로 보여주고 있는 부적절한 언행과 거기에 대한 말도 안 되는 '유치한(유치하다는 말도 아깝다!)' 변명, 그리고 그것이 옳지 않음을 뻔히 알면서도 그들의 정치적 망발과 시대착오적 발언들을 무조건 지지하는 상당수의 보수적('보수'라는 개념이 심히 왜곡되었다 하지 않을 수 없다. 여기서는 차라리 '이기적'이라 해야 맞을 것 같다) 국민에 대해 내가 매일같이 느껴야 하는 이질감을 참기 어려웠기 때문이기도 했다. 그래서, 나는 두어 달 동안이라도 이 나라를 떠나 있고 싶었다.

지금 이 나라는 이른바 '검찰공화국'이다. 박정희나 전두환의 군사독재 시대의 중앙정보부, 또는 안기부라는 악명 높던 기관이 국민에게 하던 짓을 소위 '민주화'가 진척된 지금은 '검찰'이 하고 있다는 것이 나의 생각이다. 옛날 고시 공부 이래로는 시집 한 권, 소설 한 편 읽은 적도 없는 듯한 메마른 심성의 법비들이 국민을 깔보고 아무 짓, 아무 말이나 막 하는 시대착오적 행태를 일상으로 보아내어야 한다. 그들은 무슨 문제가 터져서 국민들의 비판이 있어도, '사과'라고는 할 줄 모르니, 그 교만하고도 우둔한 언행을 보아내기는 정말 괴롭다. 이태원 참사에서 꽃다운 생명들을 그렇게도 많이 비명에 떠나보내고도 아무도 그 책임을 지지 않았다. 내가 보기에는 직접적인 책임자로서 도의적으로도 당연히 사표를 내어야 마땅한 주무장관이란 자의 감수성 무딘 언행은 정말 역겹다고 할 수밖에 없다. 그런데 현금의 집권자들에게 내가 가장 나쁘다고 생각하는 점은 그들이 우리 국민이나 나라를 위해 꼭 달성하고자 하는 간절한 꿈, 정치적 프로젝트가 없다는 사실이다. 그들은 오직 자기들의 지위와 권력의 유지가 목표일 뿐인 듯 보인다. 그래서, 그들에게는 여소야대의 국회가 전혀 문제가 되지 않으며, 그들은 의석이 많은 야당과 타협할 필요성을 전혀 느끼지 못한다. 아무런 전향적 프로젝트도 없이 자신들의 권세 유지만 꾀하는 이런 '괘씸한' 집권 세력은 정말 처음 본다.

어느새 나이가 들 만큼 들어서, 이런 한심하고 가치 없는 정치인들의 속셈을 뻔히 보면서도 현실적으로 아무 생산적 대응을 할 수 없는 노인으로 전락해버린 나 자신을 보자니, 나는 때로는 자식이나 이웃한테도 아직 살아 있다는 사실 자체가 창피하게 생각되곤 했다.

두어 달쯤 바깥에 나가서 이런 막막한 진심瞋心을 좀 삭이고 조금 객관적인 시선을 확보해, 보잘것없는 삶이라 해도 내가 살아온 시대에 대해서, 그리고 우리 겨레가 겪은 기구한 지정학적 운명과 여러 통한의 역사적 고비에 대해서, 우리나라 국민의 당면 임무와 나아갈 길에 대해서 평소 내 나름대로 느끼고 생각한 바를 글로 써놓는 작업이 다소 의미 있겠다고 생각했다. '명색이 철학자인데, 나라가 위기에 처한 상황에서 보잘것없는 글이라도 한 편 남기지 못한다면, 어서 땅보탬이 되는 것이 차라리 나으리라'고 나는 생각했다. 때마침, 아들 내외가 여행을 권하며 금일봉을 내어놓았고, 클라라가 바이마르에 초청한다는 메일까지 보냈다. 그래서 나는 일단 떠나고 볼 일이라고 생각하고 갑자기 여행길에 나서기로 한 것이다. 다시 말하지만, 내가 무슨 연구를 하러, 또는 무슨 유람을 하러 바이마르로 떠나가는 것이 아니라, 조금 바람을 쐬어 이 답답한 숨통을 틔우고자 잠깐 나가는 길이다. 이런 여행길이 무에 그리 즐겁겠는가?

아무튼, 지금 나는 드디어 인천발 프랑크푸르트행 항공기 좌석에 앉아서 안전벨트를 한 채 비행기가 이륙하기를 기다리고 있다. 이렇게 항공기 좌석에 앉아 있기까지의 과정이 쉽지만은 않았다. 우선, 메일을 통해 클라라에게 나 자신의 바이마르행 결심을 알리고, 그 댁에서의 나의 유숙 조건들(예컨대, 소정의 방세는 반드시 지불하고 싶다, 식사는 독자적으로 해결하겠다, 그리고 각자 독립적 생활을 함으로써 서로 방해가 되지 않도록 하자는 등의 기본 원칙들)을 미리 확정해놓는 일, 그리고 항공권과 유레일 패스를 온라인으로 구매하는 일, 며느리한테 가끔 아파트에 들러 우편물과 공과금 통지서 등을 점검해서 잘 처리해달라고 당부하는 일, 구독해오던 신문을 끊는 일 등등, 아날로그 세대의 퇴임 교수가 디지털화한 여러 사소한 일상의 과업들을 혼자 다 처리해내기가 실로 만만치 않았다. 업무 중일 듯한 아들한테 전화하기는 미안하고, 간혹 며느리한테 전화를 걸어 인터넷 창에서 '다음'으로 넘어가지 못하고 있다며 갑자기 막힌 지점에서의 해결책을 묻곤 했는데, 인터넷에서 부딪힌 난관을 전화로 물어 잘 해결해나간다는 것이 가족끼리라 하더라도 결코 만만찮은 일이었다. 지금까지는 대학에서 애꿎은 조교들한테 묻든가 일을 아예 맡겨서 큰 어려움 없이 해결해왔지만, 이제는 이런 일을 혼자 다 감당해야 하니, 당연히 여러 난관에 부딪힐 수밖에 없었다.

그야 어쨌든, 그런 난관들을 다 뒤로하고, 지금 나는 프랑크푸르트행 항공기의 내 좌석에 가만히 앉아 눈을 감고 있다. 생각하면, 내가 처음 독일행 비행기에 몸을 실었던 것이 1988년이었으니, 무려 35년 만에 나는 다시 독일을 향해 떠나는 것이다(물론, 그 사이 독일에 잠깐씩 다녀온 적은 여러 번 있었다). 독일로 유학을 떠날 때는 청운의 큰 꿈이 있었다. 그동안 무슨 일들이 있었던가? 5년 동안의 독일 유학, 귀국해 지방 대학에 취직해서 30년의 교수 생활, 그리고 이제 나는 다시 독일을 향해 가고 있다. 가능하다면, 글을 써보겠다는 막연한 프로젝트를 갖고서!

"늘 그렇게 바쁘다, 바쁘다 하더니, 지금 네 손에 남은 게 뭐 있는지 한번 살펴보아라!" 하고, 새하얀 눈썹을 씰룩이며, 아버지께서 말씀하셨다.

내가 송구해서 고개를 바로 들지 못하고 있는데, 문득 어머니의 하얀 무명 치맛자락이 방바닥 위에 살포시 내려앉았다.

"장하다, 내 아들! 그동안 참 수고했구나!" 하고 어머니는 언제나처럼 그 넉넉하신 품 안에 나를 꼬옥 품어주셨는데, 나는 잠시 어머니의 그 안온하고도 그윽한 체취를 더듬어 그 옛날 고향 집의 아득한 시공간으로 달려가고 있었다. 어머니의 몸이 갑자기 심히 흔들리는 듯해서 깜짝 놀란 내가 나직하게 물었다.

"어머니, 지금 우시는 거예요?"

"당신, 그렇게 맨날 학교 일, 학교 일 하더니, 그 일 이젠 드디어 끝났나요?"―이건 뜻밖에도 아내의 목소리가 아닌가!

내가 소스라쳐 놀라 눈을 뜨니, 항공기가 이제 막 성공적으로 이륙했다는 기장의 안내 방송이 흘러나오고 있었다.

'이런! 백일몽을 다!' 하고 나는 비좁은 좌석에서 몸을 비틀어 고쳐 앉으면서 생각했다. 유학을 마치고 고국에 돌아왔을 때, 나를 불러준 대학이 하필이면 지방의 사립 Y대학이었다. 나는 그것이 내 운명이라 생각하고 대구로 가 그 대학에서 30년간 내 열성을 다하여 학생들을 가르치고 학교 일에도 헌신하였다. 그 대신 가족에게는 늘 죄인일 수밖에 없었다. 아버지와 어머니가 차례로 돌아가실 때까지 부모님께 아무 효도도 못 해드렸고, 학교 일과 연구를 앞세워 아내를 따뜻하게 보살펴주지도 못한 채 집안일을 늘 후순위로 미루곤 하다가 마침내 아내마저 먼저 저세상으로 떠나보내고 말았다. 외아들은 다행히 착실한 천성을 타고났는지 저 혼자 공부를 하고 홀로 제 갈 길을 잘 찾아가 주었다. 하지만 부자 사이에는 어딘지 어색한 침묵이 흐르곤 하다가 나중에 아들이 장성해서 의사가 되고 나서는 꼭 필요한 말 이외에는 내게 직접 말을 거는 일이 드물었다. 결국, 가족의 눈으로 보자면, 나는 속죄하기 어려운 죄인이었다. '내가 그렇게 신명을 바쳐 일한 학교에서는 나의 헌신을 인정해주었던가? 내 모든 노력의 최종 귀착지라 할 우리 사회와 국가는 그동안 나로 인하여 조금이라도 개선이 되었는가? 사회 개선 또는 개혁은 결국 나한테 배우고 나서 사회에 진출한 제자들이 실천해줘야 할 터인데, 그들은 지금 다 흩어져 내 눈에는 전혀 보이지 않는다. 그들은 다 어디에 있는가?'—이런 여러 물음을 자신에게 던져보자니, 나 자신이 실은 아무 이룬 것 없이 헛 늙어버린 보잘것없는 존재라는 생각이 들지 않을 수 없었다.

3. 바이마르 도착

클라라는 바이마르역으로 마중을 나와 플랫폼 위에 혼자 서 있
었는데, 언뜻 보기에 무슨 그리스 신화에 나오는 미녀 조각상 같
았다. 그 아름답던 금발에 조금 회색이 섞이기 시작했지만, 그녀
의 두 눈은 변함없이 파랗게 빛났다. 나는 독일인들의 풍습대로 자
연스럽게 그녀를 포옹했다. 내가 포옹을 풀자 그녀는 나의 뺨에 가
벼운 키스를 보태주었다. 나는 순간 망설이다가 그 키스에는 순발
력 있게 화답해주지 못하고 말았다. 이걸 보면, 우리 둘 사이에는
아직 관습상의 차이가 약간 존재하는 것 같았다. 나의 대응이 다소
어색했다는 것을 뒤늦게서야 깨달았지만, 그건 이미 지나간 일이
었다. 내 짐을 나누어 들거나 끌면서 우리는 바이마르역 바깥으로
걸어 나왔다. 벤츠 SUV 한 대가 우리 앞으로 다가와 멈춰 섰다. 이
내 운전석에서 한 젊은 여자가 뛰어내리더니, 재빨리 내 짐들을 받

아 짐칸에 싣고서는 다시 운전석으로 들어가 앉았다. 클라라가 내게 뒷좌석에 앉기를 권하면서, 자기는 조수석으로 펄쩍 올라탔다.

"여기는 올가, 올가 스베린스키Olga Sverinski예요!" 하고 클라라가 내 쪽을 돌아보면서 운전석에 앉은 젊은 여자를 소개했다. "우크라이나의 중요한 항구 오데사Odessa 출신인데, 지금 우리 집안의 기둥으로서, 여러 일을 도맡아 해주고 있답니다."

"올가 스베린스키입니다!" 하고 그녀가 고개를 숙여 보이면서 말했는데, 다시 찬찬히 보자니, 20대 중반쯤 되어 보이는 아주 발랄하고 귀여운 아가씨였다.

"준기, 최준기라고 합니다!" 하고 내가 말했다. "반갑습니다. 앞으로 잘 부탁드립니다."

"반갑습니다!" 하고 그녀가 말했다. "무슨 일이든, 말씀만 하세요! 힘껏 도와드리겠습니다."

차가 움직이기 시작했다. 차는 내게도 눈에 익은 바이마르역 광장을 벗어나 시내를 향해 달리기 시작했다. 하지만 이윽고 차는 바이마르 중심가를 동쪽에 둔 채 남쪽으로 더 달려 바이마르 남쪽 교외의 어떤 성채 같은 하얀 건물 앞에 멈춰 섰다. 올가가 리모컨으로 조정을 하니, 대문이 자동으로 열려서 차가 정원의 자갈길 위를 조금 더 굴러 들어가서 멈춰 섰다.

"짐은 제가 올려다 드릴 테니, 두 분은 그냥 엘리베이터로 올라가세요!" 하고 올가가 말했다.

클라라가 안내한 나의 방은 건물의 정면에서 보자면 2층에 있었지만, 막상 방에 들어가 남쪽으로 난 창문 밖을 내다보니, 이쪽 정원과는 같은 평면에 놓인 남향의 1층 방이었다. 방의 동쪽과 남쪽에 각각 두 쪽으로 된 큰 창문이 나 있었고, 창문 바깥에는 정원의 수목들이 높이 자라서 시원한 초록의 숲을 이루고 있었다.

"방이 마음에 들었으면 해요." 하고 클라라가 말했다. "이 방은 '조상들의 방'인데, 우리 집에서 제일 좋은 방입니다. 보시다시피, 벽면에 제 조상님들의 초상화와 사진들이 대대로 걸려 있어서, 일종의 세계도世系圖처럼 보입니다."

"아, 그렇군요!" 하고 내가 대답했다. "어디 클라라 폰 쥐트휘겔도 있나 찾아봅시다?"

"없어요! 제 부모님 사진까지만 걸려 있답니다." 하고 클라라가 말했다. "초상화와 사진을 그냥 걸어둔 채 방을 내드려서 미안해요. 이런 유품들을 과감히 정리하기가 쉽지 않아서요."

올가가 나의 짐을 방으로 들고 들어와 구석 자리에 놓으면서 말했다. "좀 어중간한 오후 시간이라, 정원의 정자에다 간단한 다과를 준비했습니다. 곧 정원으로 나오시기 바랍니다." 이렇게 말하고, 올가는 방을 나갔다.

"여기 이 큰 책상을 쓰세요. 인터넷 연결이 잘됩니다. 침대 시트는 올가가 매주 갈아드릴 겁니다. 그리고 이 문을 열면, 옷장이 이렇게 있고요." 클라라가 옷장을 열어 보이며, 설명했다. 그러고는 서쪽 문을 열고 먼저 나가면서 말했다. "이것이 최 교수님을 위한 단독 부엌인데, 식탁과 냉장고가 이렇게 있습니다. 냉장고에는 최소한 내일까지는 그냥 지내실 수 있도록, 우리가 빵과 우유, 그리고 물을 준비해 놓긴 했습니다. 커피머신이나 차 끓이는 도구 등도 이렇게 구비되어 있고, 여기 이 서랍들 안에 각종 식기와 식사 도구들, 유리잔 등이 들어 있습니다. 이 안에 전용 화장실과 샤워 시설이 따로 있고요. 자, 그러면, 대강 손이라도 씻으시고, 10분쯤 뒤에 이 북쪽 문을 열고 홀로 나오셨다가 홀의 동쪽 문을 미시면 정원이 나와요. 거기서 10분 뒤에 만나요!"

이윽고 내가 정원으로 나가니, 큰 수목들이 서 있는 아래에 철제 아치 모양의 지붕을 얹은 정자 하나가 있고, 그 정자 한가운데에 눈썹과 수염이 모두 허옇고 눈길이 부드러운, 70세쯤으로 보이는 한 노인이 앉아 있었는데, 클라라와 올가가 탁자를 가운데에 두고 커피를 따른다거나 버찌 케이크를 자르고 있었다.

"어서 오십시오, 최 교수님!" 하고 그 노인이 앉은 채 말했다. "하르트무트 슐레징어Hartmut Schlesinger입니다! 몸이 불편해서, 귀하신 손님을 이렇게 앉은 채 맞이합니다. 대단히 미안합니다! 이해 바랍니다!"

"천만의 말씀입니다! 안녕하십니까? 준기입니다, 최준기라고 합니다." 하고 내가 말했다. "반갑습니다! 저를 이렇게 댁에서 유숙하도록 초대해주셔서 큰 영광이며 진심으로 감사드립니다!"

"아내의 한국 여행 때, 잊지 못할 추억을 만들어주신 것에 비하면, 아무것도 아닙니다." 하고 하르트무트가 말했다. "프랑크푸르트 공항에는 어제 도착하셨지요? 아무튼, 이렇게 바이마르에 와주신 것을 진심으로 환영합니다! 정말 뵙고 싶었습니다. 앞으로 최 교수님께서 원하시는 대로 언제까지든 우리 집에서 부디 편안하게 잘 지내시기를 바랍니다."

권하는 자리에 앉아서 보니, 나의 방 동쪽 창문이 마주 보였다. "여기 이렇게 아름다운 정자가 있군요!" 하고 내가 말했다. "이 나무 이름이 뭐죠? 키가 훤칠해서 참 보기 좋네요!"

"치어아펠Zierapfel이라는 나무입니다." 하고 하르트무트가 말했다. "5월 초에 하얀 꽃이 피는데, 꽃이 만발하면 참 장관이지요. 지금은 꽃이 다 져버렸습니다. 가을에 빨갛게 단풍이 지고 아주 작은 열매들이 열립니다. 자, 기차 여행 끝이라 목이 마르실 텐데, 우선 커피와 케이크를 좀 드시지요!"

"예, 감사합니다!" 하고 내가 말했다. 클라라가 내 앞에 놓인 잔에 커피를 따라주었고, 올가는 내 접시에 버찌 케이크 한 조각을 올려주었다.

"오늘 오후에는 우선 올가와 함께 차를 몰고 나가셔서 장을 보세요." 하고 클라라가 내게 말했다. "고집하신 대로, 혼자 끼니를 해결하시자면, 우선 물과 주스 등 음료를 박스로 사놓으시는 것이

좋습니다. 시내에서 무거운 것을 들고 여기까지 오시기가 쉽지 않으니까요. 갖가지 사소한 식료품들도 오늘 미리 준비하세요."

"예, 그러지요!" 하고 내가 말했다. "이렇게 정자에 앉아 있으니, 무슨 휴양지에 온 것 같네요. 이 숙소가 한 달에 800유로라면, 너무 싼 게 아닌가요? 클라라 씨가 내게 선심을 쓰신 듯한데, 방세를 조금 더 올려 받으셔야 옳을 듯합니다."

"천만에요!" 하고 클라라가 절대 안 된다는 몸짓을 해 보이며, 그 파란 눈을 반짝였다. "우리는 최 교수님을 특별 손님으로 모셔서 우리 집에서 그냥 식구처럼 묵으시게 해드리고 싶었지만, 고집을 부리시니, 소원하신 대로 꼭 받을 만큼의 방세만 받는 것입니다. 그 대신 우리 집에서는 집필을 하시든, 손님을 초대하시든, 뭣이든 최 교수님 편하신 대로 하세요. 올가와 제가 도울 일이 있으면, 기꺼이 도와드릴 테니, 쇼핑이든 세탁이든 무엇이든지 서슴지말고 말씀만 하시고요."

"제가 독일에서 혼자 5년이나 살아본 사람입니다. 저에 관해선 아무 걱정 하지 마시고, 당장 오늘부터라도 그냥 해오시던 대로 일상생활을 편히 해나가시기 바랍니다. 저도 바이마르에 단순히 놀러 온 것은 아니고, 제 나름대로는 할 일이 좀 있답니다. 하지만, 처음이니까, 올가 님의 도움이 필요하긴 하겠네요. 일단, 올가 님의 차를 타고 함께 나가서, 마실 물을 두어 박스쯤 사고, 그 외에도 제가 먹고 연명할 수 있도록 조금 장을 봐 오고 싶네요."

"올가가 도와드릴 겁니다." 하고 하르트무트가 말했다. "오늘 저녁에는 우리 부부가 유감스럽게도 튀링엔Thüringen 주의 수도인 에어푸르트Erfurt에서 열리는 무슨 난민 환영식장에 참석해야 합니다. 튀링엔 주 정부에서 일방적으로 정해서 내려온 일정이라서 달리 어쩔 수 없었지요. 그리고, 평일에는 클라라가 학교에 나가야 하고, 저도 사무실에 나가서 일해야 하니, 최 교수님의 환영회는 이번 주말, 즉 일요일 저녁 6시에 열기로 하겠습니다. 그동안 최 교수님은 부디 바이마르 생활에 잘 적응하시기 바랍니다."

"아, 바로 그것이 제가 원하는 바입니다. 각자 자기 생활을 해나가는 것 말입니다. 환영회를 열어주신다니, 그건 기꺼이 받겠습니다. 벌써 기대가 되는데요?"

"뭐, 너무 기대가 크시면, 실망하실 텐데요!" 하고 클라라가 말했다. "우리 부부와 올가, 그리고 한두 사람 더 불러서 다 함께 포도주나 마시자는 겁니다. 참, 유명한 '올가의 수프'를 맛보실 테니, 기대하시고요!"

"아이참! 별것 아니에요!" 하고 올가가 수줍은 듯이 말했다. "제가 게으른 데다 성질이 급한 편이라 여러 가지 곡물과 베이컨이나 소시지 따위를 한꺼번에 넣고 끓이는 잡탕 수프인데, '농부의 빵Bauernbrot'과 함께 드시면, 요기는 되지요."

"게으른 분 같지 않으신데요?" 하고 내가 말했다. "우리 한국인들은 끓인 음식을 좋아하는데, 저는 '올가의 수프'가 정말 기대됩니다. 자, 그런데 수프 먹을 날은 아직 멀었으니 우선은 장이나 좀 봐야 할 텐데, 올가 씨, 그럼 좀 도와주시겠어요?"

올가는 정말 싹싹하고도 칠칠한 아가씨였다. 아까 그 벤츠를 차고에서 빼내더니, 내게 조수석이 아니라 뒷좌석에 타라고 했다. 주인이 직접 운전하는 차에는 일반적으로 뒷좌석보다 조수석이 상석이 되는 법인데, 뒷좌석에 타라는 까닭을 몰라서 나는 약간 의아하게 생각했지만, 아무튼, 시키는 대로 뒷좌석에 앉기는 했다. 이윽고 차가 대형 식료품점이 있다는 예나Jena 방향을 향해 조금 가다가 어느 버스 정류장 앞에서 잠깐 멎었는데, 청년 하나가 조수석으로 펄쩍 뛰어 올라타는 것이었다.

내가 깜짝 놀라서 올가 쪽을 쳐다보았더니, "제 남자친구예요!" 하고 그녀가 약간 뒤돌아보면서 내게 말했다. "무거운 것을 옮긴다든가 할 때, 이 친구가 좀 도움이 될 듯해서 부른 것입니다."

"보리스입니다!" 하고 그 청년이 고개를 뒤로 돌려 나에게 공손히 인사를 했다. 새카만 턱수염을 예쁘장하게 기르고 눈동자가 까맣게 반짝이는 청년이었다. "최 교수님께서 바이마르에 오신다는 소식을 듣고 기다리고 있었습니다. 제 이름은 보리스, 보리스 코발스키Boris Kowalski입니다. 한 20년 전에 가족이 폴란드에서 이민을 왔습니다. 지금 저는 독일 국적을 갖고 있고, 보다폰Vodafon 이란 회사에서 컴퓨터 관련 일을 하고 있습니다."

"아, 그래요? 반갑습니다!" 하고 내가 말했다. "나를 도우려는 올가 양을 돕고자 이렇게 합류해주신 것 같은데, 귀한 시간을 내어주셔서 고맙습니다!"

"아, 마침 오늘이 비번이어서 한가합니다. 올가가 음료수 상자를 들어 옮기자면, 제가 필요하다고 구실을 댔지만, 실은 대형 생활용품점에는 무거운 짐을 주차장까지 옮기는 운반 기구도 다 비치되어 있어서, 힘쓸 일이라곤 거의 없답니다. 올가가 괜히, 교수님께 저를 자랑하고 싶어서 부른 것이겠지요, 하하!"

"그래요? 그것참, 흥미로운 일이네요!" 하고 내가 미소를 띠고 말했다. "올가 양, 이렇게 젊고 똑똑한 애인을 자랑함으로써 나 같은 노인한테 미리부터 낙망을 안겨주려던 건 설마 아니겠지요, 허허!"

"아니, 전혀 아니에요!" 하고 올가가 깔깔 웃으며 대답했다. "보리스의 농담에 그토록 쉽게 걸려드시다니요! 젊은 사람들이 자랑할 게 뭐가 있겠어요? 최 교수님이야말로 존경할 만한 분이라는 걸 저희는 클라라한테서 익히 들어서 잘 알고 있답니다. 저 혼자 어색한 분위기로 장을 봐드리는 것보다는 젊은 저희가 서로 농담도 해가면서 최 교수님을 잠시라도 즐겁게 해드렸으면 해서요. 저희의 선의를 믿어주세요!"

"물론 믿지요! 다 농담이고요! 고맙게 생각합니다!" 하고 내가 말했다. "바이마르에 도착한 나한테 이보다 더 큰 환대가 있을 수 없어요. 정말 고맙습니다!"

42

클라라는 내가 혹시 심심하면 읽으라는 뜻이었는지는 몰라도, 『폰 쥐트휘겔가와 그 저택』이라는 화보 비슷한 책자를 내 책상 위에 놓아두었다. 쥐트휘겔Südhügel은 독일어로 '남쪽의 언덕'이란 의미인데, 지금 이 책자를 읽으면서 생각하니, 클라라 폰 쥐트휘겔이 한국에 왔을 때, 경주 '남산'을 방문한 것이 이 '남쪽의 언덕'이란 이름과도 전혀 무관하지는 않았을 듯했다. 그녀의 성이 바이마르 시의 남쪽에 위치한 기다란 언덕Hügel 이름이기도 한 모양이니까 말이다. 폰 쥐트휘겔은 이 언덕과 그 아래의 초지들을 소유한 바이마르의 유서 깊은 귀족 가문으로서, 그 조상은 멀리 작센의 왕 하인리히에까지 거슬러 올라간다고 적혀 있었다. 그러나, 작센의 왕궁 드레스덴에서 바이마르로 건너온 것은 요한 폰 쥐트휘겔 1세로서, 그는 18세기 중반경 작센 바이마르-아이제나흐 공국公國의 어느 공주를 아내로 맞이하여 이곳 쥐트휘겔에 정착했다고 기록되어 있었다.

이런 사정을 대강 읽고 난 나는 내 방의 벽면을 온통 뒤덮고 있는 폰 쥐트휘겔 가문의 많은 초상화와 사진들에 대해 이제는 일말의 친근감마저 느낄 수 있었다. 그래서, 나는 바이마르에 와서 처음 맞는 밤을 헛되이 보내지 않으려고, 노트북을 꺼내어 글을 쓰기 시작했다.

4. 월성인 최내천

   '월성인月城人 최내천崔乃天'은 내 조부이시다. '월성인'이라 하면, 요즘 젊은이들은 '경주 사람'이라고 생각하기 쉬운데, 여기서는 그런 뜻이라기보다는 본관이 '경주', 즉 '경주 최씨'란 말이다. 즉, 내 조부는 고운孤雲 최치원 선생을 시조로 모시는 경주 최씨이며, 임진왜란 때 의병장으로 활약하고 병자호란 때에는 공주영장公州營將으로서 70에 가까운 노구로 근왕군勤王軍을 이끌고 나아가 험천險川 전투에서 순절하신 정무공貞武公 잠와潛窩 최진립崔震立 장군의 후예였다. '사방 백 리 안에 굶는 사람이 없도록 하라!'는 등 여섯 가지 유훈을 자손들한테 남긴 저 유명한 경주 최부자 최준崔浚도 정무공의 후손이고, 동학을 창건하신 수운 최제우 선생도 정무공의 7대손이다. 내 조부가 어느 대에서 이분들과 갈리게 되었는지는 분명하지 않다. 아무튼, 내 조부는 최부자 집이 있는 경주 교촌校村 근처에서는 한번 살아본 적도 없이, 경주에서 80 리나 떨어진 영천의 시장 거리에서 이 점포, 저 집에서 목수 일을 비롯한 여러 잡일을 해주고 간신히 식구를 먹여 살리셨던 것으로 전해지고 있다. 그는 도무지 이재理財에는 관심이 없어서 남의 집 일을 해주고 나오다가 그 집 주인이 불러세워 노임을 주면, 그냥 주는 대로 받고, 외상이라고 해도 그냥 고개를 끄덕이며 빈손으로 그 집을 나왔다고 했다. 또한, 더러 돈이 생겨도 금방 친구나 이웃에 다 '퍼질렀기'(내 할머니의 표현이었다고 하며, 나중에 내 아내가 내 어머니의 말씀을 전해 듣고서 도무지 이재에는 관심이 없는 나를 두고 약간의 원망기를 섞어 욕하곤 하던 말이기도 하다) 때문에, 내 할머니는 신랑이 그날 일하는 점포나 가정집 근처에 미리 가서 몰래 기다리고 있다가 일이 끝나면 염치 불고하고 신랑의 노임을 대신 받아 챙겨 도망치듯 귀가하신 적도 있다는 것이었다. 특히, 여름 장마철에는 일거리가 없어서 집안 살림이 더 어려웠는데, 내 할머니가 못 받은 외상값이나 받아볼까 하고 외상 일 해주셨던 곳을 물어보면, 잊으신 것인지 기억하시면서도 말을 안 해주시는 것인지는 몰라도 그냥 묵묵부답이셨다고 전해 내려오고 있다. 영천 장터 사람들은 내 조부님을 '내청이!', '내청이!' 하고 이름을 아무렇게나 부르면서 거의 '반편' 취급을 했지만, 당신은 그걸 아무렇지도 않게 그냥 받아넘기셨다고 전해진다.

그렇지만, 내 조부님이 사람들이 생각하듯 그렇게 일자무식한 분은 아니셨던 것 같다. 내 어머니가 시집와서 한번은 시어른 방 청소를 해드릴 때 보니, 방에 분명히 지필묵과 벼루가 있었다고 하셨다. 책력冊曆도 갖고 계셔서, 명절이나 기제사 입제일에는 축문과 지방紙榜은 직접 쓰셨다고 했다.

아무튼, 내 조부모님은 내가 태어나기도 전에 돌아가셨기 때문에, 나에게는 어머니의 단편적 언급을 통해 미완성의 퍼즐로 남아계시는 분들이시다. 다만, 나는 내 어머니가 당신의 시아버님을 극진히 모시고 존경하신 것만은 확실히 알 뿐이다. 나로서는 내 조부님의 뭔가 앞뒤가 맞지 않은 희미한 상像 때문에 적지 않이 헷갈리기도 했고 때로는 꽤 궁금하기도 했다. 하지만 나는 장차 내가 나이와 철이 들면 이 수수께끼가 저절로 풀릴 것이라고 믿었다.

나중에 내가 외국에 나가기 위해 여권 수속을 하던 중이었는데, 어느 관청에서 무슨 등본이란 걸 떼어 오라고 했다. 그때 발급받은 그 서류를 들여다보다가 우연히 알게 된 사실인데, 내 조부의 출생지가 '경주시 현곡면 소현리 3번지'였다. 누가 내게 고향이 어디냐고 물으면 그때까지는 영천이라고만 대답해왔지만, 그 이래로는 누군가 내게 조상들이 살아온 원적지를 물으면, 경주시 현곡면 소현리라고 대답하기 시작했다. 하지만 그때까지만 해도 나는 현곡면 소현리가 경주의 어디에 붙어 있는지조차도 모르고 있었다.

내가 나중에 철학과 교수가 되고 보니, 전공인 서양철학 외에 동양철학에도 다소 관심이 생기기 시작했다. 그래서 어느 해던가,

동양철학을 하는 동료들과 수운 최제우 선생의 발자취를 찾아서, 「용담유사龍潭諭詞」로 유명한 경주 용담정으로 단체 답사 여행을 갔다. 그때야 비로소 나는 용담정이 있는 거기가 바로 현곡면 가정리이고, 소현리는 바로 그 인근에 있는 마을이라는 사실을 알게 되었다. 그 순간, 번개같이 내 뇌리를 스친 생각―그것은 내 조부의 이름 '내천乃天'이 아마도 동학의 '인내천人乃天'에서 유래했으리라는 것이었다. 이 너무나도 자명한 사실이 왜 진작 내 머리에 떠오르지 않았는지 이상하기만 했다. 등잔 밑이 어둡다는 말처럼, 자기 조부의 이름자를 한번 음미해보지도 않은 것이었다.

아무튼 내가 그 후에 혼자 내린 결론인즉, 내 조부의 이름은 내 증조부께서 지어주셨을 것인데, 아마도 내 조상은 정무공의 자손 중에서도 최부자 쪽이 아니라 수운 쪽 지파였을 듯했고, 어느 대에 어떻게 갈린 지파인지는 확실히 몰라도, 수운의 가르침을 존숭하고 따랐던 집안이었다는 생각이었는데, 조부님의 출생지가 현곡면 소현리라는 것, 그리고 '내천'이란 이름이 바로 그 사실을 방증하고 있었다.

나는 당장 「용담유사」를 구해서 읽게 되었고, 그다음에는 『동경대전東經大全』도 공부했다. 앞으로 차차 얘기가 나오겠지만, 이때부터 나는 칸트와 헤겔, 쇼펜하우어와 니체 등 서양철학으로부터 수운과 해월의 동학, 즉 종교로서의 천도교라기보다는 철학으로서의 동학으로 내 공부의 방향과 대상을 점차 바꾸게 되었다.

내가 8년 전에 민속학자인 친구 박재선 교수의 안내를 자청하여
경주 남산을 답사한 것도 실은 이렇게 내 연구의 방향과 대상이
서양에서 동양으로 점차 변하던 과정에서 생긴 일이었다. 이것을
니체는 아마도 '아모르 파티amor fati', 즉 '운명에의 사랑'이라고
지칭할 텐데, 나도 이때부터는 수운과 해월의 동학을 연구하게 된
철학도로서의 내 '운명'을 '사랑'하면서, 그것을 나의 새로운 과업
으로 받아들였다고도 할 수 있겠다.

5. 바이마르의 귀신

여기까지 우리 집안 내력 중에서 먼저 내 조부님에 대해 단숨에 조금 써놓고 나니, 어느새 새벽 2시였다.

바이마르에 도착한 첫날이 참 길었다는 느낌이 들었다. 그러나 첫날부터 글이라고 이렇게 몇 줄이라도 썼으니, 나는 꽤 흡족한 기분이 되어, 널찍한 침대 위에 드디어 몸을 뉘었다. 침대는 용수철의 탄력이 좋은 신품이어서 아주 편안한 감을 주었다.

창문이 없는 북쪽 벽면 전체가 폰 쥐트휘겔 가문의 초상화들로 (19세기 중반 이래로는 사진들로) 뒤덮여져 있었다. '클라라 폰 쥐트휘겔의 사진은 여기에 없다지만, 이 큰 세계도 맨 아래에 그녀가 추상적으로 존재하고 있으리라!'—나는 문득 경주 남산의 '할매 부처'를 찾았던 그날을 생각하면서, 침대 머리맡의 전등 스위치를 껐다.

'내가 정말 할매 부처를 믿는 사람인가?' 하고 나는 어둠 속에서 잠시 혼자 생각에 잠겼다. 나와 '할매 부처'와의 관계라는 것이 다소 우호적이긴 하겠지만, 무슨 기도와 신통력을 주고받는 그런 세속적 종교 관계는 분명 아니다. 다만, 나는 '할매 부처'야말로 우리 조상들이 믿고 소원을 빌던 대상이고, '할매 부처'도 그저 그들의 소원에 귀를 기울어준 것으로 이해한다. 그래서, 나는 이런 옛 신령님의 모습이 경주 남산 불곡에 비교적 온전한 모습으로 남아 있다는 것이 정말 다행스럽고 그것이 대단히 소중한 문화적 기념비라고 생각하는 것이다. 수운도 「수덕문修德文」에서 "인의예지는 옛 성현의 가르침이고, 마음을 닦고 기운을 바로잡는 것이야말로 오직 내가 다시 정한 삶의 도리仁義禮智 先聖之所敎 修心正氣 惟我之更定"라고 쓰셨는데, 여기서 중요한 것은 수운이 '인의예지' 등 공맹의 가르침을 소홀히 생각하지 않고 그것을 바탕으로 해서, '마음을 바로잡고 몸의 기운을 반듯이 하자!'는 삶의 도리를 내어놓았다는 사실이다. 마음을 닦고서 기운을 바로잡을 때는, '모든 일이 스스로 잘 풀려나갈 것(無爲而化)'이라는 믿음─이것이 내가 수운과 해월에게서 배운 동학의 근본 가르침이며, '할매 부처'든 '하느님'이든 다 '나 자신'이 찾은, 그래서 내가 모시는 '나 자신 안의 하느님'이라는 깨달음인 것이다.

"아버님! 안에 계세요? 불났어요, 불! 어서 나오셔야 해요!" 하며 다급하게 방문을 두드리는 것은 분명 며느리의 목소리였다.

"오냐, 나간다!" 하고 나는 일어나고자 했지만, 이상하게도 꼼짝달싹할 수가 없었다. 어디선가 열기가 후끈 끼쳐 오고 몹시 답답한 것으로 보아 불이 난 것 같기도 했다. 어서 일어나 탈출을 해야겠는데, 내 몸이 천근이라 아무리 일어나고자 애를 써도 도무지 움직일 수가 없고 숨만 콱콱 막혔다.

"아버니임!" 하고 며느리의 애타게 부르는 소리가 다시 들리면서, 문 두드리는 소리는 더욱 세차게 쾅쾅 울렸다.

'며느리한테 집을 맡기고 바이마르로 오지 않았던가? 그런데, 내가 어째서, 왜 아직 내 집에 이렇게 드러누워 있단 말인가?' 하고 나는 마침내 뭔가 이상하다는 생각을 했고, 이내 폰 쥐트휘겔 저택의 내 널찍한 방 생각이 났다. '대체 나는 지금 어디에 있단 말인가? 아무튼, 불이 난 모양인데, 난 지금 이 자리에서 일어나야 한다! 지금 당장!'—이런 생각을 하면서 나는 죽을힘을 다하여, 윗몸을 일으키려고 했다. 그러나 누군가가 내 어깻죽지를 꼼짝달싹 못 하도록 꽉 짓누르고 있었다.

"누구냐?" 하고 내가 고함을 질렀지만, 실은 내 목구멍에서 모기 우는 소리만큼이라도 무슨 소리가 나왔는지도 분명치 않았다.

"이노옴! 늙은 놈이 내 딸의 혼을 빼놓고도 네 놈이 목숨을 부지할 성싶었더냐?" 하고 누군가가 나를 짓누르면서 말했다.

"누구십니까?"

"폰 쥐트휘겔 7세다. 클라라의 아비다!"

"대체 왜 이러십니까? 클라라에게 호감을 가진 죄밖에 없습니다. 아직 아무런 죄도 저지르지 않았습니다!"

"아직? 그럼, 곧 내 딸을 건드리긴 건드리겠다는 말이렸다?"

"모르겠습니다! 모르겠다는 말도 정말입니다! 좋아한 죄밖에 없습니다!" 하고 내가 말했다. "제가 여자를 유혹할 나이도 이미 지난 데다 우리 사이는 참으로 알 수 없는 어떤 인연의 끈에 꽉 매인 듯해서 지금 저는 모든 것이 당혹스럽고 정말 아무 설명도 드릴 수 없습니다."

"이런 고얀 놈 같으니라구! 차라리 내 딸과 동침을 하겠다면 또 몰라도, 그런 어정쩡한 태도는 또 뭐냐? 아주 네놈의 숨통을 끊어버려야겠다!"

"사람 살류!" 하고 나는 있는 힘을 다해 고함을 질렀다.

눈을 뜨자 온몸이 땀에 흥건히 젖어 있었고, 바깥에서 문을 두드리는 올가의 목소리가 들려왔다.

"최 교수니임!"

나는 침대에서 간신히 몸을 일으켜 방문을 조금 열었다.

"아, 일어나셨어요?" 하고 올가가 말했다. "무슨 비명 같은 소리가 들리긴 하는데, 일어나신 기척은 없어서요. 지금이 10시 30분이어서, 피곤하신 끝에 아주 못 일어나시면 어쩌나 해서 걱정이 되었답니다……."

"아, 그래요?" 하고 내가 말했다. "꿈자리가 좀 뒤숭숭했습니다……."

"그래요? 세수를 하시고, 정원으로 나오세요. 수프를 끓여놓았는데, 그걸 드시면 좀 정신이 드실 거예요."

"아, 고맙습니다!" 하고 내가 말했다. "주말도 되기 전에 벌써 '올가의 수프' 맛을 보게 되나요?"

"아이구, 선생님도 참! 아무것도 아니에요. 그저 어중간할 때, 한 끼 때우는 방편이랍니다. 어제 장은 봐두셨지만, 지금은 독일식 아침을 드실 기분이 아니시잖아요! 또한, 날씨가 정말 좋아요! 정원으로 나오셔서 독일의 6월 아침 햇살을 받으시며 수프와 '농부의 빵'을 드시면, 새 기분으로 바이마르 생활을 시작하실 수 있을 거예요!"

"고마워요! 그런데, 한 가지 물어봐도 될른지……." 하고 내가 머뭇거렸다. "이 댁에 따님이 하나 있다는 말은 들었는데, 그 따님은 통 안 보여서요."

"아, 지클린데Sieglinde 말씀이군요. 베를린에서 음악 공부를 하고 있는데, 베트남에서 온 여학생과 정분이 나서, 둘이서 결혼하겠다고 야단이에요. 그래서, 하르트무트와 클라라의 속을 태우고 있답니다. 어서 결혼해서, 아들이든 딸이든 자손을 봐야 하는데, 그 딸은 여자 친구와 결혼하겠다 하니, 이 댁의 최대 걱정거리죠.

지클린데는 아마도 크리스마스 때나 바이마르에 한번 오기나 할지 모르겠네요!"

"아, 그런 사정이 있었네요! 잘 알았습니다. 쓸데없는 걸 물어서 미안해요!"

"괜찮습니다. 이제 정원의 정자에서 수프나 드세요!"

내가 정자에서 식사하는 동안 올가가 잠시 내 옆에 선 채로 지나가는 투로 설명한 바에 의하면, 이 저택은 5층 건물인데, 층마다 방들이 4~5개가 있다고 했다. 1층에는 내가 쓰고 있는 '조상들의 방'과 그 부속 시설 외에도 파티를 위한 대형 홀과 그것에 딸린 식당과 부엌 그리고 큰 화장실이 있었다. 2층에 있는 주인 내외의 거처를 제외하고도, 3~5층에 도합 14개의 크고 작은 방들이 있는데, 월세를 들어 사는 바이마르의 주민도 2가구가 있고, 나머지 9개 방이 일반 투숙객을 받는 간이 숙박 시설이라고 했다. 올가는 하던 일을 끝내야 한다며 또다시 저택 안으로 들어갔다.

갖가지 곡물에다 베이컨과 소시지를 넣고 끓인 '올가의 수프'는 따끈하고 깊은 맛이 났다. '농부의 빵'과 함께 먹으니, 한 끼 요기로는 충분했다. 정원에는 치어아펠 등 각종 수목과 라일락 등 많은 관목들이 뿜어내는 산소 때문인지 공기가 대단히 시원했고, 여기저기서 간혹 이름 모를 새 소리까지 들려왔다. 하늘에는 구름이 좀 있었지만, 주황색 구름 뒤에 잠시 숨었던 태양은 금방 구름을 뚫고 나와 6월 오전의 신선한 녹색 정원에다 따사로운 햇볕을 선사하곤 했다.

이윽고 올가가 커피를 갖고 다시 왔다.

"수프 맛이 어때요?" 하고 그녀가 미소를 지으면서 물었다. "이 댁에서는 두 분 다 바삐 지내시기 때문에 요리를 거의 하시지 않아요. 제가 여기 와서 일한 이래로는 집에서의 따뜻한 식사는 거의 이 수프뿐이랍니다."

"맛이 참 좋습니다!" 하고 내가 말했다. "영양가도 충분할 듯하고요! 식생활을 간단히 하는 것이 현명하게 살아가는 방법 중의 으뜸이 아니겠어요? 그런데 이 댁의 주인 내외분은 벌써 나가셨나요?"

"그럼요! 8시에 이미 나가신걸요! 하르트무트는 난민들과 면담하기 위해 사무실로 나가셨고, 클라라는 김나지움으로 출근하셨습니다. 저는 손님들이 떠난 방을 청소하고 침대 시트도 갈아야 합니다. 드나드는 손님들을 응대하면서, 방을 안내하고 숙박비 계산도 해야 하지요. 어떤 날은 정말 바빠서 정신이 없는데, 오늘은 좀 한가한 편이네요."

"아, 그러시군요!" 하고 내가 말했다. "이것저것 정말 할 일이 많으시네요. 그런데 저까지 이렇게 와서 폐를 끼칩니다!"

"아닙니다! 최 교수님을 도와드리는 건 저로서는 정말 기쁜 일입니다." 하고 올가가 말했다. "그런데 오늘은 뭐 하실 거예요? 호기심으로 여쭙는 게 아니라, 제가 뭐 도와드릴 일이라도 있을까

해서요. 교수님의 일정을 여쭤보고 도울 일이 있으면 도와드리라는 클라라의 당부가 있었답니다."

"아, 염려 마십시오!" 하고 내가 말했다. "오늘부터 각자 자기 생활에 전념하기로 했잖아요! 난 우선 산책이나 좀 하면서, 정든 바이마르 시내를 그저 한 바퀴 빙 둘러보고 싶군요. 그리고 나서는 어디선가 점심을 때우고 나서, 아나 아말리아 도서관으로 가서 열람증을 발급받을 생각입니다. 참고 도서실에서 최근 독일 신문과 잡지들을 좀 뒤적여 보는 것도 좋겠지요. 시내에서 저녁 식사를 간단히 해결하거나, 혹은, 먹을거리를 조금 사 들고 와서 집에서 식사할 겁니다. 요컨대, 저녁 식사를 가볍게 해야 글을 좀 쓸 수 있겠거든요. 저녁마다 조금씩 글을 쓸 생각입니다. 그러니, 지금 이 시각부터는 저를 완전히 잊으시고 올가 씨의 일과에 충실하셔도 되겠습니다."

6. 바이마르 산책

잠시 후, 나는 쥐트휘겔 저택을 나와 바이마르 시내 쪽으로 천천히 걸었다. 훔볼트 슈트라세는 예전과 다름없이 꾸부정하게 시내 쪽으로 뻗어 있었다. 저기 시외 쪽으로 조금 더 올라가노라면, 훔볼트 슈트라세 36번지에, 내가 연구 생활을 했던 '니체 서고'가 있을 것이었다. 하지만 '니체 서고'는 다른 날에 따로 들러 보기로 하고, 지금은 그 반대쪽인 시내 방향으로 걸어 들어가서, 익숙한 바이마르 시내를 그냥 한번 죽 둘러보며 산책이나 하고 싶었다. 이윽고 나는 '선사시대 역사박물관' 옆을 지나 '빌란트 광장 Wielandplatz'에 이르렀다. 독일문학사라는 밤하늘에 계몽주의의 큰별로 반짝이는 빌란트—그의 동상은 변함없이 그 자리에 서 있었다.

"빌란트여, 그대는 괴테보다 16년 연상으로 독일 계몽주의 문학의 완성자로 추앙을 받고 있다. 그대는 괴테보다 3년 먼저, 그러니까 1772년에 아나 아말리아 공작부인의 초청을 받아, 여기 바이마르라는 작은 공국으로 왔다. 그대의 셰익스피어 번역은 독일어의 어휘 영역을 넓혀 놓았고, 그대의 소설 『아가톤의 이야기 Geschichte des Agathon』는 독일 산문의 품격을 한층 더 높여줌으로써 독일 계몽주의 문학의 완결판이 되었다. 1775년에 젊은 괴테가 바이마르에 오자, 그대는 그의 천재성을 누구보다도 먼저 알아보았고, 괴테가 그대보다 더 찬연한 빛을 발할 새로운 시대의 별임을 알아보자 질투하거나 시기하지 않고 한적한 구석 자리로 물러나 후배의 빛나는 행보를 바라보는 기쁨을 누릴 줄 알았다. 그래서, 지금 나는 그대를 바이마르의 현자로서 삼가 경배하는 바이다."

나는 빌란트를 향하여 잠시 고개를 숙였다. 여기 빌란트 광장에서부터는 바로 바이마르 시의 도심이 시작된다. 얼마 걷지 않아 금방 '괴테 국립박물관'이 나왔다. 이른바 '괴테의 집'으로서 괴테가 바이마르에서 살던 저택이었는데, 오늘날에는 '괴테 국립박물관'으로 되었고 바이마르 최대의 관광 명소이다.

오늘날의 바이마르가 세계적 관광도시로 되고 1999년도 '유럽의 문화 수도Kulturhauptstadt Europas'로 지정된 데에는 괴테의 영향이 압도적이다. 빌란트에 이어 바이마르 궁정으로 초대받은 시인 괴테는 여기서 자신의 젊은 날의 걸작 『젊은 베르터의 괴로움Die Leiden des jungen Werther』의 시절, 즉 '폭풍우와 돌진 Sturm und Drang' 시대의 한계성을 극복하고, 인문적으로 한 단계 더 성숙한, 조화와 균형을 추구하는 바이마르 고전주의라는 찬연한 인문의 꽃을 피웠다.

　나는 '괴테 국립박물관'을 오른편에 둔 채 보행자 전용 거리를 조금 더 걸어가다가 '쉴러의 집' 앞에서 걸음을 멈춰 섰다. 괴테보다 10세 연하로서, 괴테를 도와 바이마르 고전주의의 또 다른 주인공이 된 이상주의적 시인 프리드리히 쉴러가 살던 집은 '괴테의 집'에 비해 아주 초라해 보인다. 쉴러는 이 집에서 병고와 싸우며, 아니, '죽음'이란 귀신 자체와 씨름하면서 작품을 썼다. 1805년 5월 19일, 그를 검시한 의사 후쉬케W. E. Chr. Huschke는 "이런 상황을 감안할 때, 우리는 이 불쌍한 사람이 그토록 오래 버틸 수 있었던 데에 대해 놀라움을 금할 수 없습니다."라고 카를 아우구스트 공에게 서면으로 보고했다. 바로 그날 괴테는 쉴러의 부음에 접하여, "나는 이제 한 친구를 잃었고, 그 결과 내 현존재의 반을 잃었다."라고 말했다. 초라하던 '쉴러의 집'도, 지금 내가 자세히 살펴보자니, 다행히도 바이마르 시 당국에서 그 뒤편에 있던 건물과 땅을 새로 사들여, '쉴러 박물관'으로 증축·확장하고 있었다. 그의 사후 이백여 년이 지난 이 시점에 쉴러가 괴테에 비하여 그 초라하던 모습을 약간이나마 만회하게 된 것은 그나마 다행이라 할 만했다.

'쉴러 박물관'을 오른편에 두고 서쪽으로 조금 더 걸어가니 바로 '과수궁(寡守宮, Wittumspalais)'이 나왔다. 1772년에 에어푸르트Erfurt대학 교수였던 빌란트를 바이마르로 초대했던 아나 아말리아 공작부인이 1775년에 성년이 된 아들 카를 아우구스트Carl August에게 국정을 물려준 뒤 물러나서 기기하던 대비궁이다. 그 후 괴테, 헤르더, 쉴러 등 3인은 공식적으로는 카를 아우구스트 공이 초대했지만, 실은 그 모후母后인 공작부인의 뜻에 따른 것으로도 볼 수 있다. 그래서 그녀는 당대 독일문학의 4대 거인을 바이마르로 불러들여, 바이마르 고전주의를 꽃피워내고 '인문성 이상 Humanitätsideal'을 구현한 장본인으로 존숭받고 있다.

"아나 아말리아 공작부인이시여, 당신의 원대한 안목이 없었던들, 오늘의 독일은 문화적으로 아주 초라한 나라일 것이고, 오늘의 바이마르는 튀링엔 주의 한 소도시에 불과할 것입니다. 당신의 지원과 비호庇護하에 당대 독일 최고의 문인 네 사람이 바이마르로 와서 조그만 바이마르 공국이 당시 독일 최고의 문화 대국으로 찬연히 빛나게 되었습니다.

시대를 앞선 영민한 여인이시여, 당신의 아들 카를 아우구스트 공은 나폴레옹이 독일 땅에서 물러나자 1816년에 독일 군주로서는 드물게도 언론의 자유와 국민의 자유로운 의사 표출권을 보장한 '바이마르 공국 헌법'을 제정하고, 1817년에는 입헌군주제를 지향하는 진보성을 보였습니다. 나폴레옹 치하에서 독일의 군주들은 자신들의 신민들에게 약속했었지요.—만약 자기들 군주들을 도와 독일 땅으로부터 나폴레옹을 물리치는 데에 합심, 투쟁해준다면, 그 이후에는 그들을 위해 입헌군주제 헌법을 제정해주겠다고! 그러나, 나폴레옹이 물러가고 나자, 군주들은 그 약속을 뒤집고 지켜주지 않았습니다. 하지만 당신의 아들은 1816년 5월에 그 약속을 지켰고, 그것도 의회 구성에서 시민대표 10명과 농민대표 10명의 참여를 보장하고 집회 및 언론의 자유를 인정하는 상당히 진보적인 입헌군주제 헌법이었습니다.

그래서, 1918년 독일이 제1차 세계대전에서 패하고 빌헬름 2세 황제가 홀란드로 도주한 뒤에 황제권 포기를 선언함으로써, 신성로마제국을 이은 독일의 '제2제국'이 멸망하고, 전승 연합국들의 요청에 따라, 독일은 1919년 민주공화국 체제로 전환해야 했습니다. 그래서, 당시 독일인들은 독일 땅에서의 첫 민주공화국을 출범시키기 위해, 옛 프로이센의 베를린이 아닌 이곳 튀링엔의 바이마르에서, 유명한 '바이마르 헌법'을 선포했으니, 문화의 도시 바이마르가 잠시나마 독일 전체의 중심이 되는 순간이었습니다. 이것은 카를 아우구스트 공의 '바이마르 공국 헌법' 덕분이기도 했지만, 실은 괴테와 쉴러의 찬연한 바이마르 고전주의 문학의 후

광 때문에 가능했던 일이지요.

괴테를 사랑하셨나요?

어리석은 질문, 용서하소서!

사랑하셨지만, 질펀한 욕망의 늪에 빠졌다가 권태를 건져 올리는 그런 사랑 아니고, 천재의 목을 휘감고 늘어져 골방 바닥에 주저앉히는 그런 사랑 아니라, 자신의 외로움 달래면서, 궁정 사람들의 온갖 질투와 시기라는 독화살로부터 천재를 지켜주어, 그가 마음껏 활동하도록 도와준 사랑! 그래서 온 바이마르, 온 독일, 온 세계가 200여 년이 지난 지금도 그 천재를 사랑하도록 만드시고, 결국 당신 자신도 찬탄과 사랑을 한 몸에 받으시는 그런 깊고도 원대한 사랑!

영명하셨던 공작부인이시여, 사랑의 참뜻을 선구적으로 깨닫고 실천하신 현명하셨던 여인이시여, 멀리 대한민국에서 온 보잘 것없는 한 철학자는 오늘 당신을 향해 이렇게 삼가 경모하는 마음을 바칩니다!”

나는 금색 칠이 되어 있는 과수궁을 향해 잠시 경배하고 나서, 바로 그 지척에 있는 바이마르 국립극장 쪽으로 천천히 걸어갔다. 극장 건물 정면에는 ‘외교를 통해 평화를 되찾자!’라는 현수막이 높이 걸려 있었는데, 그것은 아마도 우크라이나 전쟁의 평화적 해결을 촉구하는 바이마르 시민들의 염원을 담고 있는 슬로건인 듯했다. 극장 앞 광장에는 예나 다름없이 검푸른 청동 동상으로 괴테와 쉴러가 나란히 서 있었다. 나는 관광객들이 사진을 찍는 데에 방해가 되지 않도록 조금 떨어진 곳에 서서, 그 두 시인의 모습을 그윽이 바라보았다.

'이상주의자 쉴러의 시선은 약간 하늘을 향해 있고, 현명한 현실주의자 괴테는 정면을 바라보고 있구나! 바로 그대들 두 시인이 합심해서, 균형과 조화를 이상으로 하고 인문적 사랑을 시원한 분수처럼 내뿜는 바이마르 고전주의를 완성해낸 것이다!'—나는 두 시인을 향해, 관광객들이 보거나 말거나, 온 마음을 다해 합장했다. 내가 고개를 드니, 괴테의 두툼한 눈두덩이 바로 내 눈앞까지 바짝 다가와 있는 것 같았는데, 그것은 바이마르의 정신Geist 괴테였으며, 그 '바이마르의 신령'이 내게 말했다.

"최준기 교수, 그대는 벌써 네 번째로 바이마르에 왔구나! 그때마다 잊지 않고 이렇게 우리 둘을 찾아주니 고맙다! 나 괴테는 그대가 청년 시절에는 나보다 쉴러를 더 좋아했었다는 사실을 잘 알고 있다. 바이마르 궁정에 초빙되어 군주에게 봉사하고 나중에는 귀족 칭호까지 받은 나를, 젊은 그대가 좋아할 수 없었다는 사실을 나는 이해한다, 대학생 시절의 그대는 신군부 독재에 항거하던 열혈 청년이었으니까 말이다.

하지만 지금은 그대도 깨달았는가?—이상주의만으로는 그대의 조국과 그대 자신의 공동체를 지킬 수 없다는 사실을! 특히, 너희 한반도 사람들은 그렇지! 한반도는 4대 강국에 둘러싸여 있는데다 남북으로 분단되어 있지 않으냐! 실은 남북으로만 분단된 것이 아니라, 지금은 남한 자체가 또 친미·친일 우파와 노동, 분배 정의, 환경, 그리고 통일을 지향한다는 좌파로 극심하게 분열되어 있지! 양쪽이 말만 했다 하면, 한쪽은 다른 쪽을 '종북 좌파'라고 규정하고, 그 다른 쪽은 또 상대를 '토착 왜구'라 욕하는데, 그게 다 지나친 '이름[名]'이라는 것을 깨닫지 못한단 말이냐? 한때는 '빨갱이'라고, '친일파'라고 서로 욕하며, 칼부림, 총싸움이 극성이더니, 요즘은 그 '이름'만 더 지독해졌단 말이냐! 그렇게 서로 자기주장만 되풀이할 뿐, 상대방을 무조건 비방만 하고 있으니, 쉴러의 위대한 이상주의가 거기로 간다하더라도, 오히려 독이 되어 너희들의 싸움에 부채질만 하게 되지 않을까 걱정이구나! 지금 거기서야말로 나의, 이 괴테의 현명한 현실주의가 더 도움이 될 것이야! 세계를 향해 활짝 열려 있고 세계를 다 품고도 남을 이내 너른 가슴! 게다가 머리는 냉철해서 온갖 변수를 다 예견할 수 있고, 손발은 절제를 알아 함부로 움직이지 않지! 요즘의 너희 한국 사회에서 이런 나를 모범으로 삼으면 어떨까? 하지만, 모두 영어에, 미국의 신자유주의에, 냉혹한 경쟁과 이기적 승리에 정신이 팔려 아들과 딸에게 프랑스어와 독일어는 필요 없다 하고 신자유주의를 '새로운 자유사상'으로 떠받드는 모양이더구나! 딱하도다, 낙후된 정치 때문에 온 나라가 몸살을 앓고 있으니! 어리석은 지도자를 뽑아놓고는 온 국민이 아첨꾼들과 비판자들로 분열되어, 무엇이든 자기 편 말만 옳고 상대방의 말은 거짓말이라고 우기면서, 언어의 본원적 의미마저 왜곡하고 있구나! 그로 인한 혼돈과 분란이 말이 아니로다! 너희들 동아시아의 성인 공자의 '정명正名'도 잊었느냐? 이미 200년 전에 나도 공자한테서 배웠던 바로 그 정명 사상 말이다. 이름을 잃으면, 언어도 힘을 잃고, 올바른 의사소통이 되지 않아 국가의 기본 강령이 무너진다는 걸 꼭 이 '바이마르의 정신'인 내가 말해줘야 알겠느냐? 최준기 교수, 그대는 동·서양을 다 공부한 철학자가 아니더냐? 뒤늦게 여기 바이마르에서 무엇을 찾고 있느냐? 어서 한국으로 돌아가 그대 자신의 몫을 다하여라! 지금 그렇게 유유자적, 바이마르 시내를 산책하고 있을 때냐 말이다!"

　이런 괴테의 질타를 들으니, 나는 할 말도, 면목도 없어서, 슬그머니 그를 등지고 걸어 나오는데, 바로 괴테 광장이었다. 이 바이마르라는 도시는 '괴테'의 동상을 떠나도 또 '괴테 광장'이다! 괴테 광장 바로 한가운데에 있던 옛 영화관은 지금은 현대식 건물로 개축되어, '청년을 위한 문화 센터, 모나미'로 이름을 바꾼 채 산뜻한 모습으로 나를 반기고 있었다. 그래서 내가 그 입구에 다가가 보니, 영화, 연극 그리고 음악회를 알리는 포스터들이 즐비하게 게시되어 있었다. 나중에 다시 와서 찬찬히 들여다보며 체크하기로 하고, 나는 그 옆길로 접어들어 다시 동쪽으로 걸어 내려갔다.

'어디로 가고 있는가? 그렇다! 이제는 헤르더 광장Herderplatz 이다.' 헤르더 광장에 이르기 직전에 나는 오른편 도로변에 '낙화유수'라는 한국 음식점이 들어서 있는 것을 보았다. '클리라가 이메일에서, 바이마르에도 한국 식당이 두 군데나 생겼다고 했지? 한국의 음식 문화가 그새 독일에도 널리 전파되어 있는 것은 좋은 징후일까? 지금 들어가 보자! 아니, 아니다! 벌써 한국 음식을 찾다니! 음식 향수에 젖기에는 아직은 너무 이르지 않은가! 오늘은 아직 아니지!'

내가 시선을 드니, 지척에 우뚝 솟은 웅장한 교회 건물이 보이고, 그 앞에 청동색 동상으로 헤르더가 훤칠하게 서 있었다.

"헤르더여! 멀리 동 프로이센의 모룽엔Mohrungen 시 출신으로서, 일찍이 '북방의 신령스러운 마인魔人(Magus des Nordens)'이었던 하만Johann Georg Hamann의 영향을 받은 그대는 남쪽으로 여행하던 중에 마침 눈병이 나서 안과 치료를 받기 위해 잠시 슈트라스부르크에 머물게 되었다. 그때, 아, 바로 그때, 그러니까 1770년에 다섯 살 아래인 21세의 슈트라스부르크 대학생 괴테를 만나서, 새 시대를 맞이하여 바야흐로 움트기 시작하는 독문학을 위해서는 민요 등 민속문학과 영국의 셰익스피어 연극이 중요함을 열심히 설파해주었다. 그래서, 지금도 그대는 슈트라스부르크를 중심으로 일어난 '폭풍우와 돌진'의 시대를 열어준 선구자로 추앙받는다.

괴테는 잊을 수 없는 선배요, 세기의 선각자인 그대를 바이마르로 초청하여 슈트라스부르크에서의 옛 추억과 그 당시의 돈독한 우정을 되살려 바이마르라는 소공국小公國을 그대와 함께 문화대국으로 만들고자 했다. 하지만 헤르더여, 그대는 역사학자, 민속학자, 언어학자로서 시대 정신을 앞서 깨달아 후배들에게 전달해준 그 혁혁한 공적에도 불구하고, 금도襟度가 넉넉하지 못하여, 바이마르 궁정에서 큰 명성을 얻은 후배 괴테를 괜히 질투하고 시기하는 마음을 일으켰다. 그대는 어찌하여 빌란트를 본받지 못했던가? 하긴, 모든 사람이 다 빌란트의 지혜를 갖추고 태어나는 건 아니지!"

헤르더의 곁을 떠나, 나는 아나 아말리아 도서관 방향으로 천천히 걸음을 옮겼다. 발바닥이 조금 아프기 시작했다. 바이마르 시내의 거의 모든 길에는 차량의 진입이나 과속을 막기 위해 작은 돌들을 박아 길바닥이 우둘두둘 하도록 포장해놓았다. '고양이 머리Katzenkopf'라고 부르는 이런 포석을 깔아놓은 길바닥은 보행인의 발을 쉬이 피곤하게 만든다. 이윽고, 왼편, 즉 동편에 검정색 첨탑이 보이고 그 아래에 노란색 궁성 건물이 나타났다. '이것이 바이마르의 공작이 기거하며 공국을 다스리던 바이마르 궁성이다. 괴테의 소설 『빌헬름 마이스터의 수업시대』에서 빌헬름이 귀족 로타리오를 찾아가던 그런 성, 〈탑의 모임〉의 본부가 있던 그런 성탑이 보인다. 내가 열람증을 발급받으려는 아나 아말리아 도서관이 이제 곧 길 오른편에 나다나리라.' 그런데, 도서관으로 올라가기 직전, 오른쪽에 '레지덴츠 레스토랑'이란 간판이 보였다. 그것은 이름 그대로 '대공의 거처' 바로 건너편에 자리 잡고 있는 유서 깊은 '공관公館 식당'으로서, 전에 바이마르에 체류하던 때 나도 몇 번 식사한 적이 있는 곳이었다. 식당 바깥 공터에 내어놓은 탁자들 주위의 의자에는 이미 많은 손님이 자리를 잡고 앉아서 햇볕을 즐기며 식사를 하거나 커피를 마시고 있었다. 이방인인 내가 그런 탁자들 중의 하나를 혼자서 떡 차지하고 앉기는 좀 부담스러웠다. 내부 구조를 잘 아는 식당이었으므로 나는 사람들 사이를 지나서 조그만 계단을 올라간 다음, 식당 안으로 들어갔다. 흰 앞치마를 두른, 튀르키예계로 보이는 여종업원이 친절하게 인사를 하면서 나를 바이마르 궁성의 검정색 성탑이 건너다보이는 창가의 어느 한적한 자리로 안내했다. 식당 안에도 여기저기 손님들이 앉아 담소를 나누고 있었다. 나는 우선 튀링엔 산의 게스너 Gessner 맥주 큰 잔 하나를 주문하고는 튀르키예계 여인이 건네주는 메뉴판을 들여다보았다. 그녀가 시간에 쫓기는지 조금 있다가 다시 오겠다면서 일단 내 곁을 떠났다. 이윽고, 그녀가 게스너 한 잔을 갖고 다시 와서, 나에게 적당한 음식을 골랐는지 물었다.

"전에는 '튀링엔 스타일의 돼지고기 구이'란 게 있었던 듯한데, 여기 메뉴판에서는 찾을 수가 없네요?"

"아, 예, 그건 특별 메뉴인데, 저기 흑판에 따로 게시되어 있습니다." 하고 그녀가 홀 한가운데에 세워둔 흑판을 가리켜 보이면서 말했다. "저기 위에서 두 번째에 적혀 있는 '튀링엔식 브레틀 Thüringischer Brätl'을 말씀하시는 듯한데요. 그걸 주문하시겠습니까?"

"예, 고맙습니다! 그걸로 할게요."

"예, 잘 알았습니다!" 하고 그녀가 미소를 남기고 돌아서서 카운터로 되돌아갔다.

나는 맥주잔을 들고 한 모금 마셨다. 기대했던 바로 그 독일 맥주 맛이 오랜만에 내 목구멍을 감돌았다. 그리고, 식사가 나오자, 나는 초록색 동록銅綠이 낀 검정색 성탑을 올려다보면서, 구운 돼지고기 덩어리를 적당한 크기로 썰어서, 볶은 양파, 구운 감자와 함께 조금씩, 천천히, 마치 내가 굉장한 식도락가라도 되는 것처럼, 음미해가면서 먹기 시작했다. '바쁠 것이 전혀 없는 식사도 참 오랜만이군!' 하고 나는 생각했다. '그 복닥거리는 한국을 떠나 여기 바이마르로 흘러왔으니, 한 번쯤 이렇게 여유를 부릴 자격은 있지 않을까?'—이렇게 나는 잠시 터무니없는 자기변명을 하기도 했지만, 여행자라고 해서 자만심에 빠져도 괜찮다는 특권 같은 건 애초에 있을 수 없다는 사실은 자명했다.

아나 아말리아 도서관의 접수대에는 금발이 회색으로 곱게 변한 한 여인이 앉아서 나를 맞이했는데, 그녀의 앞 접수대 위에는 뷴쉬케Wunschke라는 명패가 놓여 있었다. 내가 여권을 내어주며 열람증을 발급받고 싶다고 말하자, 그녀는 컴퓨터 모니터에다 서식을 띄워 놓고 내 인적 사항을 거기에 입력하면서 말했다. "성함이 제 기억에 아련하게 남아 있네요. 바이마르에는 처음이 아니시지요?"

"예, 네 번째입니다." 하고 내가 대답했다. "이 도서관에서 열람증을 발급받는 것은 이번이 세 번째고요. 왜냐하면, 네 번 중 한 번은 관광객으로서 1박 2일로 그냥 지나쳐 갔을 따름이었으니까요. 잘 부탁드립니다!"

"기꺼이 도와드리겠습니다!" 하고 그녀가 말했다. "이제는 열람증이 전자 카드로 발행되므로, 평생 유효하니까 다음에는 이 카드를 갖고 오셔서 바로 쓰시면 되겠습니다. 제가 이 도서관에서 20년 가까이 근무했답니다. 교수님의 얼굴이 아마도 제 기억에 남아 있었던 것 같습니다. 아까 문 안으로 들어서실 때부터 어딘가 안면이 있었으니까요."

"고맙습니다. 그러고 보니, 저도 부인께서 아주 처음 뵙는 분 같

70

지만은 않네요. 반갑습니다, 분쉬케 부인!"

"원래는 크리스티네 카우프만이었습니다. 아마도 제가 그새 결혼을 해서 성이 달라졌기 때문에 알아보시기 어려웠을 듯합니다. 반갑습니다, 교수님!"

나는 도서관에서 신문과 잡지를 뒤적여보기도 하고 철학 분야의 신간을 살펴보기도 하면서 시간을 보내다가 바이마르 시내의 중심지인 마르크트 플라츠의 한 빵 가게에서 치즈케익 한 조각을 포장으로 구입한 다음, 내 방으로 돌아와 부엌에서 커피를 끓여 간단히 저녁 식사를 때웠다. 저녁 식사를 간단히 해야 생산적인 저녁을 보낼 수 있다는 것은 평소 나의 지론이기도 하다. 이윽고 나는 책상 앞에 앉아 노트북을 펼치고, 드디어 어제 시작한 그 글을 계속 쓰기 시작했다.

7. 1946년, 영천의 10월 항쟁

1945년 8월 15일 저녁이었다.

최내천은 제재소 박해근 사장이 건네주는 막걸리 한잔을 죽 들이켜고 나서 열무김치 한 젓가락을 막 입으로 가져가고 있었다. 그때 박 사장 책상 위의 라디오에서 무슨 심상찮은 방송이 흘러나왔다.

"드디어 왜놈들이 항복을 한 모양이니더!" 하고 박 사장이 말했다. "이제는 미국 놈들 세상이 올 낀데, 쿵일 났심더!"

"아, 그래요?" 하고 내천이 놀라서 말했다. "그라믄, 인제 우린 어떻게 되능교?"

"아이고, 이 일을 우짜노! 이거 쿵일이네!" 하고 박 사장이 말했다. "저놈들이 방송에서는 '휴전'이라 카지만, 실은 항복을 해서 '종전'이 된 긴데, 인제 왜놈들이 물러가고 나면, 이 땅에는 새 나

72

라를 이끌어갈 준비가 도통 안 된 무지렁이 백성들 뿐인데, 이 일을 우야믄 좋을꼬? 이렇게 사람이 없응이, 결국 친일파들이 또 득세하지나 않을까 큰 걱정이시더!"

그 이틀 후인 8월 17일 밤, 영천읍의 동쪽 야사동에 있던 일본군 숙영지에서 일본군이 물러나자 온갖 잡인들이 마구 몰려들어, 먹을 것, 옷가지, 세간살이 등을 훔쳐 가는 일대 약탈극이 벌어졌다.

방송에서는 일본인들을 해치지 말고 관대하게 대하라는 말이 반복해서 흘러나오고 있었다. 지금까지 일본인들의 지시를 극악스럽게 집행해오던 경찰 권력은 영천 읍내에서 완전히 사라진 것 같았다. 징벌이 두려운 경찰관들이 모두 도망쳤다는 소문도 나돌았다. 다행히도 영천에서는 아직 피비린내 나는 복수극 같은 것은 일어나지 않고 있었다.

내천은 평소와 다름없이 시장 거리에서 목수로서 나무 좌판을 만들어준다든가 가게 지붕에 함석을 대어 비가 새지 않도록 해주는 등 허드렛일을 하고 있었는데, 장터에서 들리는 소문에 의하면, 일본의 시모노세키항에는 귀국하려는 한국인들로 북새통을 이루고 있고, 만주 쪽에서도 귀국 기차를 타려는 사람들로 역마다 난리를 치르고 있다고 했다. 곧 미군들이 들어온다는 소문도 무성했다.

그러나 이상한 것은 미군이 들어올 때까지 일본이 치안을 맡고 있으라는 미국의 지시였다. 지난 8월에는 일본인들이 귀국을 서

둘며 창황해하는 모습들이 역력했으나, 미처 귀국하지 못한 일본인들의 얼굴에는 더는 초조해하는 기색이 없이 다소 여유가 엿보였다. 슬금슬금 주민들의 눈치를 보고 있던 경찰관들도 다시 지서에 돌아와 근무하기 시작했다.

11월 11일, 드디어 영천 지역 주둔 군사령관 브리그 중위가 부임했다. 제재소 박해근 사장의 말에 의하면, 아무리 점령군이라 하더라도 일개 중위가 영천 지역 주둔 군사령관이라 하니, 미국의 이런 처사가 다 우리 한국인을 깔보고 미개인처럼 처우하는 것 같다는 것이었다. 평소 세상사에는 모르쇠로 일관하며 아무 내색도 하지 않아온 내천으로서도 박 사장의 말에 내심으로 동조하지 않을 수 없었다. 경찰서 앞에서는 새 나라 건설을 위해서는 미국의 간섭이 없어야 한다는 좌익 인사들의 시위가 벌어졌다. 이에, 미군의 지원을 믿고 경찰과 한민당 세력이 다시 힘을 합해 좌익 세력을 견제하려는 움직임이 생기는 모양이어서, 좌익 세력과 과거 친일 세력간의 보이지 않는 알력과 암투가 점점 더 가시화되고 있었다.

영천의 각 고을마다에는 여운형을 중심으로 한 건준의 인민위원회 조직과 농민조합이 다소 느슨한 정치적 세력을 형성하고 있었지만, 최근 미국에서 귀국했다는 이승만 박사의 지도력에 기대어야 한다는 여론도 고개를 들기 시작했다.

이런 어수선한 판국에 구전동龜田洞에서 농사를 짓고 살던 옛 영우靈友—수운은 1863년 정초에 흥해에 모인 동학 접주들을 신우信友라는 의미로 이렇게 '영우'라 불렸는데, 이 명칭이야말로 수운의 민주적 포덕布德 정신이 배어 있는 동학 고유의 빛나는 어휘이다!—황보 균皇甫 均이 시장 거리로 내천을 찾아왔다. 황보 균은 동학에는 더는 뜻이 없는 듯, 요즘 대구 쪽 좌익 인사들과 자주 어울려 다니는 눈치였다. 시장 안의 국밥집에서 함께 저녁을 먹으면서 황보 균은 내천에게 자기와 함께 새 나라를 건설하는 데에 앞장서자고 했다. 이에 내천은 지금 자기로서는 딱히 어느 편을 들면서 앞에 나서고 싶지 않다고 대답했다. 내천은 약간 실망스러워하는 황보 균을 달래 보내느라고 대취해서 비틀거리며 귀가했다.

'새 나라를 위해서 일한다고 하지만, 대체 내가 무슨 일을 어떻게 한단 말인가?' 하고 그는 혼자 생각했다. 일제하에서는 친일파가 아니면, 대개 좌익 인사가 되기 마련이었는데, 새로운 지배자로 등장한 미국이 좌익을 싫어하는 것이 분명해지기 시작한 마당에, 정치적으로 활동하자면, 이제는 친미파로 나서야 할 판국이었다. 아니면, 좌익 운동을 해야 하는데, 좌익은 과거에 친일을 하지 않았기 때문에 새 나라 건설이라는 대의명분을 갖고 있기는 했다. 그러나, 그들은 언행이 너무 거칠었으며, 미군이 점령군으로 들어와 있는 현실에서는 '반외세'라는 그들의 구호가 무지렁이 백성들한테는 위험천만하고 비현실적일 듯했다. 한편, 경찰과 한민당은 일제 하의 자신들의 그 못된 권세를 기필코 되찾으려는 이기적인 목표를 공유하고 있는 반민족 세력임에는 틀림이 없었지만, 당장 미군이라는 든든한 뒷배를 갖고 새로이 준동하고 있었다.

이에 내천은 계속 '반편' 행세를 하면서, 물가고에 시달리는 주위의 어려운 사람들을 아무도 모르게 조금씩 돕기도 하는 지금까지의 '낮추고 숨기는' 삶을 계속하는 수밖에 없다고 생각했다. 그의 이런 숨은 정체를 영천읍에서 조금이라도 눈치챈 사람은 아마도 제재소 박 사장뿐일 듯했다. 내천에게 목재나 합판 등 필수 재료를 공급해주다 보니, 박 사장은 내천의 주머니 사정과 살아가는 방식을 어느 정도는 짐작하고 있을 듯했다. 그는 가톨릭 신자였는데, 동학도로서의 내천의 믿음과 실천 정신을 어렴풋이 짐작하면서도, 전혀 그런 내색은 하지 않았고, 아마도 그 누구한테도 발설하지 않았을 것이다. 박 사장은 영천 읍내에서는 부유층에 속하면서도, 공무원들, 의사, 교사, 경찰서장, 우체국장, 술도가 사장, 정미소 사장 등 영천 읍내의 소위 유지들과 함께 돌아다니지 않았으며, 가끔 내천을 제재소 사무실 안으로 불러들여 막걸리 한잔을 권하기도 했다.

1946년 3월 2일에서 7일까지 일본 지폐는 은행에 넣어야 했고 3월 8일부터 일본 지폐를 더는 쓸 수 없었다. 아무튼, 굶주리는 사람들한테는 일본 지폐나 새 지폐나 부족하기는 마찬가지였고, 설령 돈이 있다 하더라도, 시장에서 쌀을 구하기가 그야말로 하늘의 별 따기였다. 미군정이 전국의 쌀을 공출해서 흉년이 든 일본으로 보내고 있다는 소문이 무성했다. 참으로 억장이 무너지는 것은 미군정이 조선인보다 패전 일본인들을 더 문화인으로 대접한다는 사실이었다. 그들 미군에게는 해방된 조선의 민중들이 굶는 것보다 전범 패전국 일본 국민들의 양식이 부족하다는 사실이 더 심각한 문제로 간주되었다. 그들 미국인들의 눈에는 일본인들은 그래도 굶어서는 안 되는 문화인이었고 한국인들은 굶든지 말든지 일단 무시해도 되는 족속이었다. 미군정이 조선의 쌀을 공출로 거두어 흉년이 든 일본으로 빼돌린다는 의심이 점점 짙어졌으며, 그 와중에도 또 폭리를 노리고 매점 매석하는 상인들의 농간도 점점 더 심해졌다. 특히, 해방 후 귀향민이 폭주한 경상도 지방의 쌀 부족이 극심했다. 도시 빈민과 노동자들이 시장에 쌀이 없다며, 쌀을 달라고 외치자, 미군정 당국의 어느 고위 인사가 "쌀 타령만 말고 고기도 좀 먹어라!"고 엉뚱한 소리를 했다는 미확인 소문까지 나돌자, 미군정 당국의 식량 정책에 대한 민중들의 불만과 분노가 들끓었다. 한편, 미점령군에 충성하려는 조선의 지방 행정관들과 경찰은 농민들에게 보리 공출을 가혹하게 집행하는 데에 앞장서고 있었다. 이에, 왜정 대신에 이제는 미군정에 충성하는 지방 관료들과 경찰관들에 대한 민중들의 반감은 무서운 증오로 뒤바뀌기 시작했고, '차라리 왜놈들한테 당할 때가 더 나았다'는 말까지 공공연히 나돌았다. 한편, 좌익 정치인들은 민중의 이러한 분노와 증오를 그들의 반외세, 반미 운동에 이용하여 그들의 세력을 확장하고자 했다. 1946년 9월 말, 철도 노조가 대구에서 파업 투쟁을 일으킨 것도 이런 좌익 세력의 선동 정치와 아주 무관하지는 않았다. 그 파업의 여파로, 마침내 10월 1일, '쌀을 달라!'는 대구 시민들의 급박한 요구가 시위로 번지고, 경찰의 발포로 1명이 사망하자, 그 이튿날인 10월 2일에는 민중 시위가 더욱 격렬해지고, 경찰의 발포로 인하여 도합 20여 명이 사망하고 경찰관도 몇 명 희생되는 큰 유혈 사태가 벌어졌다. 이에 항의하는 대구의 민중 시위가 미군정에 의하여 무력 저지되자, 그다음 날부터 영천을 포함한 경상북도 전역의 시와 군으로 항의 시위가 번지기 시작했다.

대구에서 처음 일어난 이 '10월 항쟁'을—영천을 중심으로 다시 좀 더 세밀히—살펴보자면, 1946년 6월부터 신녕면 등 영천의 서쪽 지역에 콜레라가 들어와 영천군 전역으로 창궐함으로써 그렇지 않아도 가혹한 공출 때문에 양식이 없어 굶주리던 농민들은, 맹위를 떨치며 번지는 전염병에 속수무책으로 당할 수밖에 없었고, 야산마다 정식으로 장사도 못 지내고 시신을 임시로 토감土坎 해놓은 무덤들이 넘쳐났다. 그리하여, 굶주림과 역병 속에서 간신히 살아남은 농민들의 분노가 가히 폭발 직전에 도달해 있었다. 영천 군수가 지방관으로서는 유달리 혹독하게 보리 공출을 몰아붙인 것도 농민들의 분노를 더욱 키운 요인이었다. 이에 10월 2일, 대구에서 계획적으로 영천으로 이동한 일부 좌익 무장 세력과 영천지역 농민조합 인사들이 세를 합쳐 3일 새벽 1시에 영천 군청 앞에서 거사하기로 모의하였다. 여기에다, 그날 10월 3일이 마침 음력 9월 9일 중양절重陽節이어서, 그해 추석에 조상님께 미처 차례를 못 지낸 사람들이 중양절 제사에 쓰도록 쌀을 배급해준다는 소문을 곧이듣고 군청 앞으로 모여든 굶주린 지역민들과 근교의 농민들은 아무 영문도 모른 채 시위 군중으로 합세하게 되었다. 10월 3일 새벽 1시에 서로 누가 누군지도 모르는 사람들이 군청 앞으로 몰려든 와중에 관사에서 자던 군수가 살해되고, 보리 공출 과정에서 가혹하게 굴었던 경찰관들이 피살되었으며, 군청, 경찰서, 우체국, 등기소, 그리고 동양척식회사의 후신으로 설립된 신한공사 등이 피습, 훼손되었다. 영천 읍내나 근교의 여러 이름난 부잣집이 약탈당하는 등 영천 읍내 일원이 무법 천지로 변했다.

10월 4일 오후 늦게 미전술부대와 경찰이 총소리를 앞세워 영천 읍내로 진주해 들어왔기 때문에, 영천의 항의 시위는 이틀 만에 일단 종식되었고, 10월 5일부터는 경찰의 체포와 구금이 시작되었다. 물론, 이 저항 과정에서 일부 남로당 세력의 계획적인 무력 개입이 있었지만, 그들은 형세가 불리하게 되자 일찌감치 지하로 숨어버렸다. 그 결과, 그때부터는, 죄가 있거나 없거나 간에 불쌍한 지역민들과 농민들이 체포 구금되어, 일제강점기보다 더 가혹한 매질과 폭력, 그리고 재판도 없는 즉결 처분에 희생되었다.

실은 10월 2일 초저녁에 황보 균이 영천 시장 거리로 다시 내천을 찾아왔었다. 황보 균은 새벽 1시에 거사 예정이라며, 내천에게 동참해줄 것을 부탁해왔다. 내천은 동학도로서의 자신의 정체가 드러나면, 얻는 것보다 잃는 것이 더 많을 것이라면서, 이번에는 그냥 관망만 하겠으니, 옛 영우로서 부디 이해해달라고 간청했다. 하지만, 내천은 황보 균의 권유와 부탁을 거절한 자신의 허전한 마음을 달래기 위해서라도 그냥 집에서 잠을 청하고 있을 수는 없었다. 그래서 그는 그날 새벽, 혼자서 시위 현장으로부터는 멀찌감치 떨어진 채 그 거사의 시종을 거의 다 지켜보았다.

　그것은 간단히 말해서, 수운과 해월의 가르침에 입각한 '다시 개벽'의 거사와는 거리가 멀었다. 그것은 '수심정기'의 발로라 할 수 없었을 뿐만 아니라, 자기 자신 안에 '하느님'을 모신 자의 순수하고도 필연적인 행위가 아니었으며, 분노에 찬 민중의 복수극에 불과했고, 굶주리고 분노한 민중의 약탈과 방화일 뿐이었다.

　10월 5일 내천은 편치 않은 마음으로 평소와 다름없이 시장 거리에서 일하고 있었다. 경찰은 혈안이 되어 시위에 참여했던 사람들을 찾아다녔지만, 그 많은 사람 중 누가 거사에 참여했고 누가 불참했던 것인지를 가려내기가 심히 어려웠다. 그래서 경찰은 자연히 평소 자기들이 미워하던 사람들을 지목하여 체포, 구금, 폭행, 고문하는 사례가 많았다. 심지어는 평소 자기들한테 협조하지 않은 재산가를 폭도로 지목하고, 그의 재산을 빼앗으려 한다는 소문조차 나돌았다.

　그러던 어느 날, 경찰을 지원하는 단체로 알려진 국민회 청년단 소속의 단원 둘이 내천을 찾아왔다. 내천은 잔뜩 긴장했지만, 그들은 뜻밖에도 내천에게 제재소 사장 박해근의 소재를 대라고 으름장을 놓았다. 내천은 정말 몰라서 모른다고 대답할 수밖에 없었다. 하지만 시장 거리에서는 박 사장이 어디론가 몸을 피했는데, 누군가가 그의 제재소를 탈취하려는 음모를 꾸미고 있는 것 같다는 쑥덕공론도 나돌았다. 그날 밤중에, 내천은 남몰래 박 사장의 집으로 가서 박 사장의 부인과 외아들을 영천성당으로 데리고 갔다. 그러고는, 프랑스인 신부님께 사정을 설명하고 최 사장의 가족을 보호해달라고 요청했다. 델랑드 신부님이 내천에게 당신은 누구냐고 물었지만, 내천은 그냥 좀 모자라는 목수 시늉만 하고 시장 거리로 되돌아왔다.

불행하게도 며칠 안 있어 박해근 사장이 기룡산 북녘, 즉 보현산 남녘에 있는 보현리에 숨어 있다가 경찰에 붙잡혀 왔더라는 소문이 시장판에 나돌았다. 박 사장이 심한 구타를 당해 피를 흘리고 의식을 잃은 채 경찰서 바닥에 방치되어 있더라는 그다음 소문을 듣자, 내천은 다시 델랑드 신부님을 찾아가 영천경찰서에 잡혀 심한 구타를 당한 박 사장의 생명이 위험하니 부디 구해주실 것을 간절히 부탁드렸다. 델랑드 신부님이 여러 차례 경찰서를 방문하여 박해근 사장뿐만 아니라 모든 구금된 자들에게 불법 구타와 폭행, 그리고 불법 고문을 멈출 것을 강력히 충고하고, 미군정 당국에도 경찰의 폭행을 멈추게 조처해줄 것을 건의했다는 말을 들었다. 이에, 경찰을 돕는 우익 단체인 국민회청년단과 서북청년단 단원들이 성당으로 몰려와 무슨 사유로 박해근 사장과 '빨갱이 폭도들'의 편을 드는지 따지고 들었는데, 그들의 거칠고 위압적인 기세에 프랑스인 신부님까지도 신변에 위협을 느낄 정도였다고 했다. 하지만 델랑드 신부님은 이에 굴하지 않고, 대구의 선배 신부님들과 의논해서 대구에서 미군정의 판사 5명을 영천에 파견하도록 하는 쾌거를 이루어내었다. 델랑드 신부님은 미국인 판사들을 성당 숙소에 모셔가면서까지 영천경찰서에서 죄 없는 사람들이 구타, 고문을 당하지 않고, 그들의 죄상에 대한 정당한 심판을 받을 수 있도록 노력했다. 그 결과, 1947년 2월에 박해근 사장은 재판정에서 무죄 판결을 받고 풀려났다. 그 모든 일련의 과정에서 최내천은 영천 시장 거리에서 허드렛일을 해주고 간신히 입에 풀칠이나 하며 살아가고 있는 일자무식의 '반편'이 아니라, 왠지는 몰라도 꽤 깊은 지식을 감추고 자신을 낮추어 살아가는 '기인奇人' 정도의 대접을 받기 시작했다. 하지만, 이것이 또한 최내천을 위해서는 앞으로 위험천만한 일이 되었는데, 주위 사람들이 드디어 그 '기인'에게도 의심의 눈초리를 보내기 시작했기 때문이었다.

이상이 오늘 내가 바이마르의 '조상들의 방'에서 내 조부님의 이야기를 내 나름대로 재구성해서 써본 내용이다. 독자 제현께서는 조부님에 관해서 별로 아는 것이 없던 내가 어떻게 그 먼 바이마르에서 위의 이야기를 쓸 수 있었던 것인지 궁금해하실 듯도 하다. 사실, 그 점이 나도 놀랍다.

내 조부님이 '1946년, 영천의 10월 항쟁' 때에 제재소 박 사장을 도우셨다는 말까지는 언젠가 내 어머니한테서 얼핏 들은 적이 있었다. 하지만, 오늘 바이마르에서의 나는 다만 내 머리에 떠오르는 생각을 그저 받아적은 것뿐이라고 말씀드리고 싶고, 이것은 '할매 부처'의 도움이 아닐까 싶기도 하다. 그렇지 않고서야 내 무딘 상상력이 어떻게 내 조부님의 그 낮춤과 숨김, 그리고 그 실천적 삶을 이렇게라도 꿰맞추어 써낼 수 있었을까 말이다. 나는 내 고향 영천을 떠난 먼 바이마르에서, 남의 '조상들의 방'에서 내 조상의 이야기를, 그리고 무려 77년 전의 이야기를 이렇게라도 대강 재구성해놓은 나 자신이 조금 대견스럽기까지 하다. 독자 여러분들이 나의 이 순간적 자긍심을 부디 오늘날 서울에서 흔히 볼 수 있는 그런 신 친일파 인사들의 아무 근거없는 자만심과 혼동하지 마시기만을 간절히 바랄 뿐이다.

말이 났으니 말인데, 그 델랑드 신부님은, 내가 진정 존경해 마지않는 내 고향 영천의 농부 시인 북천北川 이중기 선생에 따르자면, 1950년 6월 1일 자로—즉, 6·25 전쟁 직전에—다음과 같은 보고를 파리의 외방선교회 본부로 보냈다고 한다.

"일본 점령에서 벗어난 한국이란 나라는

태평양전쟁 말기,

궁지에 몰린 일본에 의해 빈 껍질만 남아

문화, 행정, 상업 어디에도 양성된 인재가 없었습니다

이 땅에 남겨진 일본인들은 응징 받지 않았지만

한국인들 사이에는 니쁜 본능이 휘몰아치고 말았습니다

1946년 10월 3일, 갑자기 영천에 내란이 일어났으니

마지막까지 일본 옹호자면서 재산이 많았던 경찰관들이 그 표

적이 되었지요

역사가 그랬듯 여기서도 미군이 도운 응징세력이 이겼고

그들 또한 폭도들만큼 잔인했습니다

빨갱이 동네라고 소문난 이 작은 읍내에서

나는 암살과 보복이 난무하는 비극의 시간을 지켜보았습니다

무질서한 자유와 이 나라에 맞지 않은 정치를 들여온 미국인들은

그러나 내란을 막지는 못했습니다

그해 10월 3일 경찰 스무 명이 암살되었고

그 보복으로 재판도 없이 마흔 명이 학살당했습니다

양쪽 진영에서 백 명도 넘게 희생된 뒤에야

내가 미군에 항의해서 겨우 재판이 이루어졌고

나는 다섯 달 동안 미국인 재판관들에게 숙식을 제공해야 했습니다

내가 대담하게 경찰서로 들어가 중재하지 않았더라면

훨씬 더 많은 희생자가 발생했을지도 모릅니다"

(이중기, 산지니시인선 18『정녀들이 밤에 경찰 수의를 지었다』, 2022, 114~115쪽. 위에서 '나'는 파리 외방선교회 선교사로서 1946년 당시 영천성당 신부였던『루이 델랑드의 선교 노트 1』(포항예수성심시녀회, 2017)의 기록자 루이 델랑드Louis Deslandes이다. 프랑스어로 쓴 이 기록은 최초 번역자, 이중기 시인, 그리고 나 최준기를 거치는 동안, 단어나 문장이 조금 변형되었을 수는 있지만, 외국인이 본 '영천, 1946년 10월 항쟁'이란 그 본질이 크게 달라진 바는 없다.)

델랑드 신부가 파리에 보고한 위의 내용 중, 종전 후 이 나라가 "빈 껍질만 남아 문화, 행정, 상업 어디에도 양성된 인재가 없었습니다"라는 구절을 읽으며, 나는 '반편'처럼 나도 모르게 내 눈에서 눈물이 주르륵 흘러내리는 것을 어쩌지 못했다. 그러고는 "빨갱이 동네라고 소문난 이 작은 읍내에서" '반편'으로 자신을 낮추고 자신의 지식과 정체를 숨기고 사셨던 내 조부님의 삶에 대해 이런저런 생각에 잠기지 않을 수 없었다. 그것은 또한 내 조국 대한민국과 내 고향 영천, 그리고 나의 집안 내력 가운데 나 자신을 어떻게 정위定位시킬 것인가에 대한 고달픈 자기 성찰이기도 했다.

8. 환영회

드디어 이 댁에서 환영회를 열어준다는 일요일이 되었다. 그동안 나는 아나 아말리아 도서관에서 책을 읽거나 일름Ilm 공원을 산책하기도 하면서 낮 시간을 보냈고, 밤에는 '조상들의 방'에서 내 글을 썼지만, 진도가 많이 나가지는 못했다. 글이 잘 안 되는 날 밤에는 아들 내외에게 바이마르 안착을 알리는 메일을 쓰기도 하고, 독일 각지에 흩어져 있는 독일인 친지와 친구들에게 내가 바이마르에 와 있다는 사실을 이메일로 알리기도 하면서 시간을 보냈다.

지난 며칠 사이에 나는 클라라와 하르트무트를 1층 홀에서, 현관문 앞에서, 또는 정원의 정자에서 잠깐씩 마주치기도 했지만, 서로 인사만 간단히 나누었을 뿐, 그들은 늘 몹시 바빴다. 올가만은 하루 한 번씩은 꼭 나를 찾아와 안부를 묻고 무슨 도울 일이 없는가를 물었다. 바쁘기는 그녀도 마찬가지여서, 나와 더불어 한가롭게 차를 마시거나 정원의 정자에서 의미 있는 대화를 나눌 틈은 거의 없었다.

올가는 오늘은 날씨가 좋아서 나를 위한 환영회가 정원의 정자에서 열린다고 했다. 5시까지는 아직 한 시간쯤 남아 있기에 나는 다소 느긋하게 '조상들의 방' 안에서 책을 읽고 있는데, 내 방 북쪽 문 바깥의 큰 홀 안에서 약간 인기척이 나는 듯하더니, 잠시 뒤에 올가가 내 방문을 노크하고는 바쁘시지 않으면, 정원의 정자로 좀 일찍 나가셔도 미리부터 차를 한잔 마실 수도 있다는 말을 했다. 올가의 이 말이 조금 일찍 정원으로 나오라는 완곡한 부탁으로 들리기도 해서 나는 금방 읽던 책을 접고 정원으로 나가보았다. 뜻밖에도 엘케 프리데만이 정자 안의 의자에 앉아 부채를 활활 부치고 있다가 일어서면서 나를 포옹해주었다. 얼결에 나도 그녀를 안아주고는 약간 어색한 포옹을 풀면서 말했다.

"아, 이것 참, 반갑습니다! 라이프치히에서 방금 오신 건가요?"

"제가 올 줄은 기대도 하지 않으셨네요?" 하고 프리데만 교수가 말했다. "섭섭한데요? 최 교수님의 환영회라면, 당연히 제가 있어야죠!"

"그렇네요!" 하고 내가 말했다. "하지만 오늘 만나뵐 것까지는 미처 생각하지 못했네요. 이것 참, 정말 미안합니다!"

"박 교수님은 편안하신가요?" 하고 프리데만 교수가 물었다.

"그분도 이제 정년을 하셨지요?"

"예! 지난 3월 1일부로 저와 마찬가지로 현직에서 물러나 지금
은『한국민속학 사전』이라는 저술에 몰두하고 있습니다."

올가가 차 주전자와 커피포트, 찻잔 등을 잔뜩 실은 손수레를
밀며 정자로 나왔다. 그녀를 따라 보리스 코발스키가 나타나, 프
리데만 부인과 내게 차례로 인사를 했다.

"환영합니다, 최 교수님!" 하고 보리스가 내게 말했다. "바이마
르에 오신 것을 다시 한번 환영합니다. 저도 오늘은 이 댁의 초청
을 받고 정식 손님으로 온 것입니다. 물론, 올가의 일을 도와주는
즐거움도 아울러 누리겠습니다만……."

보리스의 턱수염과 눈동자가 오늘따라 더 새까맣게 보였다. 그
는 자연스럽게 올가를 도와 찻잔들을 탁자 위에 배열하면서, 프
리데만 부인과 내게 녹차와 커피 중 어느 것을 마시겠느냐고 물어
서, 익숙한 솜씨로 서브를 했다.

"한국 대통령이 우크라이나를 전격 방문했다는군요?"라고 말
하면서, 그는 내 얼굴을 쳐다보았다. 나는 그게 금시초문이어서,
"그래요?" 하고 짧게 대답하고는 잠깐 올가의 얼굴을 쳐다보았다.

"나토 정상 회담에 참석한 김에 젤렌스키 대통령과 정상 회담을
하는 모양이네요." 하고 올가가 걱정스러운 듯이 말하고는 내 반
응을 살폈다. "한국이 우크라이나 전쟁에 너무 깊숙하게 끼어드
는 게 아닐까요? 젤렌스키로서는 한국의 무기 지원을 받고 싶겠

지만, 한국을 위해서도, 우크라이나 국민을 위해서도 반드시 좋은 일만은 아닐 듯합니다. 개인적인 생각인데, 저는 우크라이나가 외교를 통해 평화를 되찾아야 한다고 생각하거든요!"

"그 대통령이 우크라이나에서 기차 편으로 다시 폴란드로도 가는 모양입니다!" 하고 보리스가 나를 보고 말했다. "폴란드도 한국의 신형 무기가 필요하죠. 한국 대통령이 무기 장사를 하려는 것인지, 복잡한 국제 정치에 왜 이렇게 적극적으로 뛰어드는지 저는 좀 불안하네요!"

나는 바이마르에 와서 여기 생활에 적응하느라 우리나라 대통령의 행보에 대해서는 거의 잊고 있었다. 다만, 평소에 대통령이 너무 드러나게 미국과 일본 편을 들면서, 러시아나 중국과 공공연히 멀어지는 행보를 보이는 것이 우리 국민 전체를 국제정치적 위험에 빠트릴 수 있겠다는 걱정은 평소에도 하고 있던 참이었다. 그런데, 그가 나토 정상회의에 참석한 끝에 또 불필요하게도 전격적으로 우크라이나와 폴란드까지 방문하는 모양이었다. 나는 대화가 복잡해질 듯해서 일단 발언을 삼가며 그냥 조용히 듣고만 있었다.

"내가 알기로는." 하고 프리데만 교수가 입을 열었다. "남한의 경제는, 우리 독일과 마찬가지로, 주로 수출에 의존하고 있는데, 한국이 아무런 필연적 사유도 없이 친일과 친미를 노골적으로 드러냄으로써, 주요 시장인 중국과 러시아의 미움을 사는 게 과연 현명할까 하는 의문이 생기네요. 남한의 지정학적 위치로 보건대, 지금 그 대통령의 행보가 꽤 위험하다는 생각입니다. 최 교수님의 견해는 어떠세요?"

이때였다. 휠체어를 탄 하르트무트 슐레징어를 앞세우고 클라라 폰 쥐트휘겔이 홀의 동쪽 문으로부터 정원으로 내려오고 있었다. 모두 자리에서 일어나 지체가 불편한 하르트무트가 정자 안에 좌정하는 것을 도왔으며, 서로 반갑게 인사를 나누기도 했다. 하르트무트가 정중앙의 좌석에 좌정하니, 프리데만 교수와 클라라가 그의 오른쪽과 왼쪽에 앉고, 나는 클라라와 올가의 사이에 앉게 되었으며, 결과적으로 보리스가 프리데만 교수와 올가 사이에 앉게 되었다.

하지만 올가는 금방 다시 일어나서 포도주 마실 준비를 해야 한다며 저택 안으로 들어갔고, 잠시 후 보리스도 슬그머니 일어나서는 안으로 들어갔다.

"오늘 어떻게 지냈나요?" 하고 하르트무트가 나를 보고 인사 삼아 물었다.

"예, 책을 읽으며 잘 지냈습니다." 하고 내가 말했다. "일요일인데도 사무실에 나가셨나 봅니다?"

"예, 시리아와 우크라이나 등지에서 온 난민들이 바이마르의 수용시설에 20명이나 추가로 배당이 되어 왔습니다. 그들과 일대일로 대면 면담을 해야 했답니다."

"면담 후에 그들에게 어떤 조치를 내립니까?" 하고 내가 물었다. "본국으로 다시 송환되는 사람도 있나요?"

"아닙니다. 일단 독일 입국 난민으로 받아들이기로 하고, 각 주별로, 그리고 각 주에서 다시 각 도시별로 배당이 되어 내려오는 사람들입니다. 그들을 일일이 면담해서, 우선 신병 치료를 받아야 할 사람, 어학교육부터 받아야 할 사람, 바로 직업 교육에 들어갈 수 있는 사람, 어떤 직업 교육이 적합한 사람인가 등을 일차적으로 판정하고, 그 결과를 건의하는 일입니다. 혹시 사소한 부주의로 판단을 잘못 내리게 되면, 그 개인한테는 큰 불행을 입히게 되는 것이니까, 아주 세심한 주의와 인간적 배려가 요청되는 까다로운 업무지요. 원래는 제가 사회봉사의 일환으로 개인적으로 난민들을 돕고 있었답니다. 그런데, 바이마르 시청에서 저에게 아주 이 일을 위임한 셈이 되었지요. 이게 다 동독 시절에 제가 러시아어를 좀 배운 탓입니다. 아랍어를 배운 적은 없어서, 시리아 난민을 면담할 때에는 부득이 통역을 씁니다만……."

"하르트무트는 참 훌륭한 사회사업가였지요." 하고 프리데만 교수가 내게 설명을 덧붙였다. "5, 6년 전에 교통사고만 당하지 않았어도 튀링엔 주에서 큰일을 하셨을 인물입니다."

"과찬이십니다!" 하고 하르트무트가 프리데만 교수를 보고 말했다. "지금 하고 있는 일에도 충분히 만족하고 있답니다."

"경의를 표합니다!" 하고 내가 그에게 깊이 고개를 숙여 보이며 말했다. "쉽지 않은 봉사 정신입니다!"

"이제 쉴 때도 되었고 해서, 제가 좀 쉬라고 권해도," 하고 클라라가 말했다. "자기가 난민들을 정말 인간적으로 잘 대해줄 수 있다는 신념 때문에, 아직 그 일을 놓아버리지 못하는 거예요. 하르트무트의 딜레마지요!"

'하르트무트의 딜레마! 그것참, 근사한 말이로군! 올가의 수프라더니! 그럼, 클라라 자기에게는 무슨 문제가?' 하고 나는 속으로 잠깐 생각해보았다. 그때였다. 올가와 보리스가 포도주병과 포도주잔, 그리고 큼직한 치즈 플라테(Käseplatte, 대개는 평평한 나무 접시 위에 여러 종류의 치즈와 각종 채소를 얹어놓는 독일식 술안주)를 들고 왔다. 올가가 잔들을 탁자 위에 하나씩 놓았고, 보리스는 매우 고풍스럽게 보이는 폰 쥐트휘겔가의 은제 포도주 병따개를 사용하여 익숙한 솜씨로 카이저슈툴Kaiserstuhl산의 백포도주병을 땄다. 그러고 나서 그는 모든 잔에다 포도주를 조금씩 따랐다.

"자, 우리 축배를 드십시다!" 하고 하르트무트가 말했다. "최 교수님의 바이마르 안착을 환영합니다! 그리고, 라이프치히에서 특별히 와준 엘케한테도 고마움을 표하면서, 춤볼Zum Wohl!"

"춤볼!" 하고 모두들 복창을 하면서 포도주를 한 모금씩 마셨다.

"이 자리에 앉은 사람들은 이 시간부터 모두 친구로서, 서로 친칭(親稱, duzen)으로 말할 것을 제안합니다!" 하고 클라라가 말했다. "하르트무트, 엘케, 보리스, 올가, 준기고요, 저는 클라라라 불러주세요! 그런 의미에서 다시 한번 춤볼!"

그때 핸드폰을 들여다보던 보리스가 고개를 들면서 말했다.—
"한국에서 폭우가 내려 홍수와 산사태가 났다네요. 인명 피해도
커서 순식간에 30여 명이 넘는 사상자가 났답니다. 한편, 대통령
은 키우에서 바르샤바로 가는 열차 안에서 긴급 국가안전대책회
의를 주재했다고 하네요."

"한국에 전화해보시지 않아도 되겠어요?" 하고 클라라가 나를
보며 물었다. "혹시 가족이 폭우나 산사태에 취약한 곳에 사시지
는 않은가요?"

"괜찮습니다." 하고 내가 말했다. "하지만, 미안합니다. 모두들
이렇게 환영해주시는 즐거운 자리에서, 저의 고국 한국이 안팎으
로 참 불안하고 걱정스럽네요!"

"준기 씨 탓은 아니지요!" 하고 하르트무트가 허연 수염을 매만
지며 너그럽게 말했다. "강대국들의 싸움판에 끼인 약소국 국민들
만 희생을 당하는 구조입니다. 우크라이나가 그렇고, 과거에 폴란
드가 그랬죠. 1950년의 한국전쟁도 결국은 미국 대 소련과 중국
의 충돌이었습니다."

"지금 한국 국민들은 어떻게 생각하고 있어요?" 하고 클라라가 나
를 보고 물었다. "대통령의 외교 행보를 대체로 지지하고 있나요?"

"확실히는 모르지만, 아마도 전체 국민의 30% 정도의 지지를
받고 있을 겁니다." 하고 내가 대답했다. "또 다른 30% 정도의 국

민은 북한과 어느 정도 협력을 해나가면서 나라가 통일될 수 있는 기회를 엿보아야 한다는 생각을 갖고 있을 듯합니다. 각각 국민 30% 정도의 지지를 받고 있는 양대 보수 정당은 끊임없는 정쟁 속에서 어떤 타협도 이루어내지 못하고 있습니다. 나머지 40%의 국민들은 사안마다 이리저리 흔들리고 다수 쪽으로 쏠리면서 이른바 부동층을 이루고 있는데, 그들을 대표할 만한 정당들이 부재합니다. 이를테면, 녹색당 같은 것은 한국에서는 이름뿐이고 아주 미미합니다. 한마디로 말해서, 한국이란 나라는 다른 분야들에 비해서 정치가 대단히 낙후되어 있습니다. 정치가 경제나 문화를 절뚝거리며 뒤따라가고 있는 꼴이지요."

"미국의 영향이 너무 절대적이어서 그런 것 아닙니까?" 하고 보리스가 물었다. "제가 보건대 한국 대통령이 나토 정상 회담에 참석하고 우크라이나와 폴란드에 출몰하는 것도 미국을 과신하고 매우 위험한 줄타기를 하고 있는 듯합니다만……."

"아무튼, 우리 독일인들이 보기에는 참 위험천만한 행보로 보입니다." 하고 엘케가 말했다. "한국 국민이 이런 행보를 조용히 지켜보고만 있는 것이 좀 이상해요."

"아마도 조용히 지켜보고만 있진 않을 겁니다." 하고 내가 마지못해 말했다(나는 매주 토요일마다, 즉 어제도, 촛불집회가 열렸을 것이고, 거기서 '정권 퇴진'이란 구호가 외쳐지고 있을 것이라는 말까지는 차마 하고 싶지 않았다). "야당에선 많이 비판하고 있을 겁니다. 하지만,

미국을 등에 업은 이들 오만방자하고 교양 없는 검찰 출신 정치인들은 국민의 안위와 국제정치적 역학관계 등은 안중에 없고 오직 그들 자신의 권력 연장과 경제적 치부에만 혈안이 되어 있습니다."

"한국에만 국한되어 나타나는 현상은 아닙니다." 하고 하르트무트가 말했다. "미국의 자본과 신자유주의 시장경제가 주도하고 있는 모든 나라에서 공통적으로 나타나는 불가피한 현상이지요. 독일에도 부분적으로 그런 현상들이 관찰되고 있습니다. 하지만 선거를 통해 국민들이 정치를 그나마 어느 정도 견제하고 있는 셈이지요. 아마도 내각책임제의 장점이 꽤 작용하고 있다고도 할 수 있겠습니다."

"어이쿠, 정치 얘기가 너무 길어지네요!" 하고 클라라가 말했다. "준기 씨는 한국인을 대표해서 여기 바이마르에 온 게 아니라, 한 사람의 지식인으로서, 새로운 세계시민으로서 여기 바이마르에서 좀 쉬려고 온 양반인데, 너무 한국 얘기만 하면, 휴양이 잘 안 될 듯합니다. 올가, 이제 수프를 가져오는 게 어때요? 우선, 요기를 좀 하면서, 즐거운 얘기들을 해요, 우리!"

올가와 보리스가 수프를 나르고자 저택의 부엌으로 들어가 버리자, 내가 클라라를 보며 말했다. "많이 바쁘신 것 같네요!? 바이마르에 도착한 첫날 말고는 처음으로 이렇게 좀 긴 대화를 하게 됩니다. 이러다간 클라라 씨를 몇 번 만나보지도 못한 채 그만 귀국해야 할 날이 들이닥칠 듯도 합니다!"

"아, 미안해요!" 하고 클라라가 미소를 띠고 말했다. "학기 말이 가까이 다가오니, 학생들 숙제도 봐줄 게 쌓이고, 타교에 시험관으로 차출되는 경우도 많아서 준기 씨를 좀 소홀히 하게 된 듯하네요. 하지만, 준기 씨가 여기 바이마르에 오셔서 우리 집 '조상들의 방'에 기거하고 계신다는 생각만으로도, 저로서는 행복한 며칠이었답니다."

"그것 보세요!" 하고 하르트무트가 말했다. "각자의 독립적 생활을 너무 강조해도, 곤란합니다. 우리 가능하면, 자주 만나요! 이를테면, 라이프치히의 엘케 집에도 한 번쯤 쳐들어가고……."

"대환영입니다!" 하고 엘케가 말했다. "언제든 오세요! 아니, 제가 곧 초대를 할게요!"

"기꺼이 가지요!" 하고 내가 미소를 머금고 말했다. "그래야, 귀국해서 박 교수한테 전할 말도 생길 테니까요!"

"박 교수가 누구더라?" 하고 하르트무트가 짐짓 모르는 척하면서 미소를 머금고 물었다. "엘케가 한국에 애인을 둔 줄은 몰랐네요."

"아이참, 하르트무트도!" 하고 엘케가 얼굴이 빨개지면서 말했다. "좋아한다고 다 애인은 아니죠! 하르트무트는 준기 씨한테 호감을 갖게 된 클라라를 누구보다도 너그럽게 이해하시면서도, 나는 또 이렇게 놀리시네요!"

"호감?" 하고 클라라가 내 쪽을 힐끗 쳐다보면서 말했다. "난 사실 호감 정도가 아니라 무슨 귀신이 씐 듯 준기 씨를 사랑하는 것 같아요. 하지만 오해는 금물이에요! 사랑한다고 다 꼭 결혼해야 하는 건 아니니까요!"

"아, 이거 정말 낙망인데요!" 하고 내가 껄껄 웃으며 말했다. "나는 하르트무트가 버티고 있거나 말거나 클라라한테 청혼할 결심으로 이렇게 바이마르까지 달려왔건만! 아, 사랑한다고 다 꼭 결혼하는 게 아니라니! 이런 청천벽력 같은 말이 있나!"

모두들 웃음을 터뜨렸는데, 마침 올가와 보리스가 수프를 날라왔다.

"자, '올가의 수프'가 왔습니다!" 하고 클라라가 말했다. "쥐트휘겔의 안주인이란 사람이 게을러서, 성찬을 준비하지 못했으니, 수프와 '농부의 빵'이라도 드시며 우선 요기를 좀 하시기 바랍니다."

9. 어느 초등학교 교사의 자살

엘케 프리데만은 그 이튿날 아침에 라이프치히로 떠났고, 하르트무트와 클라라는 바쁜 그들의 일과로 되돌아갔다. 그 월요일 아침에야 비로소 나는 본격적으로 바이마르 생활을 시작한 기분이 들었다. '조상들의 방'에 딸린 내 부엌에서 혼자 간단하게 아침 식사를 끝내고 나서 책상 앞으로 돌아와 이메일을 열었더니, 수많은 광고 메일에 섞여 많은 이메일이 와 있었다. 빈 아파트에 가서 이 일 저 일을 잘 처리했다는 며느리의 보고가 있었고, 베를린, 본, 튀빙엔, 하이델베르크, 뮌헨, 프랑크푸르트 암 마인 등 곳곳에서 내 독일 친구들이 이메일을 보내어 다시 독일에 온 것을 환영해주었고, 자기들이 거주하는 도시 근처로 여행할 경우, 꼭 연락해달라는 부탁들도 있었다. 그 중에서도 특히 프랑크푸르트대학 철학과의 에른스트 오스텐펠트Ernst Ostenfeld 교수는 "오랜만에 독일에 온 옛 친구를 만나 담소를 나누기 위해 아내 울리케와 더불어 점심시간에 바이마르로 가겠다"며, 적당한 일시를 복수로 제안해 왔다. 그는 본대학 철학과에서 나와 공부를 함께한 사이로 한국철학회 등에서 강연하기 위해 한국에도 여러 번 다녀간 적이 있고, 우리는 정말 절친한 친구 사이라 할 만했다. 그 부부가 바이마르로 나를 찾아오겠다는 제안까지 하니, 참으로 반갑고도 고마웠다.

베를린 자유대학의 유학생 서준희徐準姬 양이 박사 학위를 마치고 곧 귀국 예정이라는 소식을 메일로 전해 오기도 했다. 그녀는 내가 바이마르에 온 것을 모르는 채, 학위 과정이 끝난 사실을 이메일로 나에게 알리는 듯했다.

나는 에른스트가 제안한 일시 중에서 금요일 12시를 택했다. 그러고는 부인을 대동하고 멀리 바이마르까지 와주겠다고 하니, 고마워서 점심 대접은 내가 하겠다며, 마르크트 플라츠의 유명한 '엘레판트Elephant 호텔'의 바로 옆에 있는 '검은 곰에게로Zum schwarzen Bären'라는 식당에 12시까지 와주면 고맙겠다는 이메일 회신을 보냈다. 그리고 서준희 양에게는 우선 학위 과정이 끝난 것을 축하해주고는, 지금 내가 바이마르에 와 있는데, 아직 베를린 여행까지는 좀 무리일 듯하니, 미안하지만 바이마르와 베를린의 중간쯤이라 할 수 있는 라이프치히에서 만나자는 제안을 했다. 라이프치히 중앙역에서 걸어서 10분 거리인 니콜라이 교회 정문 앞에서 다음 주 수요일 12시에 만나자고 제안해놓았다. 축하를 겸해, 직접 해줄 말도 있고 해서, 점심 식사에 초대하고 싶다, 노인이 베를린까지 가기가 어려워서 이런 제안을 한다고 쓴 것까지는 좋았는데, 베를린에서 라이프치히까지의 왕복 기차비를 보조해주겠다는 쓸데없는 말도 써놓았다. 훈장 같은 소리를 했다 싶어서 잠시 후회했지만, 이미 메일을 발송해버린 상태였다.

이렇게 내가 이메일 문통을 대강 끝내고 아나 이말리아 도서관으로 나가기 전에 잠깐 핸드폰을 열어본 것이 탈이었다. 잠시 한국에서 온 카카오톡을 체크했는데, 나로서는 여기 바이마르까지 와서 군이 한국 소식에 신경을 쓰기 싫어서 대강 훑어보고 있었다. 그런데, 평소 가까이 지내는 '팔공 동학공부방'의 도반님들의 글이 잔뜩 표시되어 있기에, 잠시 읽어 보았다.

인내천:

서울 강남 소재 어느 초등학교의 1학년 담임 교사가 학교 안에서 극단적 선택을 했다는 짤막한 보도가 나왔다. 아직 경찰 조사가 진행 중이라며 사건의 전모가 밝혀지지 않고 있는데, 일종의 학부모 갑질이라는 추측이 나돌고 있다.

미확인 소문에 따르면, 한 학생이 교실에서 연필로 다른 학생의 이마를 긁어 상처를 내고 말았는데, 피해 학생의 학부모가 교무실로 찾아와 담임 교사였던 고인에게 학생지도가 소홀했다는 책임을 직접 따지면서 교사 자격까지 의문시하는 폭언을 퍼부은 것이고, 권력인지 재력인지는 아직 분명치 않으나 그 학부모의 위세 때문에 동료 교사들과 교장이 해당 교사를 적극 보호해주지 못한 듯하다.

20대 초반의 젊은 여교사가 그 엄청난 수모를 견디지 못해 결국 학교 안에서 극단적 선택을 한 듯한데, 마지막 선택의 순간에 그 젊은 여교사가 얼마나 외로웠을까를 상상하니, 나도 모르는 사이에 두 눈에 눈물이 고인다.

삼가 고인의 명복을 빈다.

해월의 후예:

인내천 님, 글 잘 읽었습니다. 충격적이네요! 서울에서 교사로 근무 중인 내 작은딸의 말로는, 교사들이 '촌지寸志'를 밝힌다고 사회문제가 되었던 시대는 지나고 이제는 학부모들이 교사들을 무시하고 함부로 대하는 시대로 바뀌었다나 봅니다. 특히, 서울 강남에는 돈과 권력을 과시할 수 있는, 이기적이고 냉혹한 학부모들이 많이 생긴 까닭에, 교사들이 사회적 패배자로서 상대적 열패감에 시달리는 상황인 듯합니다. 학부모에 의해 걸핏하면 '아동학대'로 고발당해서, 교실과 교무실에 있어야 할 교사가 경찰서에 불려 다니게 된다더군요. 그렇지 않아도 과다한 업무에 시달리는데, 경찰서 출입까지 한다는 게 현실적으로 너무 어렵고, 남부끄러운 일이기도 해서, 어린 학생한테 폭행을 당하고도 그냥 참고 견디는 교사까지 있다고 들었습니다. 참으로 안타까운 현실이네요!

용담 할미:

서울은 몰라도 내가 사는 여기 경주에서는 아직 그런 학부모들은 없을 듯하네요.

고인이 부디 이제는 다 잊으시고 수운 선생께서 말씀하신 '천도天道의 상연常然'에 드셨기를 빌어요.

영천 김선달:

'학생인권조례'를 통해 학생들의 자유와 권리를 너무 급작스럽게 신장시켜 준 전 민주당 정권의 섣부른 법제화에도 문제가 없지 않은 듯하네요.

구미산 농부:

영천 김선달 님, '학생인권조례'를 탓할 건 아닌 듯합니다. 수운과 해월의 평등 정신에 따른다면, 학생 인권도 당연히 보호돼야지요.

문제는 학교장, 교육감, 교육부 장관 등 교권을 보장해야 할 책임자들이 이런 사태에 대한 대책과 수습을 강구하지 않고, 지금까지 교사 개인한테만 사태 해결의 책임을 떠넘기고 있는 데에도 있다고 봅니다.

금호강 두루미:

우리 사회 각계에서 민주화가 진행되었으나, 유독 교사만
'정치적 중립'을 지켜야 한다며 교사의 참정권을 제도적으로 너
무 오래 제한해 온 것도 이런 사태의 한 원인 아닐까요? 우리 사
회의 지식인이며 양심 세력이라 할 수 있는 교사들의 정치 활동
을 제도적으로 봉쇄해 놓은 것은 분명히 구시대의 잔재입니다.
교권을 보장하는 선에서 그칠 게 아니라, 교권을 더욱 신장시키
고 교사가 직접 정치적 발언을 할 수 있는 제도적 개혁이 시급
합니다.

'팔공 동학공부방' 도반님들의 이런 글을 읽고 있자니, 내가 한
국을 떠나왔다는 것도 한갓 망상에 불과하다는 생각이 든다. 바
이마르에 와 있어도 나는 결국 한국을 완전히 떠나오지 못한 꼴이
고, 여전히 한국적 상황에 마음을 써야 하는 형국이니 말이다.

내 생각으로는, 역대 대통령들과 교육부의 포퓰리즘이 이런 세
태를 키웠고, 결국에는 교육 현장을 무자비한 '경쟁의 마당'으로
까지 만든 모든 대한민국 국민도 공동책임을 면할 수 없을 듯하다.

수학능력시험을 비롯한 입시제도가 학생들 사이의 '경쟁'을 부
추기고 있다는 사실, 그리고 수도권 대학과 지방 대학의 격차 문

제 등이 우리나라 초·중등 교육의 현장을 '만인의 만인에 대한 투쟁'의 장으로 만든 근본 원인일 듯하다.

또한, 한국의 교육 현장이 이렇게 무자비한 '경쟁의 마당'으로 화한 것은 미국의 신자유주의 경제 이론이 아무런 여과 장치도 없이 들어와, 이른바 '수요자 중심 교육'으로 교육의 대원칙이 바뀐 결과이기도 하다. 원래 '수월성秀越性'과 '경쟁'을 교육의 '불가피한 중간 목표'로 내세우자면, 적어도 '패자'들에게 새기의 기회를 부여하는 여러 제도적 장치가 잘 마련되어 있어야 하는데, 냉혹한 미국식 자본주의를 교육현장에 그대로 받아들인 후과後果가 이런 비극을 자꾸 낳는 것이다. 우리 사회의 지도자들은 대개 미국식 교육의 경쟁 과정에서 엘리트로 인정받은 냉혹하고도 교만한 승자들로서, 유럽적 엘리트의 공동체적 유대감이나 인문적 감수성은 거의 없이, 자신의 사회적 지위나 재력을 과시하면서 교사쯤이야—자기 자식의 담임 교사라 할지라도—'자기 부하'처럼 마음대로 휘두를 수 있다고 오판하는 듯하다. 한국의 전체 사회 풍조가 이런 냉혹한 승자들의 오만한 작태를 용납한 지 이미 오래며, 이제는 교사들조차도 이러한 '승자' 학부모들에 의해 우리 사회의 '패배자'로 내몰린 형국이다.

'정치적 중립'이란 이름으로 더는 교사들의 참정권을 묶어두어서는 안 될 것이다. 토건세력도 국회에 대거 진출해 있는 우리 현실에서 유독 교사들에게만 정치적 중립을 강요하는 것은 오랜 독재 시대의 유산이 아닐까? 교권 신장을 위해서는 그 당사자인 교사들의 참정권을 확대하는 것이 가장 빠른 해결책이 아닐까 싶다.

'꽃다운 청년 교사를 죽음으로 내몰다니! 아, 내가 대한민국 교육계에 몸담아왔다는 사실 자체가 창피하고 남부끄럽구나!'—나는 그만 핸드폰을 닫았다.

하지만, 어서 귀국해서 '팔공'의 도반님들과 동학 공부를 다시 시작하고, 갓바위 산행이나 하고 싶은 생각도 났다. 내가 무연히 창밖의 정원을 내다보았더니, 폰 쥐트휘겔 저택의 정원에는 여름 비가 추적추적 내리고 있었다.

10. 클라라

아나 아말리아 도서관에 앉아 최근 독일 철학계의 동향에 대한 리뷰를 뒤적이고 있던 나는 아마도 깜빡 잠이 든 듯했다.

꽃다운 나이에 스스로 목숨을 끊은 젊은 동료 여교사를 추모하기 위하여 한국의 교사들이 대규모로 모여서 시위를 하고 있었다. 그들은 '교권 수호'라는 조그만 피켓들을 들고 있었다.

그런데, 이상하게도 내가 거기 집회장의 높은 연단 위에 홀로 서 있었고, 많은 시위 교사들이 나의 입을 쳐다보고 있는 것이 아닌가! 뜻밖에도 나는 차라투스트라의 흉내를 내고 있는 나 자신을 발견했다─"우리 교사들은 더는 쇼펜하우어적 비관주의에 함몰되어 있을 수는 없습니다." 하고 내가 말했다. "우리는 2세 교육이라는 확고한 목표를 갖고 우리의 교육 현장을 계속 지켜야 할 책임과 의무가 있습니다. 또한 신자유주의적 경쟁의식에 사로잡힌 나머지 자기 자식밖에 모르는 이기적 학부모들의 갑질에 절대로 굴복해서는 안 됩니다. 우리 교사들도 이제는 '권력에의 의지Wille zur Macht'를 확고히 다지고 교육감 선거에도 능동적으로 임해야 하며, 교사 대표가 국회에도 진출할 수 있도록 참정권 투쟁을 전 개해나가야 합니다."

"꿈을 꾸시는 건가요? 뭘 그렇게 중얼거리시나요?"

깜짝 놀라 눈을 떠보니, 클라라가 도서관의 내 앞자리에 와 앉아서 가만히 나를 쳐다보고 있었다.

"아, 언제 오셨어요?" 하고 내가 눈을 비비며 말했다. "이상한 백일몽을 꾸었답니다. 내가 뜻밖에도 한국 교사들의 집회에서 감히 차라투스트라의 흉내를 내며 기염을 토하는 꼴이었습니다."

"아, 그래요?" 하고 클라라가 말했다. "그것참, 재미있네요. 니체를 전공하신 분이라 차라투스트라가 되는 것이야 쉽지만, 한국의 교사들이 왜, 무슨 집회를 했는데요? 이따 좀 상세히 말해주세요. 그런데, 점심 전이시죠? 제가 점심을 살 테니, 나가실래요?"

"아, 고맙지요! 벌써 점심시간이군요!" 하고 나는 보던 책을 그자리에 그냥 둔 채 일어섰다. 그러고는 클라라와 함께 도서관을 나왔다.

"우선, 일름 공원 쪽으로 조금 걸어요!" 하고 클라라가 말하면서, 카를 아우구스트 공의 동상이 서 있는 '민주 광장' 쪽으로 방향을 잡으면서 말했다. "괴테와 카를 아우구스트 공이 함께 헤엄치고 놀았다는 일름강으로 한번 내려가 볼래요?"

"좋지요!" 하고 내가 말했다. "그런데, 바쁘신 분이 오늘은 웬일로 이렇게 나를 위해 시간을 다 내시고……"

"너무 늦은 감이 있지요?" 하고 클라라가 말했다. "준기 씨를 바이마르까지 오시게 해놓고는 바쁜 시늉만 해오고 있었으니……"

"클라라의 마음속 갈등을 조금은 짐작할 수 있을 듯합니다." 하고 내가 말했다. "정말입니다! 아무 설명 하지 않으셔도 됩니다."

"정말 변명 안 해도 될까요?" 하고 클라라가 말했다. "너무 할 말이 많아서요……"

"피차 할 말이 좀 쌓였지만, 그런 말을 꼭 다 발설해야 좋은 건 아니지요!" 하고 내가 말했다. 그러고는, 일름강으로 내려가는 좁고 가파른 옛 석굴 길에서는 뒤따라 내려오는 그녀의 손을 잡아주었다. "상황을 보면 짐작하고 느끼는 것이지 무슨 말이 따로 필요하겠어요? 다만, 저 다리 위까지 이 손을 그냥 잡고 가도록 허락해줘요!"

클라라의 손은 촉촉하고 따뜻하였다. 그녀는 나한테 손을 잡힌 채 아무 말 없이 그대로 따라오더니, 일름강을 건너는 나무다리 위에서 걸음을 멈추었다. 그러고는 왼손을 슬며시 내게서 빼내어 두 손을 다리 난간 위에 나란히 올려놓으면서 말했다. "여기서 잠시 강물을 내려다봐요, 우리! 조그만 송어 새끼들이 보일지도 모르니까요."

"송어들이 있긴 있나요?"

"있지만, 어떤 날은 잘 보이다가도 또 어떤 날은 아주 보기 어렵답니다. 오늘은 잘 안 보이는 날이네요!"

"저기 한 마리 보이네요. 보호색을 하고 있어서 한참 눈여겨봐야 보여요!" 하고 말하면서 내가 집게손가락으로 송어를 가리켜 보이고자 했지만, 그녀는 또 그녀대로 다른 지점에서 송어 한 마리를 발견한 모양이어서 자기 손가락으로 그쪽을 가리켜 보였다.

"저의 딸 지클린데가 생각나네요!" 하고 클라라가 말했다. "그 애가 어릴 때 여기서 우리 모녀가 이런 놀이를 자주 했거든요!"

"참, 따님 얘기 좀 해보십시오!" 하고 내가 말했다. "전에 이메일에서 잠깐 언급하셨지요?"

"글쎄, 그 애가……" 하고 클라라가 잠시 뜸을 들이더니, 말을 계속했다. "베를린 음대에서 성악을 공부하고 있는데, 베트남 출신 여자 친구하고 서로 좋아하더니, 최근에는 둘이 결혼하겠다고 야단이랍니다. 처음에는 많이 반대했는데, 지금은 하르트무트가 마음이 약해져서 이미 반은 승낙한 상태랍니다. 저로서는 장차 쥐트휘겔의 상속자가 없어질 전망이라 조상님들한테 죄송하긴 하지만, 이게 다 가문의 운명이라 생각하고 지금은 담담히 받아들이기로 했답니다."

"참 크게 깨달은, 너그러우신 부모님이시네요!"

"너그러우나 마나 다른 길이 없으니까 운명을 담담히 받아들이는 것이지요. 제가 딸자식이라 아들한테 상속을 하고 싶어 하셨던, 돌아가신 제 아버지한테 늘 미안한 느낌이 있었답니다. 그런데, 지클린데 이후에는 이제 여계 상속조차 끊어지게 생겼어요. 하지만 하르트무트와 저는 그새 아주 체념해서 지금은 이 운명을 담담히 받아들이는 심경이랍니다!"

"정말 존경할 만한 체념이며 부모로서 훌륭한 태도라고 생각합니다!"

"그렇게 생각하세요?" 하고 클라라가 물었다. "저는 동아시아인은 이런 문제에 대해서는 훨씬 더 보수적일 것으로 생각했는데요?"

"자손이나 상속 등에 관해서는 일반적으로는 그렇다고 볼 수 있습니다. 하지만, 저 개인으로서는 그런 사고방식과 관습은 차차 극복되어야 한다는 생각입니다. 조금만 더 깊이 생각해보면, 사실 아무것도 아닌 관념과 관습에 대한 집착에 불과합니다. 아, 정말 다행입니다! 나는 또 내가 이 나이에 무슨 '대용품'으로 바이마르에 초대받은 것은 아닌가 하고 걱정이 태산 같았답니다, 하하!"

"아유, 그런 생각까지 하시다니! 농담이시죠?"

"아니, 꼭 농담만은 아니고, 실은 은근히 그렇기를 바라는 마음도 전혀 없지는 않았던 것 같아요! 경주 남산의 불곡에서 클라라를 처음 만났을 때, 어쩐지 끌려서 온갖 생각을 다 하게 됐지요!"

"하긴, 생각으로야 도달하지 못할 경지가 없지요! 저도 경주 남산의 그 한적한 곳에서 준기 씨를 만나고 제 모국어인 독일어로 대화를 나누다 보니, 너무 기뻤던 나머지, 무슨 짓이라도 할 것 같았답니다. 그리고, 우리 두 여자에게 저녁 식사 대접을 하시던 그 모습이 너무 순수했고, 그 태도에서 유머와 기품이 느껴졌기 때문에, 엘케와 저는 독일에 돌아와서도 그 일을 잊을 수가 없었지요. 그래서 저는 준기 씨를 꼭 바이마르로 초청하겠다는 마음을 그때 이미 먹은 것이었고요. 하르트무트도 저의 생각에 기꺼이 찬성해 주었습니다. 하지만, 우리 사이에 남녀의 구별이 엄존하고 있었기에, 그 초대를 순수하게 진행하기가 망설여졌답니다. 또한, 준기 씨가 이렇게 바이마르에 오시고 나서도 막상 어떻게 대해야 올바른 처신이 될지 불분명한 구석이 참으로 많았답니다."

"잘 이해하고 넉넉하게 짐작할 수 있습니다." 하고 내가 말했다. 우리는 그새 서로 약속이나 한 듯이 괴테의 '정원의 집Gartenhaus' 쪽으로 걸어가고 있었다. "나 또한 그날 경주 남산의 불곡에서 클라라와 비슷한 느낌을 받았지요. 그것은 평소 독일과 독일어에 대한 나의 사랑이 '할매 부처'의 거소居所를 배경으로 클라라라는 빛나는 대상을 만난 뜻깊은 순간이었습니다. 나나 클라라나 둘 다이미 상당한 인생 여로를 뒤에 둔 사람들로서 이미 나이가 지긋합니다. 우리가 자연스럽게 우정과 사랑으로 서로를 대한다면, 설령 어떤 위기가 닥쳐오더라도, 잘 극복해 나갈 수 있으리라 믿습니다. 요컨대, 우리 자신을 믿고 그때그때 순리를 따를 일이고, 미리부터 걱정할 일은 아닐 듯합니다."

"고맙습니다! 어쩜, 제 생각과 꼭 같네요!" 하고 클라라가 말하면서, 자기 왼손으로 내 오른손을 잡더니 거의 어깨높이로까지 쳐들어 크게 흔들어보면서 걸었다. "여기서 울타리 길을 빠져나가 동쪽으로, 예나 방향으로 조금 더 걸어가자면, '참새에게로Zum Spatz'라는 조그만 식당이 있어요. 거기서 제가 점심을 대접할게요. 식사하시면서 말해주세요, 꿈속에서 준기 씨가 왜 한국의 교사들 앞에서 차라투스투라가 되셨는지, 그리고 무슨 내용의 연설이었는지도 궁금해요!"

11. 기인 최내천과 음력 6·25

'이상한 사람'이라고 지칭되는 사람 중에도 일반적으로 '괴인怪人'과 '기인'이 구분된다. '괴인'이 이상한 사람이면서, 또 남에게 폐까지 끼치는 인간이라면, '기인'은 좀 이상하게 보이긴 하지만, 남에게 폐까지 끼치지는 않는다.

영천 장터거리에서 내 조부님이 '기인' 취급을 받은 것은 사실이지만, 그는 이웃에게 전혀 폐를 끼치지 않는 사람이었을 뿐만 아니라, 오히려 자기 손재주로 대개는 늘 이웃에 도움이 되는 편이었으며, 자기가 한 일에 생색을 내는 법이라곤 전혀 없었고, 셈에 어두운 듯이 보여서 때로는 '반편' 취급을 받더라도, 그저 싱긋이 웃기만 했다고 전해진다.

내 조부님은 실은 결코 '반편'이나 '기인'이 아니라, 뜻밖에도 수완도 있으신 분이셨던 것 같다. 내 어머니한테 들은 바에 의하면, 할아버지는 아들이, 즉 내 아버지 최여경崔餘慶이 '소학교'를 졸업하자마자, 무슨 수를 어떻게 쓰셨는지는 몰라도, 아들을 영천의 농산물 검사소에 사동使童으로 취직을 시키셨다고 한다. 내가 어머니한테 전해 들어서 알고 있는 할아버지의 또 하나의 기이한 행적이 있는데, 그것은 아들의 가망 없던 혼인을 성사시키신 놀라운 내공이었다.

낮에는 검사소에서 심부름 일을 하면서, 밤에는 10리나 떨어신 도동 마을의 서당으로 야학을 다니던 아들 여경이, 마찬가지로 야학에 다니던 도동 광주廣州 안문의 규수를, 후일의 내 어머니 안재순安在順을 짝사랑하게 되었다. 재순은 공부 시간이 끝나면, 금방 바로 서당 인근에 있는 자기 집으로 쏙 들어가 버리곤 했기 때문에, 여경은 아가씨한테 말 한마디도 붙여보지 못한 채 속을 끓여야 했다. 성격이 급했던 열아홉 살의 청년 여경은 어느 날 도동 참사댁 사랑채로 찾아가 다짜고짜 재순과 결혼하겠다는 뜻을 고했다. 후일의 내 외조부께서 절대 안 될 일이라며 호통을 쳐서 청년을 내치신 것은 물론이었고, 아무 잘못도 없던 그 댁 규수 재순은 그날부터 서당에도 못 다니게 외출 금지를 당하고 말았다.

일이 이렇게 틀어지자 크게 낙망한 여경은 야학을 그만두었을 뿐만 아니라, 심한 상사병에 걸려 신색이 말이 아니게 초췌해져 갔다. 이에 내 할머니가 하루는 할아버지도 듣는 데서 혼잣말로 푸념을 늘어놓았다.—"아이고, 이 일을 우야꼬? 하느님도 참 무심

114

하시지, 이 아아를 이래 말려 죽이실랑가?"

"임자, 하느님 원망은 말어!" 하고 내 할아버지가 나지막하게 말했다. "사람이 자기 마음을 잘 다스리고 있이며느, 자기 마음 안에다 하느님을 모시게 되는 기이지, 하느님이 하늘 위에 따로 기시는 기 아이라!"

그런데 그 후 달포쯤 지나자, 이상한 일이 생겼다. 도동에서 허혼하겠으니, 매파媒婆를 보내라는 전갈이 온 것이었다. 내 할머니가 무척 놀라고 또 궁금해서 할아버지께 그 경위를 물어봐도 할아버지는 일체 아무 대답이 없으셨다고 했다. 나중에 시집온 도동댁, 즉 내 어머니한테서도 신통한 설명은 들을 수 없었지만, 조금 짐작될 만한 실마리는 드러났다.―"그 무렵 친정집 안채 기왓장이 좀 어긋났던 긴지 안방에 비가 쪼끔씩 새고 있었어예." 하고 새댁이 시어머님의 묻는 말에 대답했다. "그런데, 마침 길 가던 어떤 목수가 사랑방 문 앞에 와서 안채에 비가 샐 낀데, 지붕을 쪼끔 손봐주겠다기에 제 친정 아버님이 그 목수를 반겨서 일을 부탁하시고, 그날 그 목수를 사랑채에 머물게 하셨지예. 그러다가 말벗을 하시며 이틀 밤을 그 목수와 함께 대작을 하셨어예. 그런데, 그 목수가 떠나고 나자 제 어무이한테 '재순이 혼인 준비를 하라'는 명령이 떨어졌다 아입니꺼! 지는 깜짝 놀라 어떻게 당자인 지도(저도) 모르게 정혼이 됐는지 연유라도 알고 싶다며 펑펑 울었어예. 하지만, 제 친정 어무이도 그 연유를 자세히 듣지는 못하신 듯했어예.

지가 혼인날에야 알았는데예, 우리집 안채 지붕을 고쳐주신 그 목수 양반이 바로 시아버님이시더라고예!"

이렇게 내 아버지 최여경은 영천 향교에서도 인정해주던 반촌인 도동(道東, 행정적으로는 道南洞)의 안문安門에 출입을 하게 되었고, 담안(영천읍 금로동, 영천초등학교 서쪽에 있는 마을)에 조그만 셋방을 언어 신접살림을 시작했다. 내 외할아비지는 시집간 딸 재순에게 영천읍의 철도 긴널목(영천 사람들은 당시 이 건널목을 아직도 일본말로 그냥 '후미끼리踏切'라고 불렀다!) 근처, 주남周南 들 초입에 논 다섯 마지기를 사 주셨는데, 내 아버지는 그때 갑자기 큰 부자가 된 기분이었다고 그 당시를 회고하곤 하셨다. 하지만, 내가 나중에 어머니한테 듣기로는 '그 논 다섯 마지기' 때문만은 아니고, 그 무렵 내 아버지가 농산물 검사소에서도 정식 직원이 되었을 뿐만 아니라, 감히 넘볼 수 없던 도동 안씨댁 규수를 얻어, 셋방살이긴 했지만, 영천읍 담안에 신접살림을 차렸기 때문이라고 하셨다.

나는 자라나면서 우리 목수 할아버지가 외가의 그 높은 사랑방으로 들어가셔서 후일의 내 외할아버지와 어떤 대화를 나누셨던 것인지 참으로 궁금해서 어머니께 간혹—잊을 만하면 다시 생각이 나서—그 일의 자세한 경과를 캐물어보곤 했지만, 어머니도 나에게 만족할 만한 얘기를 해주시지는 못했다. 아버지께는 여쭈어보지도 않았는데, 어머니가 모르시는 일을 아버지라고 아실 것 같지 않았기 때문이었다.

독자 여러분은 그렇다면 할아버지께 왜 직접 여쭈어보지 못했느냐고 내게 물으실 듯해서 설명드리는데, 나는 1958년 생인데, 내 할아버지는 1950년에 이미 돌아가셨기 때문이다.

왜, 어떻게 돌아가셨는지도 물어보시려나? 1950년에는 무엇보다도 한국전쟁, 즉 6·25전쟁이 발발했다.

그런데, 내 아버지 최여경에게는 이 6·25전쟁이 오랜 세월 동안 1950년 '음력' 6·25로 기억되고 있었다. 왜일까? 필설로 형언할 수 없이 무섭고도 처참한 사건이 바로 그날 일어났기 때문이었다.

1950년 8월 7일(음력 6월 24일) 아침이었다. 아직도 신혼의 달콤하고도 나른한 일요일 아침이라 최여경은 조금 늦잠을 잤다. 그들이 조금 늦은 아침밥을 다 먹고 났을 때, 교촌동 어머니가 갑자기 담안에 있는 아들 내외의 살림방으로 내려왔다. 둘이 사이좋게 잘 살기만 바란다며, 아들 내외의 집에는 좀처럼 걸음도 하지 않던 양친이었는데, 안노인이 아침 일찍 찾아오셨기 때문에, 여경은 불길한 예감에 문득 가슴이 철렁 내려앉는 기분이었다.

"느거 아부지가 경찰서로 붙잡혀 갔다. 아침 묵고 어디 일해줄게 있다믄서 막 집을 나서는데, 순사 한 명과 웬 청년 둘이서 느거 아부지를 경찰서로 데려가는데, 무슨 일로 그러느냐고 내가 다그쳐 물어봐도 대답도 안 해주고, 우선 경찰서로 가보면 안다고만 하고……. 느거 아부지는 아무 말 없이 그저 순순히 그넘들을 따라갔다."

"아버님이 죄를 지으실 분이 아니신데, 무슨 오해가 있지 시푸이더!" 하고 새댁이 말했다. "곧 풀려나실 낍니더……. 당신, 어서 준비하소! 어무이 모시고 경찰서로 가보입시더!"

아들 내외가 어머님을 모시고 영천경찰서로 갔으나, 정문은 굳게 닫혀 있었고, 보초를 서고 있는 경관들이 쪽문을 통한 출입자를 엄중히 통제하고 있었다. 여경이 검사소 지원이라며 자신의 공무원 신분을 대었지만, 부친과의 면담이 허락되지 않았고, 경찰서의 어느 누구와도 만남이 허락되지 않았다. 여경은 경찰서 옆 무슨 창고 앞에서 서성거리고 있는 제재소 박 사장님 부인을 만났는데, 박 사장님은 벌써 어젯밤에 끌려왔는데, 짐작컨대 그 창고 안에 갇혀 있는 것 같다고 했다.

박 사장님 부인의 말에 따르면, 박 사장이 지난 1946년 10월 항쟁 이후에 경찰에 의해 끊임없이 감시·사찰을 받아오던 중이었는데, 작년에는 '국민보도연맹'이란 단체에 가입하기만 하면, 국가가 모든 가입자에게 좌익사상의 혐의를 풀어주고 나라가 보호·인도해서 자유 대한민국의 국민으로 포용해줄 것이라며 보도연맹 가입을 권유하더라고 했다. 그래서, 박 사장은 지금까지 자신을 감시해오던 천〒 순경의 강력한 권유에 따라 '밑져야 본전'이라는 심정으로, 천 순경이 내미는 서류에 그만 도장을 찍어주었다고 했다. 그런데, 이번에 전쟁이 나서, 서울과 인천 등지가 인민군 세상이 되자 점령지의 일부 국민 보도 연맹원들이 인민군에 적극 협력

해서, '인민의 적'인 경찰, 군인, 그리고 지주 등을 색출, 고발하는 데에 앞장섰다는 첩보가 들어왔다고 했다. 이에, 정부는 대전, 김천, 대구, 경산 등 앞으로 북한군에 점령될 염려가 있는 지역에서 장래의 '잠재적 적'을 미리부터 제거할 목적으로, 국민보도연맹원들을 소집, 연행, 체포, 구금하여 재판 없이 즉결 처치하라는 지시를 군 헌병대와 경찰 사찰과에 하달했다는 소문이 나돈다고 했다. 그래서, 영천경찰서와 영천 주둔 헌병대에도 아마도 8월 6일에 이와 같은 지시가 내려왔을 것이라고들 쑤군거리고 있다는 것이었다.

국민 보도 연맹과 아무 관계도 없는 최내천이 8월 7일 아침에 연행된 것은 아마도 그동안 박 사장과 최내천과의 관계가 어떤 경로를 통했는지는 몰라도 탄로가 났을 것이라는 추측이 가능했다.

최여경은 아내에게 우선 어머니를 교촌동 집으로 모셔가 잠시 쉬시도록 하라고 말한 다음, 농산물 검사소의 정영식鄭英植 소장님 댁을 찾아갔다. 여경이 그동안 눈치챈 바에 의하면, 정 소장님은 아버지와는 자주 만나지는 않지만, 남의 눈에 띄지 않게 간혹 만나 비밀스러운 얘기를 나누는 사이인 것 같았기 때문이었다.

"그래? 이거 참, 크일 났네!" 하고 정 소장님이 말씀하셨다. "오늘 아침에? 영천경찰서로 가신 거느 확실해?"

"예, 오늘 아침이니더! 영천경찰서 소속 순경 하나가 대한청년단원인 듯 싶은 청년 두 명과 함께 아부지를 연행해 간 모양입니더!"

"그래, 알았네. 내가 지금 경찰서에 가봤자 푸대접만 받을 게 뻔하이까, 평소 잘 아는 경관을 중간에 넣어 사정을 알아볼 테이니, 우선 집에 가 있게!"

"고맙심더, 소장님!"

"우선 내가 답답해서라도 알아봐야 할 일이라!"

여경은 정 소장님께 아버지가 석방될 수 있도록 힘써달라고 간곡히 부탁드렸다. 집으로 돌아오는 길에 그는, 부친의 무죄를 너무나도 확신할 수 있었기에, 부당한 공권력의 횡포에 가슴으로부터 뜨거운 분노가 치밀어 올라왔고, 억울하게 연행된 부친을 위해 아무것도 할 수 없는 자신의 무능함이 슬퍼, 하염없이 흘러내리는 눈물을 옷소매로 닦았다.

그날 밤중에 정 소장이 담안의 집 앞에 와서 여경을 불러내고서는, 남의 눈을 피하기 위해선지 영천국민학교 후문 방향으로 혼자 앞서 걸어가셨다. 둘이 영천강 방천 쪽으로 걸어나오자 비로소 정 소장이 걸음을 멈추고 여경에게 말했다.

"구전동에 사는 황보 균이란 사람이 있는데, 자네 아부지와 나의 옛 친구지. 황보도 그동안 국민 보도 연맹원이 되어 있었기 때문에 엊지녁에 벌써 잡혀 들어갔는데, 매를 맞고 고문의 위협을 받자 괜한 발설을 한 모야이야! 그동안 만난 사람들을 빠짐없이 대라고 불같이 문초하는 통에 얼결에 자네 부친 이름을 댄 기이

120

라! 그런데 자네 부친은 제재소 박 사장하고도 가까운 듯해서, 그렇지 않아도 경찰이 평소부터 뭔가 혐의를 두고 있던 참이었는데, 황보 규이의 입에서 또 그 최내천이란 이름이 나오니, 그만 재깍 연행된 기이라고 하네. 자네 부친이 죄가 없다는 거느 세상이 다 아는 일이네마느, 까딱하며느, 무슨 엉뚱한 혐의가 억지로 덮어씌워지지나 않을까 걱저이네. 어쩌면 나꺼정 위험하게 될 수도 있네. 다해이도 자네 부친은 입이 천근같이 무거운 사람이라, 내 이름을 댈 것 같지는 않네마느…… 아무튼, 말 조심 단디 허고, 일단 쫌 기다려보세! 면회느 절대 금지고, 셋 다 경찰서 옆 무슨 회사 창고 같은 데에 갇혀 있다고 하네."

참으로 기가 막힌 일이었다. 적군이 미처 쳐들어오기도 전에 죄 없는 백성들을 잡아 가두고 '잠재적 적'이라는 부당한 이유로 무슨 해코지를 하려는 것인지 상상조차 할 수 없었다.

그 이튿날, 음력 6월 25일 월요일 아침, 여경은 아내한테 어머니를 모시고 경찰서 앞에 일단 가서 낌새를 살펴보라고 이르고는, 우선 검사소로 출근했다. 정영식 소장이 슬그머니 여경의 책상 옆으로 걸어오더니, 따라 나오라는 눈짓을 해 보였다. 정 소장은 검사소 창고 옆의 후미진 곳으로 가서 담배를 피워 물고 있었다.

"인민군이 왜관 근처까지 내려와서 대구를 넘보고 있다는 소식이고, 전황이 좋지 않아서 까딱하며느 군사적 요충지인 영천이 인민군의 표적이 될지도 모른다는 기이라!" 하고 정 소장이 남의 눈을 피해 그를 따라온 여경에게 낮은 목소리로 말했다. "임고지서에 근무하는 내 친구가 영천경찰서 사찰계에 알아본 바에 의하며느, 일부 국민 보도 연맹원들이 인민군 점령지에서 인민군에게 부역했기 때문에, 점령 예상 지역의 국민 보도 연맹원들을 연행, 체포해서, '잠재적 적대 세력'을 미리 제거하는 차원에서, 적당히 처치하라는 밀령이 하달된 것 같다는구먼! 내가 잘 부탁해놓았시이, 아메도 자네 부친은 살아나올 가미이 있을 것 같네마느, 제재소 박사장과 황보 규이느 아메도 목숨을 건지기가 어려울 것 같으이!"

"아, 어찌 이런 일이! 아무튼, 소장님, 고맙심더! 이 은혜를 어떻게 갚아야 할지 모르겠니더!"

"은혜를 말하긴 아직 이르네. 어서 들어가 일하게. 가만히 있자, 어디 일이 손에 잡히기나 하겠나? 봉투에 돈을 쫌 넣어갖고서 경찰서 근처에라도 한번 가보든지……."

잠시 후 여경은 슬며시 검사소를 나와 경찰서 앞으로 갔다. 경찰서와 그 옆의 창고 앞에는 어제보다 더 많은 사람, 대부분 노인과 부녀자들이, 불안하게 서성이고 있었으며, 많은 경찰관들이 삼엄하게 보초를 서고 있었다.

아내가 어머니를 모시고 여경에게로 다가왔는데, 그들의 얼굴에는 절망의 그림자가 어른거리고 있었다.

"어무이, 여기에 기셔 봤자 아부지를 뵐 수가 없으이까 그만 교촌동 집에 가서 기다리소. 당신도 어무이를 교촌동에 모셔다드리고, 담안 집으로 돌아가서, 혹시 모르이까 피난 갈 준비나 쫌 하고 있어요……."

"야야, 너그 아부지가 여기 갇혀 있는데, 내사 피난이고 뭐고 그냥 집에 있일란다! 새댁은 급한 대로 도동 친정으로 피해 가 있는 기 좋겠다마느!"

"엄님, 저도 엄님 모시고 여기 있을라예!" 하고 아내가 말했다. "아버님께서 여기 갇혀 기시는데, 피난 갈 생각이 나요, 당신은?"

"그렇긴 한데, 아부지가 우리 피난 가는 걸 원하실랑가 원하지 않으실랑가? 그걸 함 생각해보구려! 어무이는 내가 모실 테이까, 당신은 형편 봐서 친정으로 가 있었으면 해. 담안이 영천강 남쪽이긴 해도 혹시 전쟁의 일선이 되며는 너무 위험해!"

"그래, 아가야, 그렇게 해라! 늬 서방 말이 맞대이! 내사 살 만큼 살았잉이 죽어도 영감 옆에서 죽어야 하는 기이고!"

여경은 그 자리를 떠나지 않으려는 어머니와 아내를 억지로 교촌동 집으로 보내어, 어머니를 우선 좀 쉬시도록 했다. 그러고는 혼자 창고 앞으로 다시 가서 보초를 서고 있는 경찰관 중 상급자인 듯 보이는 사람에게 다가가 검사소 공무원이라는 신분을 밝힌 다음, 자신의 부친인 '최내천' 씨를 단 일 분 동안만이라도 만나고 싶으니, 다 같은 공무원으로서 제발 이 간절한 소원을 한 번만 들어달라고 매달렸다. 그러고는 미리 준비한 돈 봉투를 그의 제복 주머니에 쿡 찔러 넣어주었다. 그 경찰관은 절대 안 될 일이라며 펄쩍 뛰는 시늉을 했지만, 여경이 꼼짝도 하지 않고 그의 근처에 서서 언제까지나 기다릴 태세를 취하고 있자, 잠시 후에 그가 창고 안으로 들어가더니, 부친을 창고 문 바로 안쪽까지만 데리고 와주었다.

"아부지요! 고생 많심더!" 하고 여경이 목멘 소리로 문 안쪽에 반쯤 보이는 부친을 향해 말했다.

"오냐, 난 잘 잇시이 아무 걱정 말아라…… 혹시나 해서 내 늬한테 해두는 말인데, 부디 바르게 살아래이! 늬 마음 안에 기시는 하느님을 잘 모시란 말이다!"

그때 그 경관이 부친을 안으로 밀쳐버리고는 매정하게 문을 쾅 닫아버렸기 때문에, 부자간의 대화는 그것으로 그만 끝났다.

"아부지요!" 하고 여경은 제법 큰소리로 부친을 불렀으나, 다른 경관들이 다가와 여경의 입을 막고는 군중들 속으로 떠밀어내었다.

갑자기 군대 트럭 여러 대가 경찰서와 창고 앞의 공지로 들어왔고, 여기저기서 호루라기 소리가 난무하는 가운데에 완전무장을 한 병사들이 차에서 내려 대오를 지으며 도열하기 시작했다. 그들의 일부는 거기서 서성이던 군중들을 총으로 위협하여 아무도 그 근처에 얼씬도 못 하도록 멀리 내쫓아버렸다.

여경은 다시 사무실로 돌아와 정 소장님께 부탁드렸다, 그 군용 트럭들이 아마도 창고에 갇힌 사람들을 어디로 호송해 가려는 것 같은데, 그 이유와 목적지를 좀 수소문해줄 것을!

그 후 여경은 교촌동 집으로 가서, 꼼짝도 하지 않고 옛집을 지키겠다는 모친을 억지로 달래어 담안의 셋방까지 모시고 왔다. 아내는 피난 갈 짐 보따리를 쌀 엄두가 나지 않아서 쪽마루 끝에 앉아 있다가 남편과 시어머니가 집에 들어서는 것을 보고 반기며 일어섰다.

"당신, 어무이 모시고 집에 있어요. 난 일단 사무실에 다시 나갔다가 아부지 소식을 더 알아볼 테이까!"

"집 걱정은 마시고 부디 몸조심하시고요!"

"내 걱정은 말고, 어무이나 잘 모셔요!"

사무실에 돌아온 여경을 다시 한적한 장소로 불러내고는 정 소장이 낮은 소리로 침통하게 말했다. "이거 야단났네! 이놈들이 생사람들을 그냥 죄다 쥑이려는 모양이네! 인민군이 들이닥치기 전에 잠재적 부역자들을 모두 다 쥑여 없애려는 기이지. 어디서, 어떻게 처치할지는 미국 CIC(미군 24군단 소속 첩보 부대)와 우리 군 헌병대가 서로 조율이 돼야 하는 사안이라 영천경찰서 사찰계 경관들도 아직은 모르고 있는 것 같다는구먼! 새 소식이 있으며느, 알려주기로 했네마느, 자네 부친에 관해서느 더는 손을 쓸 수 없었단 말을 하는구먼! 아, 이것 참, 할 말이 없네. 미안허이!"

"예, 사실일 낍니더!" 하고 여경이 말했다. "아부지를 잠깐 만나

뵀십니더!"

"어떻게? 자네 그게 사실인가?"

"예, 경비하는 경관한테 직접 부딪혀 약을 쫌 썼십니더! 아부지가 저 보고 바르게 살아라고 하시고는, 저의 마음 안에 기시는 하느님을 잘 모시라 카시던데, 그기 무슨 뜻인지 혹시 아시능교?"

"아, 그래? 그런 말씸을 하시던가?" 하고 정 소장님이 모호한 표정을 지으면서 잠시 허공을 바라보고 있더니, 문득 여경을 향해 곰살갑게 말했다. "자네 부친과 난 친구 사이기느 해도, 서로 깊이 알지는 못혀! 거참, 의미심장한 말로 들리기는 하네! 자네나 나나 한참 생각해본다며느, 아예 이해하기 불가능한 말은 아닌 것 같기도 하고……."

바로 그날 밤, 국군이 영천경찰서 유치장과 그 앞의 창고에 갇혀 있던 '잠재적 적' 150여 명을 영천군 임고면 선원리 절골寺谷로 싣고 가서 무차별 사살했다.

'아작을 내다'라는 영천 지방의 사투리가 있는데, 사물을 아주 못 쓰게 깨뜨려버리거나 사람들을 아주 깡그리 죽여버리는 것을 의미한다. 그날 이래로 영천 사람들은 이 절골을 '아작골'이라고도 부르고 있다.

아작골의 피는, 그 죄없는 생령들의 억울한 붉은 피는 흙과 자갈과 초목을 물들이며 골짜기를 흘러내려 자호천紫湖川을 붉게 물들였다. 자호천에 섞인 죄 없는 백성들의 핏물은 영천읍 조양각 아래를 흐르는 영천강이 되고, 금호 쪽으로 흐르면서 금호강이 되어, 금호, 하양, 청천, 반야월을 거쳐 흐르다가, 나중에는 가창골 학살에서 흘러 내려오는 대구 신천의 핏물과도 뒤섞이어 달서에서 낙동강과 만나서는 경상남도에서 학살된 생령들의 핏물과 뒤섞이며 더욱 붉어져서 결국 남해로 흘러들어 갔으리라.

1950년 음력 6월 25일의 영천 아작골에서 흘러내린 그 붉은 핏물! 그래서, 많은 영천 가정에서는 이날이 파제일罷祭日이 되고, 입제일入祭日이 되는 음력 6월 24일을 앞둔 영천장은 때아닌 대목장이 되어 제사상에 올릴 돔배기(鮫鱶, 영천 지방의 제사상에 올리는 소금에 절인 상어 고기) 값이 오른다. 해마다 추석 대목장 전에 어김없이 찾아오는 영천 고유의 슬픈 대목장이다.

영천의 한국전쟁은 최여경에게는 1950년 6월 25일에 일어난 전쟁이라기보다 '음력 6·25', 부친이 억울하게 살해된 악몽의 날로 기억된다.

후일 최여경의 아들 최준기, 즉 나는 수운 최제우의 「용담유사」에 실린 「용담가」에서 이런 글을 읽게 된다.

> 귀미용담龜尾龍潭 찾아오니 흐르나니 물소리요
> 높으나니 산이로세 좌우산천 둘러보니

산수는 의구依舊하고 초목은 함정솜情하니

불효한 이 내 마음 그 아니 슬플소냐

오작은 날아들어 조롱을 하는 듯고

송백은 울울하여 청절을 지켜내니

불효한 이 내 마음 비감회심 절로 난다

가련하다 이 내 부친 여경餘慶인들 없을소냐

처자 불리 효유曉諭하고 이러그러 지내나니

천은이 망극하야 경신 사월 초 오일에

글로 어찌 기록하며 말로 어찌 성언할까

만고 없는 무극대도 여몽여각如夢如覺 대도로다

기장奇壯하다 기장하다 이 내 운수 기장하다

하날님 하신 말씀 개벽후 오만 년에

네가 또한 첨이로다 나도 또한 개벽 이후

노이무공勞而無功 하다 가서 너를 만나 성공하니

나도 성공 너도 득의得意 너의 집안 운수로다

　경상도 남인으로서의 근암공近庵公 최옥崔鋈의 과거 시험에서의 연이은 좌절과 중앙 진출에의 절망으로부터 한 가닥 남은 '여경餘慶'으로서, 그의 아들인 수운에게 경신년(1860년) 음력 4월 5일에 '득도'가 찾아왔다는 사연인데, 바로 이 대목에서 '내천乃天'의 손자요, '여경'의 아들인 이 최준기는 꼼짝달싹도 할 수 없는 자신의 '숙명'을 어렴풋이 깨달았다. '어렴풋이'—그렇다, 모든 깨달음은 처음에는 일단 '어렴풋이' 온다. 다시 말하자면, 나는 내 숙명을 어렴풋이 깨닫긴 했지만, 아직도 그것이 뭔지 정확히 깨닫지는 못하고 있었다.

12. 독일 친구 부부의 내방

오늘은 프랑크푸르트에서 오스텐펠트 교수 부부가 바이마르로 와서 12시에 나와 점심 식사를 함께하기로 되어 있는 날이다. 다행히도 아침부터 날씨가 화창하다.

나는 11시 30분에 벌써 마르크트 플라츠에 있는 독일식 음식점 '검은 곰에게로'로 가서, 광장에 내어놓은 탁자들 중의 하나에 자리를 잡고 앉았다. 그러고는 조금 전 길거리에서 산 신문 『프랑크푸르터 알게마이네 차이퉁』을 읽기 시작했다.

반쯤 흑인이어서 출신국을 짐작할 수 없는 웨이터가 광장에 내어놓은 탁자들과 의자들을 부지런히 닦고 정리하다가 방금 정리가 끝난 자리에 앉아 유유히 신문을 읽고 있는 나를 보고 눈인사는 했지만, 자기 일을 열심히 하면서도 간혹 관찰하는 듯한 시선을 내게 보내곤 했다. 아마도 그는 내가 여기서 곧 점심 식사할 손님인지, 아니면 지나가던 관광객이 그냥 잠시 앉아서 신문을 읽고 있는 것인지 속으로 가늠해보고 있는 것 같았다. 이윽고 나는 신문을 접어버리고, 내 옆을 스쳐 지나가는 그 웨이터에게 메뉴판을 갖다주기를 청했다.

"식당 안에다 좌석을 예약해놓은 '최'라는 사람입니다." 하고 내가 덧붙여 말했다. "그런데 마침 오늘 이렇게 날씨가 좋으니, 바깥에서 식사해도 되겠지요?"

"물론입니다!" 하고 그 웨이터는, 마침내 나를 골똘하게 가늠해볼 필요가 없어져서 홀가분해진 듯, 환한 표정으로 대답했다. "통상 그렇게들 하십니다. 세 분 예약이 되어 있던데, 이제 곧 두 분이 더 오실 거지요?"

"예, 맞습니다." 하고 내가 대답했다. "독일어를 참 잘하시네요. 실례지만, 원래 어디 출신이시지요?"

"이집트입니다." 하고 그가 대답했다. "하지만, 제 아버지가 이집트인이었고, 저는 이제 독일인이죠!"

"아, 이집트! 스핑크스를 세운 문화민족! 아까부터 어디선가 안면이 있는 듯했는데, 지금 생각하니, 투탕카멘Tutanchamun! 아, 그 파라오와 닮으셨네요! 반갑습니다!"

"아, 고맙습니다! 투탕카멘을 아시니, 반갑네요! 곧 3인분 식탁을 준비해드리겠습니다!"

이윽고, 투탕카멘을 닮은 그 웨이터가 3인분의 식사 도구들과 냅킨을 가져와 내 앞의 탁자 위에 잘 정리해놓은 다음, 다시 식당 안으로 들어갔다.

이윽고 키가 유달리 큰 오스텐펠트 교수와 그의 부인 울리케가 엘레판트 호텔 앞에 나타나 이쪽으로 성큼성큼 걸어오고 있었다. 에른스트 오스텐펠트 교수는 손을 번쩍 치켜들어 보이며 나한테 로 다가와서 반갑게 포옹해주었다. 그의 부인 울리케도 내게 악수 를 청하며, 재회를 기뻐했다.

"멀리서 와줘서 정말 고마워!" 하고 내가 말했다. "자동차를 몰 고 온 것인가?"

"웅, 코린트 호텔 옆 공영 주차장에 두고 왔지. 어디 보자! 우리 친구 준기가 그사이에 얼마나 변했나?"

"조금도 변하지 않고 그대론데!" 하고 울리케가 말했다. "한국인 들은 우리 독일인들보다 덜 늙는 것 같아요!"

"그럴 리가요!" 하고 내가 말했다. "심신이 모두 곤비한 나머지, 좀 쉬고 싶어서 여기 바이마르로 왔는데, 아마도 많이 늙어 보일 거예요! 아, 참, 잊기 전에 여기 이 선물! 전라남도 보성의 녹차!"

"아, 고마워! 한국산 녹차, 특히 보성의 녹차라면, 우리가 정말 좋아하는 품목이지!" 하고 에른스트가 말했다. "난 그동안에 출간 된 내 책을 선물이라고 가져왔는데, 자네가 집에 돌아갈 때 짐이 되지 않을까 걱정이네그려!"

"으음, 『아도르노와 학생운동』이라! 자네가 평소에 늘 말하던 그 테마를 드디어 책으로 썼네그려. 축하하네!"

"고마워! 천하의 논설가 아도르노도 60년대 말에 서독 학생들이 극좌로 치닫는 데에는 우려하는 심경을 표했거든!"

그때 '투탕카멘'이 메뉴판을 갖고 다가왔고, 우선 음료 주문을 받겠다고 했다. 에른스트가 레몬 소다를, 울리케는 광천수를 주문하기에, 나는 알코올 함량이 적은 라들러를 주문했다.

"자, 친구들, 프랑크푸르트에서 일부러 와주었으니, 점심 식사는 내가 풀코스로 대접하고 싶네. 부디 맘에 드는 식사를 주문해주시게!"

"고맙네." 하고 에른스트가 말했다. "점심이니까 풀코스로 할 건 없고, 식사 후에 아이스크림이나 먹고 커피 한 잔씩 마시면 되겠네그려!"

이윽고 '투탕카멘'이 음료를 가져오자, 에른스트는 '삶은 감자를 곁들인 아스파라거스'를 주문했고, 울리케는 '튀링엔식 양파 경단'을 주문했다. 그래서, 나도 에른스트와 같은 아스파라거스 요리를 주문했다.

"자, 음료가 나왔으니, 우선 목이나 좀 축여요." 하고 내가 말했다. "이렇게 바이마르까지 와줘서 정말 고마워요! 우리 건배하지! 자, 춤볼! 그래, 요즘에는 어떻게 지내고 있는지 얘기 좀 해봐! 에른스트, 자넨 이제 대학에서는 퇴임을 한 건가?"

"3년 더 하겠다고 연장 신청을 해서 허락을 받았네. 독일 대학에서는 교수의 개인적 사정이나 건강 상태 등에 따라서 5년 이내로 조기 퇴직이나 연장 근무가 가능하게 되어 있는데, 내가 테오도르 W. 아도르노의 역사비평본 전집 출간을 위한 프로젝트에 관여하고 있기에, 현직에 있는 게 여러 가지로 유리해서, 3년만 더 하겠다고 신청했던 거야. 울리케는 '헤센 방송사'에서 자유 기고가로 활동하고 있어서 대개 재택근무이기 때문에, 정년퇴직 같은 건 아예 의미가 없는 셈이고……."

"아직도 매주 팔공산에 오르고 있나요?" 하고 울리케가 나를 보면서 물었다. "가끔 아름다운 팔공산 산행길을 머리에 떠올리게 돼요. 그 무슨 바위더라? 사람들이 소원을 비는 큰 바위 있잖아요?"

"팔공산 관봉冠峰의 갓바위 말이죠?" 하고 내가 물었더니, 울리케는 그 바위 이름을 잊어버린 것을 아쉬워하면서 계속 말을 이어갔다. "아이참, 천년도 넘게 한국의 민초들이 팔공산에 올라가 소원을 빌었다는 그 바위 이름을 외우고 있었는데, 갑자기 생각이 안 났네요. 아무튼, 한국은 어느 도시나 주위에 산행 코스가 많아서 정말 살기 좋은 나라 같아요!"

음식이 나왔다.

"자, 맛있게들 들어요." 하고 내가 말했다. "자네들 다시 한국에 올 생각은 없는가?"

"있네! 있고말고!" 하고 에른스트가 말했다. "우리 둘에겐 코로나 팬데믹 이전에 한국의 산천을 도보로 다니면서 배낭여행을 한 것이 아주 아름다운 추억으로 남아 있다네. 그래서, 내가 대학에서 은퇴하게 되면, 우린 다시 한번 한국으로 갈 생각이야. 팔공산 동화사나 지리산 화엄사, 또는 강화도 전등사 같은 곳에서 템플스테이도 할 계획이고 말이지. 그때 자네가 우리의 든든한 후견자로 많이 도와주시게나!"

"단둘이서 설악산, 동해안, 경주, 부산, 남해, 해남, 진도, 목포, 광주, 정읍, 전주, 대전, 서울, 강화도, 제주도 등등 남한을 아주 한 바퀴 돈 자네들이 아닌가! 내가 도울 일이 딱히 있지도 않을 텐데?"

"그래도 우리는 세계적 철학자이며, 동학에 관한 독보적 연구자인 자네의 보이지 않는 후원하에 한국을 돌아다닌 것이라네."

"그래, 맞아요!" 하고 울리케가 포크로 경단의 한 귀퉁이를 살짝 집어 입으로 가져가면서 말했다. "하느님을 자신의 마음속에 모시고 산다는 준기 씨의 그 말을 듣고 나서, 한국의 강산과 도시들을 여행하다 보면, 한국인들이 대개는 그런 심성으로 사는 것 같더라고요. 그런 의미에서 준기 씨는 그 여행 기간 내내 늘 우리와 함께 있었다고도 할 수 있지요."

"어이쿠, 이것 참, 고마운 말이기는 한데, 비행기를 너무 높이 태워줘서, 벌써 추락이 걱정되네요!"

"준기!" 하고 에른스트가 말했다. "여기 바이마르에서는 무슨 프로젝트를? 공부하고자 한다면, 내가 있는 프랑크푸르트대학이나 우리의 동창생 유타 슈트로마이어가 있는 예나대학이 더 나을 텐데?"

"글쎄, 그게 좀 복잡하게 되었다네." 하고 내가 말했다. "경주 남산의 어느 마애 신령상神靈像 앞에서 우연하게도 바이마르의 한 여교사를 만나게 되었다네. 8년 전의 일이었어. 그땐 독일어로 대화를 할 수 있어서 서로 기뻐했지. 그녀가 한국 여행 중 아마도 호텔이나 음식점의 종업원들, 또는 택시 기사와의 생활영어 이외에 아무하고도 나누지 못한 약간 깊이 있는 독일이 대화를 하게 되자, 그 대화 상대에게 문득 은미한 호감을 느끼게 된 듯해요. '할매부처'라는 신령님의 호의 덕분인진 몰라도 나 역시 그녀에게 은근한 호감을 지니게 됐어. 간단히 말해서, 그녀가 8년 후에 나를 바이마르로 초청한 거야. 그녀의 저택이 꽤 넓어서 방을 하나 내어주겠다고 했지. 마침, 나도 정년 퇴임을 하고 나서, 시끄럽고 복잡한 한국을 떠나 어디 조용한 곳에서 내 집안 내력과 내가 살아온 이야기를 섞어 소설이라도 한 편 쓰고 싶던 참이었지. 그래서, 이렇게 바이마르에 와 있는 거야. 물론, 약간의 방세를 내고 있긴 하지만, 아무래도 그 댁의 특별 손님 대접을 받고 있는 셈이지……."

"그것참, 재미있는 '사건'이네요!" 하고 울리케가 미소를 지으며 말했다. "철학자 최준기의 '황혼의 로망'이라고 해야 하나?"

"그래, 그녀는 혼자인가, 기혼인가?" 하고 에른스트가 물었다. "자네가 여간해서는 여자한테 빠질 사람은 아닌데? 아주 굉장한 미인인가 보네!"

136

"어이쿠, 왜들 이러시지? 생각이 아주 탁 트인 훌륭한 부군이 따로 있고 대학에 다니는 딸도 있는 현직 여교사인데, 그녀도, 나도 그저 서로 마주치면 반갑고 기쁠 뿐이야. 벌써 열흘도 더 한 지붕 밑에서 살고 있는데, 아직 아무 일도 일어나지 않았다네. 부디 이렇게 사이좋게 잘 지내다가, 소설의 초나 좀 잡아서 무사히, 정말 '무사히' 귀국했으면 하네!"

"아, 아슬아슬한데!" 하고 울리케가 미소를 머금고 말했다. "여보, 당신 생각은 어때요? 우리가 오늘 그 댁으로 쳐들어가서, 그 사람들을 한번 만나봐야 하지 않을까요? 동아시아가 낳은 세계적 철학자가 여기 바이마르에서 자칫 실족해서, 괜한 스캔들에 휘말리게 될지도 모르잖아!"

"쓸데없는 소리!" 하고 에른스트가 말했다. "준기는 우리가 존경하고 아끼는 철학잔데, 우리가 그의 자율적 영역을 구태여 헤집고 들어갈 필요는 없을 듯해! 당신, 설마 그의 '수심정기修心正氣'를 잊은 건 아니겠지? '하느님의 마음을 닦고 몸의 기운을 반듯이 하는' 것은 이 사람의 '정언명령定言命令'인 셈인데, 우리는 준기가 자신의 마음속에 모시고 있는 '하느님'의 뜻대로 행하는 바를 존중하는 마음으로 가만히 지켜보는 게 좋을 거야!"

13. 라이프치히에서 만나뵌 은사님

　서준희는 라이프치히 중앙역에서 역전 광장으로 나와 핸드폰의 구글 지도에서 니콜라이교회를 찾았다. 그건 정말 찾기 쉬운 길이었다. 바로 건너편에 직선으로 죽 뻗어 있는 길이 니콜라이 슈트라세이고, 그 길을 조금만 더 걸어 들어가면 금방 왼쪽 노변에 니콜라이교회가 나오는 것으로 되어 있었다.

　그녀는 더는 구글 지도를 들여다볼 필요도 없겠다 싶어서, 핸드폰을 핸드백 안에 넣고는, 앞에 가로놓인 큰길을 건너 보행자 전용도로인 니콜라이 슈트라세를 천천히 걷기 시작했다.

　최준기 선생님께서 바이마르에 와 계신 줄은 모르고서 그저 학위과정이 끝났다는 소식을 이메일로 알려드렸던 것인데, 이렇게 라이프치히로 불러주시니 우선 반갑고 고마운 마음이 앞섰다. 하지만, 솔직히 말하자면, 조금은 번거롭다는 생각도 얼핏 머리를 스쳐 지나갔던 것도 사실이었다. 베를린과 바이마르의 중간 지점에서 만나자고 하시는 것부터가 평소 최 선생님다운 제안이었지만, 왕복 차비를 보조해주시겠다고까지 쓰신 데에는 정말 실소를 금할 수 없었다. '최 선생님도 참! 내가 아직 유학생이긴 하다만, 그까짓 차비에 신경을 쓸 정도는 아닌데, 이건 좀 배려가 지나치신 게 아닌가!' 하는 생각도 들었다. 그렇다고 해서 그런 생각을 이메일 회신에다 쓸 수도 없어서, 그냥 기꺼이 라이프치히로 가 뵙겠단 회신을 드렸다. 아무튼, 준희는 오랜만에 그리운 은사님을 뵐 생각을 하니, 무척 기뻤다. 하지만 제자이기 전에 여자이기도 하기에 이국에서 스승님을 만나 여제자로서 어떤 처신과 언행을 해야 할지 무척 조심스럽기도 했다. 하긴, 최 교수님은 여제자들한테 자신을 남자로 느끼도록 만드는 그런 분은 아니었고, 늘 남녀를 초월하는 처신을 해오신 분이었다.

좌우의 높은 건물들 사이로 손바닥만 하게 보이는 푸른 하늘 가운데에 문득 높은 교회의 첨탑 하나가 보이기 시작했다. 아마도 그것이 통독 직전에 동독 시민들의 민주 시위의 중심 무대였던 니콜라이 교회가 아닐까 싶었다. 준희가 교회의 첨탑을 올려다보면서 보행자 전용도로를 천천히 걸어가고 있는데, 어디선가 자기를 부르는 듯한 소리가 들려왔다.

"서 양! 여기야, 여기!" 하고 바로 옆에서 최준기 교수님이 손을 번쩍 들고서 그녀를 부르고 계셨다. 보행자 전용도로 위에 내어놓은 탁자 앞에 최 교수님이 앉아 계셨는데, '볼로냐의 식탁'이란 이탈리아 음식점의 상호가 파라솔과 탁자, 그리고 의자 여기저기에 빨강색으로 적혀 있었다.

"아, 선생님! 여기 계셨네요!" 하고 준희가 고개를 숙이면서 인사드렸다. "파라솔 밑에 앉아 계셔서 못 알아뵈었어요. 저는 교회 정문 앞에 서 계실 줄 알고 교회 첨탑만 쳐다보며 걸어가고 있었습니다."

"어서 이리 와 앉아요!" 하고 최 선생님이 당신의 맞은편 의자를 가리키며 말씀하셨다. "조금 일찍 와서, 시내를 한 바퀴 돌다가 서양이 여기를 지나갈 게 틀림없다 싶어서 이렇게 길목을 지키고 앉아 있는 거야!"

"선생님, 아주 건강하게 보이시네요. 반갑습니다. 저를 이렇게 라이프치히로 불러주셔서 감사합니다."

"선생이 오라고 하니, 마지못해 온 건 아니고?"

"아이, 선생님도 참! 기뻐서 설레는 마음으로 왔습니다."

"그렇다면 다행이고⋯⋯. 아무튼, 학위가 끝났으니, 축하해줘야 할 듯해서⋯⋯."

"감사합니다! 다 선생님의 가르침 덕분입니다. 공부하다가 닥쳐온 어려웠던 고비마다 선생님의 평소 길러주신 뜻과 가르침을 생각하면서 저의 흔들리는 마음을 다잡곤 했답니다. 진심으로 감사드려요, 선생님!"

"허어, 고맙군!" 하고 최 선생님이 말씀하셨다. "그래, 이제 구두 시험까지 다 끝낸 건가?"

"예, 베를린 자유대학에서는 구두시험(Rigorosum, mündliche Prüfung) 대신에 공개토론회Disputation라는 절차를 거치게 되어 있는데, 지난 5월에 그것도 다 끝나서 현재는 학위논문 출간만 기다리고 있습니다. 이번 여름 안에 귀국할 예정입니다."

그때, 작센 지방의 민속 의상을 입은 아름다운 독일인 여종업원이 다가와서 주문을 하시겠느냐고 물었다. 우선, 음료로 최 선생님은 쾨니히스베르크의 필스를, 그리고 나, 서준희는 라들러를 주문했고, 식사로는 둘 다 볼로냐식 스파게티를 주문했다.

"그럼, 2학기에는 강의 시간을 얻을 수 있겠구먼!" 하고 최 선생님이 말씀하셨다. "학과장 선생님한테도 이메일을 드렸지?"

"예, 김 교수님께도 이메일을 보내드렸는데, 아직 회신은 없으세요."

"그래? 학과장으로서는 회신하기가 쉽지만은 않을 거야. 서 박사가 학과에 나타나면, 그 순간부터 학과장의 걱정이 시작된다고 보면 돼. 학과장으로선 우선 서 박사에게 강의 시간을 마련해주는 것 이상은 당장 도와줄 게 별로 없거든! 그래서, 내가 서 박사한테 꼭 해주고 싶은 말이 있는데, 박사 학위를 취득했다는 자긍심을 가지는 건 좋지만, 마치 '교수 자격'을 다 갖추었다는 식으로 오만하게 보이는 처신을 해서는 소속 학과와 학계의 인정을 받기가 어려워요. 혼자서 공부하고 자력으로 연구할 수 있는 방법을 이제 겨우 터득했다는 겸허한 마음으로, 늘 학과와 학계를 위해 성심껏 일하고 봉사하겠다는 자세를 보이는 것이 제일 중요해요. 겉으로 그런 자세를 억지로 만들어 보이는 것이 아니라 진심으로 그런 마음의 자세를 갖고, 그 자세에 맞게 모든 처신을 해나가야 된다는 말이네."

"명심하겠습니다!" 하고 내가 말했다. 마침, 여종업원이 음료를 먼저 갖다주었다.

"자, 서 박사, 우리 축배를 들지!" 하고 최 선생님이 말씀하셨다. "춤볼! 아까 한 내 말을 조금 더 부연해서 설명하자면, 우선, 아주 겸허한 초학자로 처신하되, 표리부동한 처신이 아니라, 진심으로 자신을 그렇게 만들어가야 해요. 이를테면, 자기의 강의 시간이 끝났다고 해서 금방 귀가해버리지 말고 학과에 들러서, 학과에서 현재 무슨 일이 진행 중이고 당면 문제가 무엇이며, 서 박사가 도울 일은 없는지 자발적으로 한번 주위를 살펴보는 마음가짐이 중요하다는 것이지. 말하자면, 자기 자신을 꼭 필요한 사람으로 만들어, 학과의 은사들이나 학계 선배들이 서준희 박사라는 인재를 전임교수로 데려가고 싶도록 만들어야 한단 말이야. 거기에는 겸허한 마음과 성실성, 그리고 끈질기게 기다릴 수 있는 인내심이 필요해요. 전임 교수가 되고 나서도 그런 태도를 견지하는 게 좋지! 인문학자란 죽기 전까지는 늘 그런 겸허성과 성실성, 그리고 인내심을 버리면 안 되는 것이니까 말이지!"

"명심하겠습니다, 선생님!" 하고 내가 말했다. 나는 최 선생님의 이 말씀이 구구절절 다 옳은 말씀이고 선생님 자신의 고백이며 체험담이란 것을 잘 이해할 수 있었다. 하지만 그 순간 나는 '분위기가 너무 진지해진 건 아닐까?' 하고 살짝 걱정스럽기도 했다.

식사가 나왔다. 최 선생님은 종업원에게, 아까 혼자 앉아 있을 때 메뉴판을 보고 연구를 해놓았었는데, 그만 깜빡 잊었다며, '주방장 특별 샐러드'를 추가로 주문하셨다.

"아, 시장할 텐데 많이 들어요!" 하고 선생님이 말씀하셨다. "내가 사람을 불러놓고 너무 심각하게 얘기한 듯한데, 미안해요! 내할 말은 다 했으니, 이제는 마음 놓고 식사도 좀 하고, 다른 얘기도 해요."

"선생님은 참 늙지도 않으시고, 옛날 그대로세요!" 하고 준희가 말했다. "아직도 강의 시간에 하시던 그 말투 그대로세요. 학생들을 꼼짝 못 하게 휘어잡고 바짝 긴장시키셨다가 갑자기 확 풀어주시는 그런 선생님의 독특하신 말투를 오늘 여기 라이프치히에서도 또 듣게 되니, 참 행복합니다! 곧 귀국하는 저에게 그밖에 또 해주실 말씀은 없으신지요?"

"글쎄 뭣이 또 있을까? 참, 귀국할 때 자기 자신의 소전공 분야 서적 외에도 기본이 될 만한 철학 서적들을 몇 권 사 가시게. 전임교수가 된다고 하더라도, 당장에는 서 박사의 전문 분야인 아도르노나 벤야민에 관한 강의를 맡기는 어려울 수도 있어요. 칸트와 헤겔은 필수고 하이데거와 후설, 그리고 푸코와 데리다 등도 강의에서 조금은 취급해야 할 테니까……. 이런 말 하기는 부끄럽지만, 우리 한국 대학에서는 초임자에게 귀찮은 강의를 떠맡기는 폐습이 아직도 일부 남아 있으니까 말이야!"

"예, 도움이 되는 중요한 말씀이네요, 감사합니다! 그런데, 선생님, 이번에 바이마르에는 무슨 일로 오셨는지 여쭤봐도 돼요?"

"아, 그게 말이야!" 하고 선생님이 약간 어색한 미소를 지으시면서 말씀하셨다. "8년 전의 일인데, 경주 남산의 불곡에서 감실의 '할매 부처'를 보고 나서 막 그 자리를 떠날 참이었지. 마침 한국 여행 중이던 바이마르의 한 여교사와 얘기를 나누게 되었어요. 때와 장소가 좀 묘해서 그랬는지는 몰라도 둘 다 서로 호감을 갖게된 것 같아요. 마침 내가 정년 퇴임을 하고 나서, 좀 조용한 곳에서 뭔가 글이라도 좀 쓰고 싶던 차에, 그녀의 초청을 받은 거야. 훌륭한 남편도 있는 김나지움의 여교사인데, 지금 그 댁에서 손님으로 지내고 있다고나 할까? 유럽에서는 예로부터 가정에 한 손님을 초대함으로써 이런 미묘한 삼각관계가 더러 생기기도 하는데, 유럽인들은 이런 삼각관계를 당연시하고 즐겁게 견뎌내는 관습도 있는 것 같아요. 막상 이렇게 설명하다 보니, 내가 생각해도 지금 나의 상황이 좀 특이하기는 하네!"

"아이, 선생님, 어때요? 제 짐작으로는 선생님께 어떤 특별한

'시간의 선물'이 찾아온 듯하네요!"

"그래? 현재 그녀와 나는 한 지붕 아래에 살고 있으면서도 서로를 어떻게 대해야 할지 잘 모르고 있는 것 같기도 하고……."

종업원이 큰 샐러드 쟁반을 갖다주었다. 선생님은 작은 접시에 샐러드를 듬뿍 덜어서 내게 주시고는, 자신을 위해서도 접시에 샐러드를 조금 담으셨다.

"그건 그렇고……. 프랑크푸르트대학의 오스텐펠트 교수 생각나지? 서 박사가 대학원 학생 때, 그 부부가 경주 불국사와 석굴암, 그리고 남산 마애석불 관광을 하도록 서 박사한테 내가 안내를 부탁했지, 아마? 내가 바이마르에 왔다니까 그 부부가 지난주에 나를 보고자 바이마르까지 왔어요. 그 여교사 얘기를 했더니, 부인 울리케가 '황혼의 로망'이라고 날 놀리기도 했지. 참, 그 오스텐펠트가 『아도르노와 학생운동』이라는 저서를 내게 선물로 가져왔어요. 내가 대강은 읽어봤는데, 이것은 내 판단으로는 아도르노에 관해 학위논문을 쓴 서 박사한테 더 필요한 책일 듯하더라고! 그래서, 오늘 내가 서 박사한테 다시 선물하려고 이 책을 가져왔으니, 이따 기찻간에서라도 읽어보시게!"

"아, 감사합니다!" 하고 준희는 책 봉투를 받아 가방 안에 챙겨넣었다.

"라이프치히가 처음인가?" 하고 최 선생님께서 물으셨다.

"예! 기차를 타고 여러 번 지나쳐 갔지만, 막상 이 도시에 내려

보기는 이번이 처음입니다.”

“하긴, 나도 유학생일 때에는 본에만 처박혀 살았지. 아무튼, 여기 니콜라이교회를 지나서 조금만 더 들어가자면, 옛 시청 모퉁이 노변에 괴테의『파우스트』에도 나오는 유명한 '아우어바흐의 지하 술집'도 있지. 실은 내가 오늘 거기서 서 박사한테 점심을 사려고 했는데, 조금 전에 가봤더니, 문이 닫혀 있더군! 조금 있다가 산책 삼아 거기라도 한번 가보자고!”

이윽고, 준희는 최 선생님과 니콜라이교회 쪽으로 걸어갔다.

“여기 왼쪽에 보이는 이 교회가 바로 니콜라이교회로서, 통독 직전 동독 민주시민들의 집회장이기도 했지.” 하고 최 선생님이 말씀하셨다.

'아우어바흐의 지하술집'도 금방 나왔다. 그 집은 저녁에나 문을 여는지 닫혀 있었고, 바로 옆에 '메피스토'라는 카페가 있었는데, 손님들로 북적였다. 최 선생님과 나는 니콜라이 슈트라세와 나란히 달리는 큰길을 따라 라이프치히 중앙역으로 되돌아왔다. 역에 와서 보니, 에어푸르트 방향으로 가는 최 선생님의 기차가 먼저 출발하기에 나는 최 선생님을 배웅해드리고 잠시 뒤에 드레스덴에서 오는 베를린행 기차를 탈 수 있었다.

차에 오른 나는 잠시 자리에 앉아 최 선생님께서 들려주신 말씀을 생각하다가 차가 제법 달리기 시작하자, 오스텐펠트 교수님의 아도르노 책이라도 읽어보려고 봉투에서 책을 꺼내어 제목과 목

146

차를 훑어보고, 머리말을 읽기 시작했다. 그때 책에서 무엇인가 툭툭 바닥으로 떨어지기에 내려다보니, 일백 유러짜리 지폐 두 장이었다.

'앗, 선생니임!' 하고 나는 기차 바닥에서 지폐 두 장을 주워 올리면서, 속으로 가만히 부르짖었다. 나는 최 선생님의 배려가 고맙기는 했지만, 순간 선생님이 참 야속하다는 생각까지도 들었다.

14. 정영식 소장의 영우 최내천

1950년 음력 6월 25일, 그날 밤 아주 늦은 시간에 정영식 소장이 담안의 집으로 여경을 찾아왔다. 정 소장은 여경을 불러내어 놓고는 자기 혼자 먼저 영천강 쪽으로 앞서 걸어가고 있었다. 자기를 따라오라는 뜻 같았다.

여경이 방천 근처에서 정 소장을 따라잡자, 정 소장이 갑자기 걸음을 멈추고 두 손을 얼굴에 갖다 댄 채 흐느껴 울기 시작했다.

"소장님, 와 이라능교?" 하고 여경이 정 소장 곁으로 다가서면서 물었다. "무슨 일인교?"

"여보게, 최 군, 미안하네!" 하고 정 소장이 흐느끼면서 쉰 목소리로 말했다. "자네 부친도 함께 일을 당한 듯허이! 임고 지서에 있는 내 친구 말에 따르며느, 군인들이 영천경찰서 유치장과 창고에 갇혀 있던 사람들을 마카 선원리 절골로 끌고 가서 무차별 사살해버린 것 같다 카네. 군인들이 아직 현장에 남아 있을지도 모리니, 시신을 찾는 것도 아직은 위험할 끼이고……. 이따 새벽에 나하고 같이 절골로 가서 시신을 찾아보기로 허세. 만일의 경우에 대비해서 임고 지서에 있는 내 친구 김 경위가 동행해주기로 했네. 집에 홑이불이나 이불보 같은 천이 있는지 쫌 찾아보게. 시신을 찾아서 우선 급한 대로 염습殮襲을 하자면, 제법 큰 천 같은 기이 필요할 끼이네. 눈 좀 붙였다가 새벽 2시쯤에 내 집으로 오시게."

절골의 새벽안개 속에는 피비린내가 진동했고 개천의 물소리에는 아직도 사람들의 비명이 섞여 아우성치고 있는 듯했다. 시신들의 옷 때문에 밤인데도 골짜기 전체가 허옇게 보였고, 사람들이 흘린 피 때문에 흰옷이 또한 검붉은 색으로 꾸덩꾸덩하게 굳어 있어서, 그 처참한 광경이란 정말 숨이 막히고 목이 메어 무어라 형언할 수조차 없었다.

농산물 검사소 정 소장과 임고지서의 김 경위는 삽과 곡괭이를 나누어 들고 말없이 앞서 걸어가고 있었고, 여경은 천 보따리를 등에 둘러멘 채 떨리는 발걸음을 떼어가면서 시신들을 살펴보기 시작했다. 시신들이 서로 뒤엉켜 있고 어지럽게 포개어져 있었기 때문에 얼굴을 확인하기가 거의 불가능했지만, 얼마 올라가지 않아 여경은 부친이 평소 입고 다니시던 갈색의 목수 작업복 때문에 부친의 시신을 비교적 쉽게 찾을 수 있었다. 한편, 정영식 소장은 바로 그 근처에서 제재소 박 사장과 구전동 황보 균의 시신도 발견할 수 있었다. 그러나 그들의 시신이 다른 시신들과 어지럽게 뒤엉켜 있고 서로 포개져 있는 다른 시신들로부터 그 두 시신을 떼어내는 게 쉽지 않아, 정 소장과 김 경위의 손과 옷이 온통 피 칠갑이 되었다.

세 사람은 여경이 들고 온 홑이불과 이불보 같은 것으로 시신 세 구를 수습해서 근처의 산비탈에 구덩이를 파고 우신 가매장을 해놓은 다음, 사람들의 눈을 피해 해가 뜨기 전에 골짜기를 내려왔다. 그들은 핏물이 섞인 절골의 냇물에다 피와 흙이 서로 튀어 엉망이 된 자신들의 옷과 수족을 대강 닦았다. 수많은 시신의 핏물을 받아들인 자호천이 동트는 새벽빛을 받아 검붉게 번쩍이면서 영천읍 쪽으로 흘러가고 있었다.

"고맙심더!" 하고 여경이 헤어지는 길목에서 김 경위에게 꾸벅 절을 하며 말했다. "이 은혜를 잊지 않겠심더!"

"아니, 아닐세!" 하고 김 경위가 말했다. "부친을 빼내 드리지 못해 정말 미안허이! 진심으로 조의를 표하네! 군인들이 집행하는 엄중한 처사라서, 어떻게 손을 쓸 수가 있어야제! 경찰인 나도 참말로 눈물 없이는 볼 수 없는 참극이구먼!"

"고맙네!" 하고 정영식 소장이 김 경위에게 손을 내밀며 말했다. "이 새벽에 욕봤네. 잘 가시게. 또 쉬이 만나세!"

"소장님, 고맙심더!" 하고 여경이 둘만 남아 돌아오는 길에 침묵을 깨고 정 소장님께 말했다. "슬프고 분하기로 치면야 한이 없지만, 그래도 아부지 시신이라도 남 먼저 수습했네예!"

"자네 아부지 친구로서 나도 당연히 도와야 할 일이었제!" 하고 정 소장이 말했다. "너무 참혹해서 위로할 말이 없네. 정말 언어도단이구먼! 말로써는 표현해낼 길이 끊긴 참극이 벌어졌네! 부디 마음 단디 묵고 식구들 잘 추스르시게. 자네 부친, 참 대단한 사람이었디이라!"

"소장님은 저의 아부지하고 어떤 사이신교?"

"친구 사이지!" 하고 정 소장이 말했다. "수운 선생님 말씸대로 영우라 캐야 할까? 우리는 서로 믿음을 같이한 친구였지!"

"어디서 만난 친구라예?"

"얘기를 하자면 긴데, 자네 부친과 황보 균과 나는 젊은 시절에 경주 현곡면 선바위골 안쪽 산 위에 초막을 짓고 홀로 사는 어떤 도인한테서 함께 선도仙道를—그 당시에는 국선도國仙道라고도 캤디이라!—배운 적이 있었다네. 낮에느 목재를 다루는 손기술과 약간의 무술을 가르쳐주시고, 밤에느 한문 경전을 가르쳐주시는 안安 도인이란 노인이셨디이라. 당시는 왜놈들 세상이 되어놓아서, 우리는 그기이 일종의 비밀 반일 교육, 비밀 독립운동이라는 것을 한참 뒤에서야 알아차리게 되었디이라. 나는 집이 영천읍의 문외동에 있었는데, 젊은 날에 마음을 잡지 못하고 집을 나가 혼자 떠돌아댕기다가 경주 불국사 근처 토함산 기슭에서 거지 신세가 되어 지나가던 노인한테 구걸을 했제. 그때 그 노인, 즉 안 도인 께서 나를 거두어주셨디이라. 나는 경주 인내산 남사봉 아래 선바 위골의 초막으로 안 도인을 따라 들어가게 되었고, 쪼금 있시이까 황보 규이도 데리고 들어오시더라. 영천 구전동 지주의 아들로 태 어났지만, 역시 젊은 혈기 때문에 세상을 떠돌던 황보 규이는 건 천 장터에서 배가 고파 좀도둑질을 하다가 붙잡혀서 매를 맞고 있 었던 모야이라. 그때 안 도인이 규이를 거두이 선바위골 골짜기로 데리고 들어오신 기이라. 우리 둘은 안 도인의 초막에서 함께 기 거하면서 목공 일도 배우고 한문 공부도 했디이라.

그러던 어느 날, 모친의 병을 구완할라꼬 약초를 캐러 선바위골 로 왔다는 또래 청년 하나를 만났디이라. 우리 서이는(셋은) 이내 친해져서, 규이와 나는 새 친구를 잠시 스승님의 초막까지 데리고 갔지. 그 친구가 바로 자네 부친인 최내천이었어. 스승님은 그 친 구의 성명을 물어보시다가 '내천'이란 이름을 들으시고는, 크게 기뻐하시고느 당장에 그를 제자로 받아들이시겠다고 하셨디이 라. 그래서, 초막에 기거하면서 배우던 나와 규이와는 달리, 내처 이는 노모를 모시고 있었기 때메 소현리에서 날마다 선바위골로 오고가멘서 목공 일과 한문 공부를 배웠디이라. 나중에 황보 규이 는 대구로 진학한다며 안 도인을 떠나고, 나도 삼촌이 농산물 검 사소에 취직 자리를 소개해주겠다고 해서 선바위골 초막을 떠났 다네. 하지만 그사이에 노모를 여의고, 혼자가 된 내처이는 아주 선바위골 초막으로 옮겨 와 살민서 스승님의 도를 혼자 바르게 전수받은 걸로 짐작되네. 말하자면, 자네 아부지느 황보 규이와 내가 떠난 그 자리에 끝까지 남아 스승님의 수제자가 된 기이라."

"도인의 수제자가 된 기이 겨우 목순교?" 하고 여경이 정 소장께 물었다. "죄송합니다마느, 영천 장터거리에서 저의 아부지가 이 점포, 저 집에서 온갖 궂은일을 다 해주시고도, 대접도 옳게 못 받고 사시다가 이렇게 돌아가신 기이 제가 보기에는 너무 억울하고 원통해서 이런 말이 지절로(저절로) 나오니더! 평소에 저는 아무리 생각해도 우리 아부지가 그런 대접을 받을 사람은 아닌 듯했는데 말입니더!"

"여보게, 최군!" 하고 정 소장이 말했다. "바로 그 점이야말로 자네 아부지가 득도한 사람이었다는 증거가 되네. 스승님은 우리한테느 '국선도', 또는 '선도'라고 말씀하셨지만, 낭중에사 나는 그 스승님이 의성과 상주, 안동 등지에서 대나무 막대로 왜군과 관군의 총탄에 맞서 싸우다가 장렬하게 죽어간 경상도 동학군들 중 용케 살아남은 분이 아니었을까 짐작하게 되었디이라. 그 안 도인이 자네 부친의 이름을 듣자마자 크게 기뻐하신 까닭이 뭐라꼬 생각하노? 동학의 3대 교주 손병희 선생의 '인내천'이라는 철학이 자네 아부지의 이름 안에 들어 있었기 때문 아이겠나! 자네 아부지가 어제 자네한테 '늬 마음속의 하느님을 잘 모시라'고 캤다 캤제? 그기이 바로 수운 선생이 말씀하신 '하느님을 내 몸에 모실 줄 안다' 카는 것이 아일까 싶우네. 내 생각에는, 자네 아부지느 스승님의 가르침에 따라 자신을 낮춪고 백성들 가운데에 자신을 숨가서 동학의 가르침을 그대로 실천하신 도인이시네! 자네 아부지가 간절히 부탁하자 내가 왜놈 상전한테 싹싹 빌어서 자네를 검사소에 취직시켜준 것도 다 내가 자네 아부지의 그 훌륭한 삶의 진멘목을 훔쳐보았기 때문이었제! 내 생각에느 자네느 정말 훌륭하고 자랑시러분 아부지를 두었네. 그분은 이제 하느님의 뜻에 따라 '땅보탬'이 되시어 '원시반본原始返本' 하신 기이라!"

15. 마리아 클라라 폰 쥐트휘겔

남의 '조상들의 방'에서 '내 조상'의 이야기를 쓰려고 해서 그런지는 몰라도, 진척이 잘되지 않아서, 이제 겨우 내 조부 '월성인 최내천'의 이야기를 대충 끝냈다.

시계를 보니, 새벽 2시 30분이었다. 너무 늦은 시간까지 글을 쓴 것이다.

'노년에 타국에 와서 이렇게 늦게까지 일하다니! 지금 내가 무슨 학위논문을 쓰는 것도 아닌데, 이렇게 지나치게 일에 몰두하다 보면, 건강을 해칠 수도 있겠으니, 정말 조심해야 하겠다. 적어도 바이마르를 떠나 대구의 내 집에 무사히 도착할 때까지는!'

이런 생각을 하면서 나는 침대에 눕자마자 전등을 껐다. 그러고는 어둠 속에서 눈을 감았다. 지금은 어떤 생각도 더는 하고 싶지 않았고, 다만 휴식을 취해야겠다는 생각뿐이었다.

피곤했던 모양인지 나는 금방 잠이 들었다. 그런데 어느 순간 나는 클라라 폰 취트휘겔이 금발을 드리운 채 내 침대 위에 슬쩍 걸터앉아 있는 모습을 보았다. 그녀는 자신의 오른손으로 이미 내 오른손을 꼭 잡고 있었다.

"아, 클라라!" 하고 내가 깜짝 놀라며 말했다. "잘 왔어요! 보고 싶었어요! 그런데 방문이 잠겨 있었을 텐데, 어떻게 들어왔어요?"

"내가 클라라인 건 맞아!" 하고 그녀가 말했다. "마리아 클라라 다. 바깥에서 문을 열고 들어와야 하는 클라라가 아니라, 늘 이 방 안에 있는 마리아 클라라 폰 취트휘겔, 즉 클라라 폰 취트휘겔의 어미란 말이다!"

"예?" 하고 내가 그녀의 눈을 올려다보았더니, 그녀의 눈동자가 파란색이 아니라 초록색이 도는 검은색이었다. "클라라의 어머님 이시란 말씀이세요?"

"그렇다!" 하고 그녀가 말했다. "내 남편 지크프리트와 나는 네가 대체 어떤 놈이길래 우리 클라라가 그렇게 마음을 홀랑 빼앗기게 되었는지 우선 네 상판대기라도 한번 보고 싶었더니라. 그리고, 우리 손녀 지클린데가 베를린에서 베트남 출신의 아가씨와 결혼하겠다고 야단이길래 장차 폰 취트휘겔가의 상속자가 없어지게 될 것을 걱정해서, 지크프리트와 나는 원래는 네가 도착하면, 너한테서 씨나 받고 나서 너를 여기서 아주 죽여 없애버리려고 작정을 했다. 그런데 그동안 이 방 안에서 생활하고 있는 너를 지켜

보니, 우리 딸 클라라의 말마따나, 객지에서 그렇게 죽이기에는
네가 너무 순하고 착한 사람이더구나! 게다가 너 또한 네 나라의
지령地靈의 소산인지라 동쪽 먼 나라의 어떤 신령이 너를 감싸주
고 있더구나! 그래서, 우리 부부는 먼 나라의 신령과 다투기도 싫
었거니와 딸과 사위의 간절한 소원을 그만 들어주기로 했느니라.
즉, 그까짓 구시대의 개념인 '상속' 따위는 깨끗이 잊어버리고, 새
시대의 풍속도에 보조를 맞추는 현대적 귀신이 되기로 마음을 고
쳐먹었느니라."

"그래서, 지금은 제게 원하시는 게 무엇인지요?" 하고 나는 귀
신 마리아 클라라의 손에 내 손이 잡힌 채, 무섭다기보다는 약간
어색함을 느끼면서, 부드러운 목소리로 물었다.

"우리 부부는 구시대적 희생 제의를 생각했었지만, 지금은 네게
바라는 것이 거의 없이 되고 말았어. 그러니, 여기 바이마르에서
편안히 지내다가 네 고국으로 잘 돌아가기 바란다. 다만, 불쌍한
내 딸 클라라를 부디 잘 대해주어라!"

"어떻게 해주는 것이 잘 대해주는 건데요? 저도 그렇게 해주고
싶은데, 그 방법을 잘 모르겠습니다. 그녀가 원하는 대로 해주고
싶은데, 무엇을 원하는지 가늠하기가 쉽지 않아서요."

"그걸 귀신인 우리도 잘 모르겠더란 말이다! 그러니, 클라라를
잘 살펴서 그 아이가 흡족하게끔 해주란 말밖에는 우리도 다른 말
을 더는 못하겠구나!"

이렇게 말하고 나서 그녀는 몸을 구부려 내 뺨에 가벼운 키스를 해주고는 살그머니 몸을 일으키더니, 공중을 가볍게 유영하면서 북쪽 벽면 쪽으로 천천히 사라져 갔다.

잠시 후, 나는 어둠 속에서 눈을 떴다. 꿈이라 하기엔 모든 대화 내용과 나의 망막에 남아 있는 잔상들이 너무나도 선명하였다. 나는 침대용 전등을 켜고 내 손목시계를 보았는데, 새벽 3시 30분 이었다. 말하자면, 나는 불과 한 시간 동안에 마리아 클라라 폰 쥐트휘겔을 만나고 그녀와 대화를 나눈 것인데, 그것은 거의 정다운 대화라 할 만했다. 그녀의 손은 일름공원으로 내려가는 석굴 길에서 잡았던 클라라의 손과 마찬가지로 촉촉하고 부드러웠으며, 그녀의 키스도 내가 도착하던 날 바이마르역에서 클라라가 내 뺨에 살짝 해준 그 키스처럼, 육욕적인 키스라기보다는 영혼이 잠시 살짝 넘어오는 듯한 그런 신묘한 키스였다.

16. 하르트무트와 클라라의 가든파티

조금 늦잠을 잔 것 같았다. 아직도 방은 어두웠지만, 덧창을 닫고 커튼까지 쳐놓은 동녘 창문에서, 그리고 남쪽 창문으로부터도 아침의 밝은 빛이 맹렬히 침투해 들어오고 있었다. 내가 침대에서 벌떡 일어나 시계를 보니, 아침 9시 30분이나 되어 있었다.

나는 커튼들과 덧창, 그리고 창문들을 모두 활짝 열었다. 밝은 햇빛과 맑은 아침 공기가 '조상들의 방' 안으로 신선하게 밀려 들어왔다. 나는 방의 북쪽 벽면으로 다가가 세계도의 맨 아래에 걸려 있는 지크프리트 폰 쥐트휘겔과 마리아 클라라 폰 쥐트휘겔 부부의 사진 액자를 잠시 바라보았다. 지크프리트는 자세를 약간 옆으로 돌린 채 엄숙한 표정을 짓고 있었으나, 마리아 클라라 폰 쥐트휘겔은 아름다운 금발을 오른쪽 어깨 앞으로 늘어뜨린 채 초록색이 도는 검은색 눈동자를 보이며 상긋 미소 짓고 있었다.

'고맙습니다!' 하고 나는 그들 부부에게 마음속으로 감사와 경의를 표했다. 그런 다음, 화장실로 가서 간단히 세수한 뒤, 아침 식사를 위한 커피를 내리고, 식탁에 앉아 빵에다 버터와 잼을 발랐다.

아침 식사 후 나는 책상 앞에 앉아서 이메일을 체크했다. 한국에서 쓸데없는 메일이 많이 와 있었지만, 유념해서 읽을 메일은 없는 듯했고, 며느리가 나에게 문안을 하면서 보낸 메일의 첨부파일로 내 손자 시천時千이 제 또래의 어린이들과 축구를 하는 사진을 보내주었다. 그것을 제외한 중요한 메일 네 통은 모두 독일 내에서 내게 온 것이었다.

먼저, 베를린의 서준희 박사가 감사의 메일을 보내왔는데, 선물하신 책에서 지폐가 떨어지는 바람에 깜짝 놀랐다고 썼다. 감사했지만, 이제는 그렇게까지는 안 하셔도 될 정도로 세상도, 제자들의 형편도 달라지지 않았나 싶다는 생각을 피력하면서, 바이마르에서 부디 '옥체 보중保重'하시라는 인사말로 메일을 끝맺고 있었다.

또 다른 메일은 라이프치히의 엘케 프리데만에게서 온 편지였는데, 다음 주말에 자기 집에 클라라 부부와 함께 나를 초대하고 싶으니, 꼭 와달라는 사연이었다.

세 번째 메일은 예나대학의 유타 슈트로마이어 교수가 보낸 것으로서, 에른스트 오스텐펠트로부터 바이마르에 와 있다는 소식을 들었다, 그녀 자신이 일하고 있는 예나대학이 바이마르에서 지척이니만큼 한번 예나의 자기 학과로 와서 한국 철학에 관한 주제로 강연을 해주면 고맙겠다고 했고, 강연 일시에 대한 제안이 뒤따랐다.

마지막 네 번째 메일은 바로 한 지붕 아래에 사는 하르트무트의 메일이었는데, 오늘 저녁 6시에 바이마르에 정착한 난민들을 폰 쥐트휘겔가의 저택에 초대해서 가든파티를 열고자 하는데, 다른 약속이 없다면, 부디 참석해주기 바란다는 사연이었으며, 미리 말하지 않은 것은 그냥 자연스럽게 동참해주셨으면 해서였다고 했다.

나는 서준희 박사한테 회신을 쓰면서, 차비 보조금으로 책갈피에 돈을 넣어준 것은 나도 좀 지나쳤다는 생각은 한다, 미안하다, 그러나 내 세대의 교수들이 후배들이나 후진들에게 자주 경제적 부담을 씌우곤 하던 그릇된 작태를 보아왔기 때문에, 그렇게 되지 않으려고 노력해온 나의, 시대에 뒤떨어진 처신 방식쯤으로 너그럽게 이해해달라고 썼다.

엘케 프리데만한테는 귀한 초대에 기쁜 마음으로 응하겠다는 회신을 보냈다.

그리고, 유타 슈트로마이어 교수한테는, 가까이 와 있으면서 인사도 하지 않은 옛 학우에게 이렇게 강연 초대까지 해주니, 고맙다, 강연 초대에 응하겠다, 다만, 강연 제목은 좀 더 생각해보고 다시 메일을 드리겠지만, 현재로서는 '한국의 철학—동학에 관하여'라는 가제를 제시하고 싶다, 강연 일시는 '마지막 목요일 오후

안'을 선택하겠다는 회신을 보냈다.

그런 다음, 하르트무트에게는 오늘 저녁의 가든파티에 기꺼이 참석하겠다는 회신을 보냈다.

내가 도서관으로 가기 위해 막 집을 나서는데, 어딘가로 나갔던 올가의 자동차가 정문으로 들어오고 있었다.

"이제 나가시는 거예요?" 하고 올가가 차를 멈춘 채, 창문을 내리고 내게 말했다. "장을 봐서 오는 길이에요. 하르트무트와 클라라가 오늘 저녁 바이마르에 정착한 난민들을 초대하여 가든파티를 연다는 건 아시지요? 아마도 초대를 받으셨을 텐데요?"

"하르트무트의 초대를 받았어요." 하고 내가 말했다. "이런 파티를 자주 여는 모양이죠?"

"그럼요! 새로운 정착민들이 자꾸 생기니까 매월 열게 되지요. 손님들 대부분은 최근에 바이마르 주민이 된 외국계 독일인들인데, 독일 주민들과 인간적 대화를 나누며 올바른 세계시민이 되기를 원하는 외로운 사람들이죠! 이따 남쪽 큰 정원에 천막 치는 걸 도우고자 보리스도 올 거예요!"

"그래요? 보리스가 온다니, 정말 반갑네요! '올가의 수프'도 나오겠지요?"

"물론이죠! 그걸 대량으로 끓이려니까 이렇게 장을 봐 와야 하는 거죠! 도서관에서 공부하시다가 6시 직전에 오세요."

"알았어요!" 하고 내가 말했다. "그럼, 이따 보십시다!"

나는 도서관을 향해 천천히 걸었다. 오전 11시의 태양이 벌써 약간 따갑게 느껴질 지경이었다. 요즘은—기후 변화의 결과인 지—독일에도 이렇게 화창하다 못해 오전에도 햇볕이 따가운 날 이 더러 있게 된 듯하다. 인류의 대재앙으로 느껴지는 이른바 '기후 온난화'가 독일 날씨를 위해서는 그래도 약간 긍정적인 변화를 가져온 듯했다.

원래는 본에 가서 은사님이신 헤르베르트 카우프만 교수님도 뵈어야 하고, 베를린, 프랑크푸르트, 튀빙엔, 아욱스부르크, 뮌헨 에도 가서, 아는 사람들과 인사라도 나누기 위해 유레일 패스를 6일 치나 끊어 왔는데, 이러다가는 더는 여행을 하지 못한 채 바이 마르에서만 머물다가 귀국하는 것은 아닐까 하는 생각이 문득 들 었다. 유레일 패스를 이용하지 못하는 게 아깝긴 하지만, 패스가 아깝다고 강연을 앞두고 노인이 무리하게 여행을 다닐 수도 없는 노릇이었다. 아무튼, 내가 바이마르에 도착한 지도 어느덧 한 달 하고도 보름이 지났고, 바이마르를 떠날 날도 이젠 2주밖에 남지 않았다. 나는 바이마르 시내를 향해 천천히 걸어가면서, 바이마 르에서의 내 남은 일정을 다시 면밀히 체크해서 독일에서 꼭 해야 할 일을 빠뜨리는 실수가 없도록 해야겠다고 스스로 다짐했다.

그러다 보니, 바이마르에 다시 온 이상 내가 꼭 다시 가보고 싶 었던 곳이 한 군데 있었는데, 그곳부터 가야겠다는 생각을 하게 되 었다. 그래서 내 발걸음은 자연히 야콥교회를 향해 가고 있었다.

나는 왜 여기 한적하기도 하고 약간 유현幽玄한 분위기가 감도는 야콥교회의 뜰을 찾아왔는가? 이 뜰에 있는 공동 묘원은 12세기부터 자신의 땅을 소유하지 못한 바이마르 시민들이 묻혔던 바이마르의 가장 오래된 묘원이기도 했다. 쉴러의 시신도 원래는 여기에 안장되어 있다가, 나중에 괴테의 관 옆에 나란히 안치되었다. 루터와 동시대인이었던 바이마르의 화가 루카스 크라니히 1세(Lucas Cranich der Ältere, 1472~1553)의 무덤도 여기에 있다. 화가 크라니히에게 경배하기 위해선가? 그것도 아니라면, 동화 수집가 무제우스(Johann Karl August Musäus, 1735~1787)의 묘를 참배하기 위해선가?

아니다! 여기에 괴테의 부인, 크리스티네가 묻혀 있기 때문이며, 그녀가 죽던 날 괴테가 그녀에게 바친 시를 그녀의 묘비에서 다시 한번 읽어보고 싶었기 때문이다.

1788년부터 괴테가 그녀와 동거하게 된 이래로, 바이마르 궁정의 속 좁은 귀족들은 가난한 평민 출신에다 교양이 없는 여자라하여 그녀를 괴테의 정실 부인으로 온전히 대접하지 않았다. 그러나 그녀는 이에 조금도 위축되지 않고 활동적이고 유능한 주부로서 괴테에게 아들 아우구스트를 낳아주었고, 채전을 가꾸는 등 집안 살림을 착실히 꾸려나갔다. 특히, 1806년 10월 14일, 나폴레옹군 병사들이 바이마르 프라우엔플란(Frauenplan, '성모님의 뜰'이란 의미)에 있는 괴테의 저택을 약탈하려 들자, 그녀는 나폴레옹도 존경한 '시인 괴테'의 집이라며 목숨을 걸고 대문 앞에 버티고 서서 병사들을 설득해 결국 그들을 물리쳤다. 이에 감동한 괴테는 닷새 후인 10월 19일, 야콥 교회에서 아우구스트 공 등 몇 사람의 증인만 초청한 가운데에 그녀와 정식 결혼식을 올렸다. 약 10년 후인 1816년 6월 6일 그녀가 죽자 괴테는 다음과 같은 시를 남겼는데, 이것이 크리스티네 폰 괴테의 묘지 석판에 새겨져 있는 것이다.

오, 태양이여, 그대 암울한 구름 뚫고 얼굴 내밀고자 애쓰지만, 헛수고로다!
내 인생에 거둔 온갖 성취를 모두 합해도, 그녀를 잃은 이 슬픔에 비길 수가 없구나!

괴테는 특히 여성에게 따뜻한 마음을 지닌 시인이었다.
'나라는 인간은 여성을 잘 모실 줄 몰랐고, 아내를 고생만 시키다가 저세상으로 보낸 죄 많은 남자다!'―이런 생각을 하면서 나는 유명을 달리한 내 아내에게 마음을 다하여 용서를 빌었다. 그러고는 쓸쓸히 아나 아말리아 도서관을 향해 걸어갔다.

내가 6시 조금 전에 폰 쥐트휘겔가의 저택에 돌아오니, 남쪽의 큰 정원에는 이미 잔치용 천막이 처져 있었고, 많은 손님들이 와 있었다. 하르트무트는 천막 안 한복판에 자리를 잡고 앉은 채 정중하게 손님들을 맞이하고 있었으며, 클라라와 올가, 그리고 보리스는 손님 접대를 위해 분주하게 움직이고 있었다. 기다란 노천 탁자 위에는 포도주병들과 포도주 잔들, 그리고 맥주 통과 맥주잔들이 즐비하게 놓여 있었고, 여러 가지 과일들을 넣어놓은 칵테일 유리잔들과 대형 치즈 플라테도 보였으며, '올가의 수프'를 끓이고 있는 대형 전기솥과 그 옆 탁자 위에 잔뜩 쌓여 있는 '농부의 빵'도 보였다. 넓은 정원 여기저기에는 간이 의자들이 놓여 있었지만, 손님들은 아직은 서서 서로 대화를 나누고 있었고, 노인들은 천막 안의 탁자 앞에 앉아서 하르트무트와 담소하고 있었으며, 몇몇 어린이들은 동쪽 정원의 정자 근처에서 숨바꼭질 놀이를 하고 있었다.

나는 올가가 따라주는 맥주 한 잔을 받아들고 우선 하르트무트에게로 다가가 저녁 인사를 건네면서 말했다.

"근사한 잔치네요! 초대에 감사드립니다!"

"준기는 오늘 나와 클라라를 도와 이 잔치의 주인 노릇을 좀 해주셔야 하겠습니다. 손님들 대부분은 시리아계와 우크라이나계 난민들인데, 그들은 세계인들과의 대화를 통해 좀 더 자유롭고 교양을 갖춘 독일 시민으로 성장하기를 원하고 있습니다. 부디 그들을 잘 대해주시고, 준기의 평소 교양과 독일어 실력으로 그들을 잘 인도해주시기 바랍니다."

"그래요!" 하고 어느새 왔는지 클라라가 대화에 끼어들면서 말했다. "난민은 아니지만, 일본인 교수 한 분과 중국인 여대생 한 명도 초대했는데, 곧 만나게 될 테니 조금 이따 텐트 밖 정원으로 나오세요. 중국인 여학생은 김나지움에서 저의 반 학생이었는데, 지금은 예나대학에 다니고 있어요. 그리고 일본인 교수는 교토대학 건축학과 교수인데, 이곳 바이마르의 '바우하우스대학Bauhaus-Universität'에 6개월 동안 연구 교수로 체류 중이신 분입니다. 그들 동양인들하고도 좋은 대화를 나누셨으면 해요."

"아, 그래요?" 하고 내가 말했다. "바이마르까지 와서 또 동아시아 사람들끼리 대화하라구요? 차라리 저는 우크라이나와 시리아에서 온 난민들과 대화를 나누며 친분을 쌓고 싶네요."

"꼭 난민이나 외국인이 아니더라도 바이마르 시민들도 몇 사람 초대했어요. 아무쪼록 즐겁고 유익한 시간을 보내시길 바랄게요."

"예, 고마워요!" 하고 내가 정원 쪽으로 나오면서 말했다. "이제 보니, 하르트무트와 클라라는 '현대 바이마르 시'의 '정신Geist'이군요!"

"아직 '귀신Geist'은 되기 싫은데요!?" 하고 클라라가 미소를 머금고 말장난 농담을 했다. "가능하다면, 바이마르의 '영혼Seele'이 되고 싶답니다!"

"아, 영혼! 영혼이 더 좋겠네요! '바이마르의 아름다운 영혼Die schöne Seele von Weimar'!"

이때, 클라라가 잠시 다른 손님을 영접하기 위해 나를 떠났고, 그녀 대신 보리스가 내게로 다가와서 인사를 했다. "반갑습니다! 오늘 저녁 최 교수님을 만나 뵐 기대에 부풀어 있었답니다."

"아, 반가워요!" 하고 내가 말했다. "올가가 보리스도 온다고 하더라고요! 그래서 나도 여기서 만날 친구가 있다 싶어서 이렇게 용기를 내어 참석했답니다!"

"아, 교수님도 참! 여기 바이마르에서는 하르트무트와 클라라의 가든파티에 불참할 만큼 더 중요한 일은 거의 없지요. 두 분은 오늘날 바이마르 시민 문화의 정신적 지주이십니다. 두 분이 이렇게 가끔 문화적 소통의 장을 마련해주시니까 바이마르란 도시가 단순한 관광도시를 넘어 그 시민들이 국제적 문화 감각을 지니고 살 만한 공간이 되는 것입니다."

이렇게 말하면서, 보리스가 내 곁을 떠나 술을 따라 주는 코너로 돌아가 버리자, 키가 훤칠하고 얼굴은 갸름한 데다 피부색이 거의 백인에 가깝게 흰, 아주 세련돼 보이는 아시아계 아가씨 하나가 내게 다가와 인사를 했다.

"최 교수님이시죠?" 하고 그녀가 말했다. "저는 예나대학생 주팅팅朱婷婷이라고 합니다. 폰 쥐트휘겔 선생님의 제자인데, 오늘 여기서 뵈올 수 있다고 말씀하셔서 기쁜 마음으로 이렇게 왔습니다. 한국에 대해 관심이 많긴 한데, 아직 아무것도 모릅니다. 앞으로 많은 지도를 부탁드릴게요!"

"그래요?" 하고 내가 말했다. "아름다운 아가씨가 문득 이렇게 내게 말을 걸어오니, 황홀해서 얼떨떨합니다! 그래, 예나대학에서는 무슨 공부를 하시나요?"

"철학입니다! 지금은 독일 철학도, 중국 철학도 다 잘 모르는 첫 학기죠. 상하이와 베를린을 오가며 사업을 하시는 제 아버지께서 세계적인 안목을 길러야 한다며 저를 고등학생 때부터 바이마르에 유학을 시키셨습니다. 그래서, 저는 중국 철학이나 동양철학에 대해서는 서양철학보다 오히려 더 모릅니다. 많은 지도를 부탁드립니다."

"그래요?" 하고 내가 말했다. "내가 과연 팅팅 양에게 도움이 될 수 있을지 모르겠습니다만, 앞으로 동아시아 철학에 관해 심도 있는 대화를 나눠보십시다."

"말씀 도중에 잠깐 실례합니다!" 하고 우리 얘기에 어떤 동아시아 사람이 끼어들었다. "최 교수님께 인사드리겠습니다. 교토대학에서 온 마에다 마사오前田正雄입니다. 저는 여기 '바이마르의 바우하우스대학'에 연구차 6개월 동안 체류하고 있는 건축학자인데, 오늘은 하르트무트 슐레징어 박사님과 클라라 폰 쥐트휘겔 박사님의 초청으로 이렇게 최 교수님을 뵈러 왔답니다."

"예, 반갑습니다!" 하고 내가 말했다. "최준기라고 합니다. 제가 뭐 마에다 교수님께서 꼭 만나야 할 그런 인물은 못됩니다만, 아무튼 반갑네요. 자, 여기는 상하이에서 온 팅팅 양인데, 앗, 두 분은 이미 서로 아시나요? 아, 벌써 아시는 사이시네요! 자, 우리, 세계와 동아시아의 평화를 위하여, 건배하십시다, 춤볼!"

그때, 보리스가 조그만 종을 울리면서, '농부의 빵을 곁들인 올가의 수프'를 배급해드리는 중이니, 저녁 식사를 하시라는 팻말을 들고 정원과 천막 안을 두루 돌아다니고 있었다.

그때, 클라라가 어떤 독일인 신사 한 분을 데리고 내 앞으로 다가왔다.

"준기! 소개해드리고 싶은 사람이 있어요." 하고 클라라가 말했다. "이분은 라이너 하겐스데겐Rainer Hagensdegen 박사인데, 바이마르의 알베르트 슈바이처 기념관의 관장이십니다."

"반갑습니다! 최준기라고 합니다." 하고 내가 말했다. "바이마르에 알베르트 슈바이처 기념관이 있는 줄은 몰랐습니다. 어디에 있지요?"

"케겔 광장 4번지입니다. 바로 고성古城 뒤, 일름강변에 있습니다."

"바이마르와 슈바이처가 어떤 특별한 인연이 있던가요?"

"없습니다!" 하고 클라라가 대답하고 나섰다. "하지만 하겐스데겐 박사가 슈바이처 박사를 기리기 위해 사재를 들여 슈바이처 박물관 겸 기념관을 만드셨고, '바이마르 슈바이처학회'의 회장직을 40년 가까이 맡아 헌신하고 계시지요."

"작은 학회입니다!" 하고 하겐스데겐 박사가 자신의 명함을 내게 건네주면서 말했다. "바이마르 체류 중 시간이 나시거든, 우리

기념관을 한번 방문해주신다면, 큰 영광이겠습니다."

"고맙습니다! 전화를 드리고 예방하도록 하겠습니다."

하르트무트와 클라라의 가든파티는 정말 즐겁고 유쾌한 모임
이었다. 여러 나라 태생의 서로 다른 나이의 사람들이 서로 스치
며 자유롭게 대화를 나누는 자리였는데, 망팔의 장애인 하르
트무트는 천막 안 자기 자리에 가만히 앉아서 그 많은 손님과 차
례로 정다운 대화를 나누고 있었고, 클라라는 천막 안팎을 드나들
며 크게 눈에 띄지 않게 살짝살짝 사람들의 대화에 끼어들기도 하
고, 손님들을 서로 소개시켜주기도 했는데, 그녀의 금발과 주황색
투피스가 정원의 초록색과 대조를 이루었기 때문에, 어느 장소에
서 보아도 그녀의 움직임이 환하게 돋보였다.

클라라는 시리아인들과 우크라이나인들에게 나를 '극동에서
온 현인'이라고 소개했는데, 이 말이 나와 그들 외국계 독일인들
을 모두 잠깐이나마 어색하게 만들었기 때문에, 분위기가 좀 썰렁
해졌다. 이윽고 내가 정신을 가다듬고 말했다.

"폰 쥐트휘겔 박사가 농담을 잘 하시는 건 여러분도 익히 아시
지요? 저는 그런 사람이 못 됩니다. 오히려 여러분들과 사귀고 격
의 없는 대화를 나눔으로써, 여러분의 상황을 좀 더 구체적으로
알고, 여러분의 마음에 가까이 다가가고 싶답니다. 아가씨는 시리
아에서 오셨나요? 시리아 어디에서 오셨어요? 아 참, 우선, 아가

씨 이름이 어떻게 되지요?"

"저는 토니케 하산Tonike Hassan이라고 해요. 홈스Homs라는 도시 이름을 들어보셨나요? 시리아 서부에 있는 도시죠. 저희 아버지는 홈스의 민주운동 지도자이셨는데, 아사드의 정부군이 공격해 오기 전에, 어머니와 저를 일단 북쪽으로 피난하도록 조치했습니다. 어머니와 저는 아버지가 뒤따라오시기를 기다렸지만, 결국 둘이서만 튀르키에를 거쳐 독일로 들어와야 했습니다."

"그 후 아버지 소식은 들으셨나요?" 하고 내가 관심을 보이며 물었다.

"뒤에 온 홈스의 피난민들 말에 의하면, 돌아가신 것 같아요." 하고 말하며, 토니케 하산은 이내 눈물이 글썽해서 말을 잇지 못했다.

"미안합니다! 하산 양!" 하고 내가 당황해하면서 두 손으로 하산 양의 한쪽 손을 잡아주면서 말했다. "우리 한국전쟁 중에도 가족 간의 생이별이 수없이 많았답니다. 이제 하산 양은 자유로운 독일의 품에 안기셨으니, 불행 중 그나마 다행입니다!" 하고 말하면서, 나는 얼결에 아가씨의 손을 잡은 내 꼴이 무색해서 슬그머니 그 손을 풀고는 물었다. "어머니께서는 편안하신가요? 어디서 일하시나요?"

"예, 어머니는 바이마르역 앞에 있는 '아우구스타 황후 호텔 Kaiserin Augusta Hotel'에서 일하고 계셔요. 저는 지금 김나지움 11학년인데, 폰 쥐트휘켈 선생님한테서 국어 수업을 받고 있고요!"

"아, 정말 훌륭하신 선생님한테서 배우고 있네요. 하산 양의 독일어가 참 정확하다고 생각했는데, 역시 훌륭하신 선생님의 제자이십니다!" 하고 내가 말했다. "꼭 아비투어에 합격해서 원하는 대학에 진학하시기를 바랄게요!"

이런 식으로 나는 또 어떤 시리아계 청년과 어떤 우크라이나계 청년에게도 이름과 고향을 묻고 내 나름대로 진심을 다해서 그들의 과거와 현재의 상황에 대해서 궁금해했다. 그러면서 나는 그들의 처지에 내 마음을 대입해서 역지사지의 심정으로 성심껏 함께 걱정해주었다. 어느새 외국계 남녀 청년들과 독일인 시민들도 내 옆에 서서 나의 말을 경청하기 시작했다.

올가가 '올가의 수프' 한 그릇과 '농부의 빵' 한 조각을 트레이에 받쳐 들고 와서 내게 말했다. "준기 씨! 저녁 식사를 하셔야죠. 면담은 일단 식사하신 다음에 계속하셔요!"

내가 수프와 '농부의 빵'을 거의 다 먹었을 무렵, 저택의 1층 홀에서 무도곡이 흘러나오기 시작했다. 아마도 홀에서는 곧 춤판이 시작될 모양이었다. 그렇다, 남녀노소가 모여서 먹고 마셨으니, 당연히 춤도 한판 벌어질 일이었다.

나는 약간의 피로감을 느꼈기에 잠시 내 방으로 들어가 손이라도 좀 씻고 조금 쉬었다가 다시 나오는 것이 좋겠다고 생각했다.

그래서, 건물의 동문을 통해 내 방으로 들어가고자 막 동쪽 정원 쪽으로 가고 있는데, 마에다 교수와 팅팅 학생이 정자 안에 앉아서 이야기를 나누고 있는 모습이 보였다. 나는 그들에게 방해가 되지 않도록 조용히 다가가 눈인사만 하고서 그들의 대화에 가만히 귀를 기울였다.

"저는 이곳에 살면서 지금 심한 정체성의 혼란을 겪고 있답니다." 하고 팅팅이 그 아름다운 얼굴에 어울리지 않게도 아주 심각한 표정으로 말했다. "저는 독일인이 다 돼서 독일인으로 처신하고 있는데, 그들은 저를 중국인으로 보거든요. 그런데, 저 자신은 정작 중국이나 동아시아에 대해서는 아는 것이 별로 없단 말입니다."

"사람들의 관심에 별로 신경을 쓰지 말고 그저 묵묵히 자신의 길을 가는 게 좋을 듯하네요." 하고 마에다 교수가 말했다. "독일인들은 현재 자신들의 철학이나 삶의 방식에 약간의 회의를 느끼기 시작하는 상황인 듯합니다. 그래서, 우리 동양인의 처세 방식이나 생활철학에 대해 많은 관심을 표출하게 되어 있지요. 하지만 우리 동아시아인이라고 해서 무슨 뾰족한 대안을 제시할 수 있는 건 아니지요. 문제의 해답은 동도 서도 아닌 그 어느 지점에 있을 것인데, 앞으로 팅팅 양이, 철학 공부를 제대로 한다면, 그 지점을 가장 정확하게 잘 찾아낼 수 있을 듯도 합니다……."

"아, 그렇겠네요!" 하고 내가 그들의 대화에 끼어들면서 말했다. "그것이 바로 앞으로 팅팅 양이 찾아야 할 중요한 과업이겠습니다. '이변비중離邊非中'이라고 7세기 말에 우리 한국의 원효 대사님이 『금강삼매경론』에서 하신 말씀인데, '양변兩邊을 떠나야 하지만, 해답은 그 중간에 있지도 않다'는 말입니다. 동과 서를 떠나야 하지만, 그 딱 중간도 아니라는 말씀이지요. 하지만 철학이 하나의 입체적 구라고 한다면, 어딘가 그 구 안에 해결책이 있긴 있다고 볼 수 있겠습니다."

"아, 최 교수님, 잘 오셨습니다!" 하고 마에다 교수가 약간 일어서 보이면서 말했다. "제가 이 아름다운 팅팅 아가씨한테 뜻밖에도 동양철학을 말해주자니, 제게는 힘이 좀 부치던 참이었는데, 잘 오셨습니다. 그렇습니다! '이변비중'이라! 그것참, 좋은 말이네요!"

"감사합니다, 선생님들!" 하고 팅팅이 말했다. "오늘 저는 동아시아에서 오신 두 분 선생님들을 뵙게 되어 무척 반갑고 기쁩니다. 부디 제가 저 자신의 철학적 뿌리를 찾아가도록 앞으로 좀 잘 이끌어주시기 바랍니다."

"우리 다 같이 바이마르에 머물고 있으니, 셋에서 한번 따로 만나 우리 동아시아의 철학적 연원에 대해서, 그리고 우리 동아시아의 현재와 미래에 대해서도 기탄없이 얘기해보도록 하십시다. 여기 내 명함을 드릴 테니, 두 분이 각각 제게 간단한 이메일을 보내주시기 바랍니다. 그냥 'Guten Tag!'라고만 써 보내세요! 제가 이메일을 통해 곧 두 분을 초대할게요. 그러면, 우리는 바이마르에서 하나의 조그만 동아시아인 네트워크를 형성하게 될 것입니다.

그런데, 마에다 선생님, 지금 우리는 이 젊고 아름다운 팅팅 아가씨를 어두운 '철학'으로 이렇게 붙들어놓을 게 아니라, 어둡지만 기쁨이 넘치는 무도장으로 보내드려야 할 듯합니다. 안에서 청년들이 춤 파트너를 찾고 있을 듯하니까 말입니다!"

17. 최여경의 삶

정영식 소장과 헤어져 집에 돌아온 최여경은 바로 기진해서 곯 아떨어지고 말았다. 그의 얼굴이 눈물에 젖어 퉁퉁 부어 있고 옷에 흙과 피가 어지럽게 묻어 있었던 것을 물로 씻어낸 흔적이 있는 것으로 보아 그의 노모와 아내는 사태를 대강 짐작했지만, 당장 그를 잠에서 깨워 경위를 물어보지는 못했다.

여경의 아내 도동댁은 따뜻한 물에 적신 수건으로 남편의 얼굴과 수족을 대강 닦아주었다. 그러고는 미음을 쑤어서 남편 입에 조금 떠 넣어주려고 시도해보았지만, 허사였다. 남편은 간헐적으로 끙, 끙하는 신음 소리를 내면서 전전반측했고, 때로는 그의 두 눈에서 하염없이 눈물이 주르륵 흘러내리기도 했다.

여경이 어느 정도 정신을 차리고 일어난 것은 오전 11시가 다 되어서였다.

"안 도인님! 안 도인님!" 하고 부르짖은 것이 그가 자리에서 일어나면서 처음으로 입 밖에 낸 말이었다.

"안 도인이 누고?" 하고 모친이 물었다. "야야, 안 도인이 누군데? 니가 지금 갑자기 무슨 헛소리를 하노?"

"정신 나셨어예?" 하고 도동댁이 남편을 보고 나직하게 물었다. "그래, 아버님은 어찌 되셨어예? 아버님을 찾았어예?"

여경은 아무 대답도 없이 벌떡 일어나더니, 검사소에 나가 봐야겠다며, 우선 갈아입을 옷을 달라고 했다.

"야야! 너거 아부지 우째 됐는지 말 쫌 해봐라!" 하고 노모가 말했다. "그래, 시신이라도 찾았디이나?"

"아이고, 어무이요!" 하고 여경은 그제서야 노모 앞에 털썩 주저앉더니, 한 손으로 방바닥을 치면서 울음을 터뜨렸다. "그놈들이 죄 없는 백성들을 모두 아작을 내놓았디이더!"

어머니도, 아내도 그때서야 울음을 터뜨리며 곡을 하기 시작했지만, 여경은 금방 조용히 하자고 했다. 그러고는 차분히 말했다.

"어무이요, 지금은 비상시국이라 예를 갖추어 상례를 치를 수도 없심더. 아부지 시신은 찾아서 우선 근처 산중에 토감을 해놓고 왔심더. 이웃에 알릴 것 없지 싶우니더! 그리고, 당신은 어무이 모시고 집에 있어요. 검사소에 나갔다가 형편을 보고 저녁에 들어올 테이까!"

북한군 제2군단은 칠곡군 가산면 다부동에서 대구로 진격하려던 작전 계획이 실패하자, 1950년 8월 20일, 포항과 경주, 그리고 대구를 잇는 낙동강 동부 방어선의 군사적 요충지인 영천을 공격하기 위해, 다부동 공격에 실패한 제15사단을 의성에서 영천 동북방 입암동(당시 행정적으로는 영일군 죽장연 소속)으로 이동시켜 영천을 넘보고 있었다. 군사적 요충지인 영천을 점령하면, 대구와 경주로 진격하는 것이 쉬워질 것이기 때문이었다.

　그때, 영천 지역 방어를 담당하고 있던 국군 제8사단은 각 예하부대들이 대부분 고참병들로 구성되어 있었고, 개전 이래 여러 전투에 참가하여 풍부한 실전 경험과 우수한 전투력을 보유하고 있긴 했지만, 계속된 전투로 인해 장병들의 피로가 누적된 상태였다. 이 사단은 풍기·영주 전투의 승리로 자신감을 얻었으나, 그 후 안동 철수작전의 실패로 사기가 많이 저하되어 있었다. 당시 영천 지역을 방어하기 위한 병력은 8사단 병력 약 6000명에다, 7사단 2000명, 1사단 2000명, 6사단 2500명, 기갑부대 등 기타 병력 약 3500여 명 등 약 16000여 명이었다.

　9월 2일(토) 북한군 제15사단이 영천 방면으로 공격을 개시하자, 국군 제8사단은 보현산과 입암동 선에서 북한군을 저지하고자 분전했으나 전세가 점점 불리해졌다. 북한군 제15사단은 느린 속도로 전진해오고 있기는 했으나, 포병 접근이 어려운 산악 지역으로 진격해오기 때문에, 국군은 공군이나 기갑부대의 지원 없이 보병 단독으로 전투를 수행할 수밖에 없어서 고전을 할 수밖에 없었다.

9월 4일(월)에는 국군 제8사단의 각 예하 부대들이 방어에 유리한 기룡산騎龍山 일대로 철수하여 새로운 방어선을 구축하였다. 또한, 영천 방어선의 우측을 담당하고 있던 운주산의 제18연대가 9월 5일(화) 북한군 제12사단의 공격으로 기계杞溪 방면으로 철수하지 않을 수 없었다.

한편, 같은 날 북한군 제15사단은 입암동에 지휘소를 두고, 폭우를 틈타 영천 북방을 공격해왔다. 이에 국군 제8사단은 기룡산의 주방어선에서 북한군을 저지하고자 했지만, 9월 5일 오후 5시 이후에는 북한군의 공격에 계속 버틸 수 없어 철수하기 시작하였다. 국군 제21연대는 지휘소를 선천동에 두고 주력을 매곡동 일대에 배치하였다. 제16연대는 지휘소를 양항동에 두고 주력을 매곡동-인구동仁邱洞 간의 사단 중앙부를 담당하였다. 이날 자정 무렵 국군은 사단사령부를 영천 읍내에 위치시킨 채, 방어선 18km에 달하는 넓은 지역에서 북한군 제15사단과 대치하였다. 계속되는 북한군의 공격에 밀려, 사단사령부가 있는 영천읍이 포격에 휘말리기도 했으며, 일부 전선이 뚫려서, 북한군이 조교동까지 전진해 왔다.

9월 6일(수), 북한군은 새벽 3시에 폭우를 틈타 영천읍으로 기습 공격을 감행, 국군 8사단 사령부가 영천 서쪽의 오수동으로 철수했고, 아침 8시에 영천읍이 북한군에 의해 점령당하고 말았다. 이에, 신녕에 주둔해 있던 미 전차소대가 영천으로 와서 8사단과 합류, 영천읍을 탈환하자, 북한 제15사단은 임포동 방면으로, 또는 도남동 과수원으로 도주하였고, 11시에 국군이 영천읍을 완전히 탈환하였다. 12시 30분, 평천동과 임포에서 북한군 제15사단의 재공격이 있었다. 9월 7일, 북한군이 재진격해오다가, 북한군 일부가 아화 방향으로 도주하기도 했다. 9월 8일(금), 북한군 제15사단의 두 번째 영천 공격 작전으로 영천이 다시 적에게 함락되기도 했으나 국군 제19연대가 영천을 공격하여 재탈환했다. 북한군이 도남동에서 쫓기고, 조교동으로 후퇴했다.

9월 9일(토), 이승만 대통령이 국군 제8사단 지휘소가 있는 오수동을 방문하였으며, 공군의 공격 합류로 전세가 호전되었다. 9월 10일(일), 국군 제8사단과 제7사단이 반격 작전을 개시하여, 5일간 차단되었던 영천-경주 간의 통로가 다시 개통되었고, 9월 11일(월)에는 대의동의 북한군 제15사단 사령부를 공격, 점령함에 따라 북한군은 분산 철수하기 시작하였다. 9월 12일(화)에 국군이 드디어 영천지역의 최초 방어선을 회복하고, 9월 13일(수)에는 북한군을 영천 북방으로 완전히 퇴각시키고, 국군 제8사단의 전술지휘소가 영천읍으로 들어왔다. 필사적 최후 공격을 감행해왔던 북한군 제15사단은 많은 인명 피해를 입고, 대포와 전차를 탈취당한 채 드디어 패주하였다.

이로써 영천전투가 국군과 유엔군의 승리로 끝났다. 그 결과, 애초에 영천 전선을 뚫어 대구와 부산으로의 진격로를 열고자 했던 북한군의 작전 계획은 수포로 돌아갔다. 그래서, 유엔군과 국군이 9월 15일(금)에 인천상륙작전 등 총반격을 감행할 수 있는 여건이 마련된 것이었다. 따라서, 이 영천전투는 한국전쟁 동안 동부전선에서 벌어진 가장 치열하고도 중대한 전투였다.

영천강 북쪽의 영천읍을 두고 이렇게 국군과 인민군이 밀고 밀리는 혈전을 치르고 있는 동안, 최여경은 어머니와 아내를 처가 동네인 도남동으로 피란시키고, 도남동조차 위험하게 되자 다시 진외가가 있는 종동으로 피란시키면서, 민족상잔의 전란을 견뎌내었다. 농산물 검사소의 직원으로서 공무원 신분이었던 최여경은 자연스럽게도 국군의 진퇴에 일희일비하면서도, 이 전쟁의 초기에 무고한 부친을 여의었기 때문에 경찰과 국군에 대해서도 호감만 지닐 수는 없었다. 또한, 그는 고립되어 패퇴하는 인민군 패잔병들에 대해서도, 혹시 그들이 쓸데없는 총질을 할까 봐 겁이 나서 피하긴 했지만, 무슨 큰 적대감을 느끼지도 않았다. 그는 이 전쟁이 어차피 미국과 소련 및 중공의 대리전쟁에 불과하다는 사실을 직시할 수 있었기 때문에, 더는 가족이 피해를 보는 일이 없도록 조심하고, 쓸데없는 언행을 삼가면서, 부디 이 난세를 무사히 넘기고자 노력했다.

하지만 이 난리 통에 도남동의 처가 또한 풍비박산이 났다. 미처 본대와 함께 후퇴를 하지 못하고 도남동 동남쪽 야산에 숨어 있던 인민군 일개 분대가 9월 9일 새벽에 도남동에서 제일 먼저 눈에 띄는 기와집인 그의 처가에 들이닥쳐 총부리를 겨눈 채, 배가 고프니 밥을 해내라는 협박을 했다. 이에, 그의 손위 처남 재봉在奉 씨가 닭을 몇 마리 잡고 국을 끓여 밥을 해준 사실이 있었다.

영천전투가 아군의 승리로 끝난 뒤인 9월 17일에 여경의 장인과 손위처남 재봉 씨가 영천경찰서에 덜컥 연행되었다. 마을 사람 중 누군가가 경찰에다 참사댁에서 인민군 병사들한테 밤참을 해준 사실을 밀고한 모양이었다.

연행된 시점이 마침 영천읍이 탈환되고 영천의 치안이 다시 확보된 때여서, 당장 무슨 변고를 당할 위험은 없었으나, 영천읍 외곽의 여러 동네에서 비슷한 죄목으로 잡혀 들어온 사람들이 너무 많아서, 일단은 경찰서에서 사상 점검을 위한 조사가 종일토록 지루하게 진행되고 있었다.

"자네들, 노인한테 이게 무슨 짓인가?" 하고 여경의 장인 안주환安柱煥 공이 경찰관들한테 오히려 야단을 쳤다. "왜놈들 치하에서도 내 이런 수모를 당하지는 않고 살아왔다. 해방된 내 나라에서, 젊은것들이 내 지붕 아래에 들어와서 배가 고프다기에 밥 한 끼 먹여준 것이 무슨 큰 죄라고 노인을 이래 경찰서로 끌고 오나 그래? 허, 고얀지고!"

경찰관들은 차마 아무 대꾸도 못 하고 못 들은 척 가만히 자기 일만 하고들 있는데, 재봉 씨가 부친의 소매를 잡고 달랬다.

"아버님, 그만 고정하시이소!" 하고 재봉 씨가 오른팔로 부친의 떨리는 몸을 부축해드리면서 말했다. "전쟁 중에 적군에게 식사를 제공한 것은 분명 제가 잘못한 기이 맞심더! 다만, 갸들이 총부리로 위협을 해대니, 제가 부득이하게 그런 잘못을 저지른 거 아잉기오! 다만, 이분들이 아버님꺼정 여기로 오시게 한 거느 좀 심한 처사 같심더! 우리 사정을 잘 설명해보입시더! 오해가 풀릴 낍니더!"

"오해나 마나, 보면 모리나?" 하고 도동 안문安門의 상노인이 허연 수염을 쓰다듬으면서 자기 맏이를 보고 큰소리로 말했다. "밤에는 인민군이 산에서 내려와 밥 달라 카며 따발총을 들이밀고, 낮에는 경찰이 찾아와 어젯밤에 누가 인민군한테 밥해 줬느냐고 닦달을 해대니, 힘없는 백성들이 어느 장단에 춤을 추며 이 난국을 무슨 수로 벗어날꼬 말이다! 허 참!"

주환 씨가 아주 당당하고 위엄 있게 말씀하시는 통에 경찰관이나 잡혀 온 사람들이나 모두 숨을 죽이고 듣고 있었고 일순 좌중이 쥐 죽은 듯 고요해졌다.

"천 순경!" 하고 경위 하나가 갑자기 천 순경을 불렀다. "아들만 데려오면 될 걸 가지고, 도동의 저 어르신은 또 왜 모시고 와서 이 야단인가, 야단이? 어르신은 그만 풀어드려!"

그래서, 밖에서 아내와 함께 초조하게 대기하고 있던 여경은 풀

184

려나오는 장인을 부축해서 우선 담안 집으로 모셔갔다.

　재봉 씨도 경찰서에서 며칠 곤욕을 치른 연후에 무사히 풀려나긴 했다. 그러나 이번 일로 광주 안씨 일문一門이 사는 도동道東 마을, 즉 도남동道南洞의 오랜 숭조목족崇祖睦族의 미풍양속도 그만 무너지고 말았다. 문제는 그날 새벽에 참사댁에서 일어났던 일을 경찰이 나중에 어떻게 알았느냐, 즉 누가 그 사실을 경찰에 고자질을 했느냐를 두고 일가 사람들끼리 혐의와 발명이 오고 갔다. 이렇게 서로 사달이 난 이웃들이 한둘이 아니었으므로, 마침내는 온 마을에 돌이킬 수 없는 복잡하고도 서로 뒤엉킨 반목이 생기고 말았다.

　여러 해 동안 도동 안문의 종회장宗會長을 역임했을 뿐만 아니라, 사실상 이 마을의 정신적 지주 역할을 해온 여경의 장인어른은 이번 사태로 수백 년 동안 다져온 숭조목족의 전통을 지키지 못해 조상들을 뵐 낯이 없다며 깊은 마음의 상처를 입고 사랑채 자리에 드러누워 곡기를 끊다시피 하다가, 그해 가을을 채 넘기지 못하고 그만 세상을 떠나고 말았다.

　아, 6·25 전쟁! 민족상잔의 총질! 동학농민혁명 때에는 총이 없어서 죽창과 낫과 쇠스랑과 도끼로 왜적과 그 편을 드는 관군, 그리고 양반 세력이 조직한 민보군 등 3개 적군과 싸우던 백성들이 이제는 또 남과 북으로 서로 갈려서 동포끼리 소총과 탱크와 대포로써 서로 싸웠다. 그것도 하필이면, 여경의 고향, 영천에서 가장 격렬한 민족상잔의 전투가 벌어졌고, 이를 전후하여 여경은 아버지와 장인을, 재순은 시아버님과 친정아버님을 잇달아 여의었다.

그 이듬해인 1951년 봄에 여경은 마음이 급한 어머니의 소원과 재촉에 따라, 아버지 최내천이 한때 안 도인을 모시고 기거했던 경주 인내산 남사봉 아래 선바윗골, 옛 안 도인의 초막 근처에 좋은 못자리를 물색해서, 아작골에 임시로 토감해두었던 아버지의 산소를 이장했다. 이장이 끝나자, 마치 그것만을 기다리며 목숨을 부지해왔다는 듯이, 어머니가 봄이 채 가기도 전에 돌아가셨다. 여경과 그의 아내 도동댁은 안노친을 아버지의 유택에 합장해 드렸다.

여경에게는 이 모든 일련의 사태들이 마치 한 바탕의 악몽 같아서, 그는 그때 이래로 거의 말을 입에 담지 않고 가능한 한 사람을 피하면서 살게 되었다. 그래서 그는 사회 활동을 일절 삼가며 자신의 부친 못지않게, 가능한 한, 사람들의 눈에 띄지 않도록 숨어 사는 길을 택했다. 그렇다고 해서 그가 선친처럼 간간이 이웃을 돕는 것도 아니었다. 그저 아무것도 더는 원하는 것이 없는 폐인처럼 가정과 직장을 오가면서 외톨이로 살았다.

나중에 5·16 군사 쿠데타가 일어나자 그는 뜻밖에도 '병역 미필자'란 명목으로—실은 색맹이어서 '징집 면제자'였음에도 불구하고—농산물 검사소에서도 쫓겨났다.

누군가가 정영식 소장을 '사상 불온자'로 밀고해서 정 소장이 직책에서 물러나자 그의 소개로 검사소에 들어왔었던 여경도 함께 얽히어 검사소에서 쫓겨난 것이었다. 누군가 여경의 자리를 노려 밀고를 한 결과라는 풍문이 도동댁의 귀에까지 들려왔지만, 여경의 아내 도동댁 안재순은 친정 도동 마을의 이간질과 불화에 넌더리가 나서 더는 그런 풍문에 마음을 쓰고 싶지 않았다. 그 사이에 맏딸 선이와 아들 준기를 얻어 두 아이의 어머니가 된 그녀는 교촌동의 집과 주남 들 입구의 논을 처분하고는, 대인 기피증을 앓는 남편과 어린 아이들을 데리고 한 많은 영천 땅을 떠나, 대구 칠성동에 미리 진출해 있던 작은오빠 재경在慶 씨의 옆집으로 이사했다. 그러고는 좁은 부엌과 손바닥만 한 마당에서 두부와 비지를 만들어 칠성시장에 내어다 팔면서 힘겨운 가장의 역할을 해내기 시작했다.

18. 현대 독일 사회와 난민 문제

어제는 하르트무트와 클라라 부부와 함께 라이프치히에 있는 엘케 프리데만 교수의 집에 다녀왔다. 엘케네 집에서의 만찬에서도 그러했지만, 클라라가 운전을 하는 왕복 여행 중의 차 안에서도, 하르트무트와 나는 현재 독일이 당면해 있는 여러 가지 사회 문제에 관해 이야기를 나누었고, 간혹 클라라도, 운전 중이었지만, 우리 둘의 대화에 끼어들기도 했다.

현재 독일 사회의 당면 문제는 무엇보다도 이주민 정책을 두고 시민 여론이 분열되어 있다는 사실이었다. 메르켈 전 수상이 중동, 특히 시리아 내전으로 생긴 많은 아랍 난민을 인도적 차원에서 독일 시민으로 받아들인 것은 분명 사려 깊고 올바른 판단이긴 했다. 독일인들이 과거에 유대인들에게 저지른 천인공노할 야만적 범죄를 속죄하는 의미에서도 그러한 인도적 난민구제 정책을 펼친 것은 국제적으로 그 타당성을 인정받았으며, 또 독일 내의 부족한 노동력 보충을 위해서도 난민들을 받아들이는 것이 현실적으로 필요했던 측면도 없지 않았다.

그러나 그 난민들이 독일의 각 도시로 퍼져서 독일 시민권자로서 생활하다 보니, 그들 중 상당수가 독일 사회에 잘 적응하지 못하고 우범자로 된다든가, 서투른 독일어 때문에 무례하고도 거추장스러운 사회 구성원으로 드러나는 경우가 어쩔 수 없이 많아졌다. 그 결과 보수적 독일 시민들은 외식, 숙박, 교통 등 일상생활에서 이런 이민자들과 접촉을 많이 하게 되고 그들의 매끄럽지 못한 언행에 적지 않은 불쾌감을 느끼게 되었다. 그 결과, 원래의 보수적 독일 시민들은 다시 외국인 혐오증 내지는 기피증을 보이기 시작했고, 그들의 인내심이 차츰 임계점에 이르게 되었다.

하르트무트의 설명에 의하면, 현재 독일의 여당인 사회민주당(SPD)은 정통 보수정당인 기독교민주당(CDU)과 정책적 대결을 벌여야 하는 난관 이외에도, 독일 각 지방 선거에서 세력을 얻어가고 있는 극우 소수정당들과도 싸워야 하는 어려운 형국이라고 했다. 그 새로운 극우 소수정당들은 EU 등 국제 문제나 지구 환경 문제 따위는 아예 도외시할 수 있는 이점을 지닌 채, 국내 문제들만 부각시키면 되기 때문에, 대중의 인기에 쉽게 영합해서, '고귀한 독일 정신'을 지켜야 한다며, EU가 아니라 국민국가로의 회귀를 주장하고 나선다는 것이었다. 이에, 국경을 개방하고 문화적 다양성을 수용하며 인도적 외교정책을 펴면서 EU를 이끌어나가고자 하는 독일 사민당은 점점 더 궁지에 몰리고 있으며, 민주주의와 사회보장제도, 그리고 EU 체제를 유지하고, 지구 생태적 환경 정책을 실천하려는 사민당은 꽤 어려운 상황에 몰려 있다는 것이었다. 요컨대, 국민국가Nationalstaat의 역할과 기능을 새 시대에 맞게 새로이 정립해야 할 필요성이 대두되어 있는데, 이것은 정치적 영역이기도 하지만, 그 이전에 지성적, 철학적 담론이 먼저 해결을 보아야 한다는 것이 하르트무트의 다소 원대한 견해였다.

"그래서, 하르트무트와 같은 시민운동가가 그들 난민들을 새 독일시민으로 통합하고자 헌신하고 있군요!" 하고 내가 말했다. "바로 그런 의미에서 나는 하르트무트와 클라라의 시민운동과 그 헌신을 높이 평가합니다! 며칠 전의 가든파티도 그런 의미에서 베푸신 것으로 이해했습니다만……."

"이해해줘서 고맙습니다!" 하고 하르트무트가 말했다. "그래요! 기왕에 그들 난민들이 독일 사회 안으로 진입한 이상, 그들을 동료 시민으로서 따뜻하게 포용해주고 그들과 평화롭게 공존하고자 하는 너그러운 마음과 지역 공동체의 구성원으로서 그들과 함께 살아나갈 마음의 자세를 갖추어야 합니다. 이런 면에서 독일 시민들은 지금까지보다 더 너그럽고 개방적인 마음을 지녀야 하고, 그들 이주민들이 우리 사회에 잘 적응할 때까지 인내심을 갖고 기다려줄 줄 알아야 할 것입니다."

"전적으로 동감입니다!" 하고 내가 말했다. "몇 주간 어학 교육을 받았다고 해서 그들 이주민들이 갑자기 독일 교양 시민의 언어를 구사할 수는 없겠지요. 조바심을 버리고 기다려줄 줄 아는 교양 시민의 아량이 필요할 듯합니다."

"독일인들이 모두 준기 씨처럼 생각한다면, 얼마나 좋겠어요!" 하고 클라라가 말했다. "특히 여기 구동독 지역에서는 이주민들을 대하는 독일 원주민들의 시선이 점점 더 싸늘해지고 있답니다. 자신들의 삶의 터전이 어쩐지 유린되거나 황폐화되고, 자기들의 일터가 탈취당하는 듯한 느낌을 받는다는 것이지요!"

"그것은 옳지 않은 느낌입니다!" 하고 하르트무트가 클라라의 말을 이어받으며 계속 말했다. "원래부터 독일에서 살아온 시민들은 이주민들이 독일 사회를 위해 청소, 세탁, 건설 등 어렵고 고된 각종 기피 노역을 감당해주고 있다는 사실을 너무 쉽게 망각하고, 자신들이 난민들로 인해 불편한 점만 크게 생각하지요. 독일인들이 점점 더 편협해지고 있습니다!"

하르트무트, 클라라 부부와 이런 식으로 대화를 나누다 보니, 나는 그들이 정말 오늘날 독일 사회에서는 보기 드문 현대적 독일 교양 시민이라는 사실을 실감할 수 있었고, 그들 부부가 외국인인 나를 자신들의 진정한 친구로 대해주고 있음도 아울러 느낄 수 있었다.

나는 현재 우리 한국 사회에 들어와 있는 재중동포, 몽골인, 방

글라데시인, 파키스탄인, 필리핀인 등 외국인 노동자들을 생각하면서, 현재 독일 사회의 이주민 문제에 비추어 미래의 우리 한국 시민사회를 한번 상상해보았다. '우리 대한민국 국민들이 앞으로 외국인 노동자들을 지금 바이마르의 하르트무트나 클라라만큼 잘 대해줄 수 있을까?'―이렇게 자문하면서, 나는 내가 바이마르에서 그들의 손님으로 지내고 있다는 사실을 뜻깊게 생각했다. 그것은 우리 한국인이 독일인의 이런 경험을 타산지식으로 삼을 수 있겠다는 생각 때문이었다.

19. 궁즉통의 행보

준기야, 아비다!

오늘 경주 남산 숲길에서 할매 부처를 만났는데, 네가 요즘 바이마르에 가 있다더구나.

우리 귀신들이야 무슨 비행기를 타야 하는 것도 아니고 칠성님의 빛을 타고 잠깐 움직이면 되니까, 내 잠시 생각 끝에 여기 네가 있는 바이마르까지 왔다. 네가 어릴 적에, 알고 싶다며 네 엄마한테 묻고 조르던 장면들이 생각났거든! 그때는 나도 미처 다는 몰라서, 그리고 또 어린 너를 어떻게 달래고 어디로 인도해야 너의 장래를 위해 좋을 것인지 아직 판단이 잘 서지 않아서(아들을 어디로 인도해야 난세에 목숨을 보전할지 아비는 늘 그것이 걱정이었더니라!), 당시에는 그냥 아무것도 모르는 체했다만, 내 오늘은 네가 궁금해하던 그 얘기를 들려주마.

내 아버지, 그러니까 네 조부님이신 최내천이 어떻게 나와 네 어머니가 결혼할 수 있도록, 네 외조부님의 그 엄정한 선비 마음을 돌릴 수 있으셨던 것인지, 그것이 너한테는 늘 궁금했지? 사실 나도 아버님이 돌아가신 뒤에는 어느 정도 짐작은 하고 있었다만, 그 진상이 제법 궁금했던 것인데, 이제 나는 귀신이 되어서 아버님께 여쭈어 그걸 훤하게 다 알게 되었으니, 오늘은 내 너한테 그걸 얘기해주마, 내 부친이며 네 조부님이신 최내천의 그 알 수 없던 행보 말이다.

최내천이 도동의 안安 참사댁 지붕의 기왓장이 어긋나서 안채에 비가 샐 것이라며 그 사랑방에 찾아가 지붕을 잠깐 손보아 주겠다고 자청한 것까지는 나중에 시집온 네 어머니의 발설로 나도 알고 너도 이미 알고 있는 일이구나!

문제는 최내천이 어떻게 자기 아들인 이 여경을 참사댁 규수 안재순과 결혼하도록까지 만들었는가 하는 대목이 아니겠느냐?

말이 참사댁이지 3대조께서 참사 벼슬을 했기에 택호가 그렇게 호칭 되고 있을 뿐, 그것은 그야말로 쇠락해가는 양반 가옥이었다. 최내천은 참사댁 사랑채를 지키고 있는 주인 양반 안주환安柱煥 씨한테 안채에 비가 샐 터인데, 지붕을 손봐드리는 것이야 반나절 일에 불과하지만, 날이 이미 어두워가니, 하룻밤 신세 지고 날이 밝으면 지붕과 기왓장을 손보아드리겠노라고 했다. 주환 씨는 손님을 우선 사랑채 작은방에 유하도록 하고, 안에다 손님 저녁상을 마련해드리라고 분부를 내렸다.

밤이 제법 깊어가자 혼자 책을 보고 있던 주환 씨가 문득 목이 마르고 한잔 술 생각이 나서 안채에다 대고 술상을 내어 오게 했다. 그러고는 작은사랑에 묵고 있는 목수를 불렀다.

"여보시오, 목수 양반! 이쪽으로 좀 건너와 보시오! 같이 술이나 한잔 나눕시다!"

목수가 사잇문을 밀고 큰 사랑방으로 들어서면서 말했다.—"아이구, 제가 감히 어떻게 참사댁 어르신의 술벗이 될 수 있겠습니까? 황감하오이다!"

"그렇게 사양 마시고, 여기 내 술 한잔 받으시오."

"아, 이것 참, 진정 감사하오이다! 그렇지 않아도 목이 좀 컬컬하던 참이었습니다."

"그런데, 아까 수인사修人事를 하던 중에 내가 얼핏 들은 것이 맞다면, 최씨로서 월성인이시고, 이름이 내천 씨던데, 혹시 수운 선생의 자손이신가요?"

"부끄럽습니다만, 진작 편모슬하가 되어 일찍이 일가가 모여 살던 고향 마을을 떠나 궁벽한 곳에서 가난하게 살아왔기 때문에, 자세한 가계를 그만 잃어버렸소이다. 그 가문의 자손인 것은 확실하지만, 수운의 직계손인지 정무공貞武公의 방계로 수운의 먼 일

족일지는, 부끄럽게도, 잘 모르겠습니다. 저의 스승님이신 안 도인께서도 내천이란 제 이름 때문에 대번에 호감을 표하시며 저를 거두어주셨지요."

"안 도인이라니, 누구를 말씀하시는 건지요?"

"경주 현곡의 인내산 남사봉의 선바위골 안쪽, 산속에 초막을 짓고 홀로 숨어 사시던 도인이셨는데, 저의 스승님이셨습니다."

"무엇을 가르치셨는데요?"

"낮에는 무술이나 목수 일 등 사소한 실생활 손기술들을 가르쳐주셨고, 밤에는 한문 경전을 강독해주셨는데, 선도에 관한 책이라 하셨지만, 나중에서야 저는 그것이 동학 책이라는 것을 알게 되었습니다."

"그래요? 혹시 그분의 함자를 기억하십니까?"

"돌아가신 제 스승님께서는 당신의 성씨가 안씨로서 광주인廣州人이라는 사실은 말씀해주셨지만, 이름은 입밖에 내지 않으셔서, 저희 제자들은 오랫동안 모르고 지냈습니다. 그런데, 어느 날 제가 평소의 교본이 아닌, 어떤 다른 책자의 안표지에서 병秉 자, 건鍵 자를 보았거든요."

"예?! 그것은 내 백부님의 함자인데, 그럴 리가요?"

"아무튼, 저는 제 스승님의 어느 책의 속표지에서 '安秉鍵'이란 서명署名을 보았는데, 그것은 분명 스승님의 그 멋들어진 글씨체, 누렇게 익어가는 벼가 가을바람에 스르르 눕는 듯한 필적이었습

196

니다. 그 성명이 스승님의 것이리라 짐작했기 때문에, 저는 그것을 외웠고 지금도 똑똑히 기억하고 있습니다. '백성을 편안하게 해줄 열쇠를 쥐고 있다'는 상상을 하면, 외우기도 쉬워서요."

"아, 이것 참, 오늘 내 집에 귀한 손님이 오셨네요! 우선, 한잔 더 하시지요! 실은 지난 갑오년에 아직 성가도 하지 않으신 17세의 제 백부님이 집을 나간 채 그만 소식이 끊겨버렸습니다. 제 백부 비슷한 사람을 상주성의 동학패 속에서 보았다는 사람이 있었고, 나중에는 경주 장터나 영천 장터에서 삿갓을 쓴 비슷한 사람을 본 것 같다는 소문도 들려왔지만, 백부님의 행방은 끝내 찾을 수가 없었지요. 돌아가신 제 선친은 당신의 백형의 행방을 찾으시려고 갖은 애를 다 쓰셨지만, 결국 찾지 못하시고, 기울어져 가던 큰집 살림을 도맡아 고생만 하시다가 왜정 말기에 돌아가셨답니다. 경주 현곡이라면 여기서 그다지 먼 곳이 아닌데, 그걸 우리가 몰랐다니, 참 안타깝네요!"

"제가 스승님을 모시고 다니다가 한번은 여기 도동 마을을 지나쳐 간 적이 있었답니다. 어둑어둑한 황혼 녘이었지요. 스승님과 저는 영천읍으로부터 경주 건천 쪽으로 걸어가던 중이었습니다. 스승님께서 잠시 좀 쉬어 가자고 하시면서 삿갓을 벗어놓으시고 옹기굴 옆 야산에 앉으셔서 호계천너머 완귀정을 물끄러미 바라보시던 모습이 심상치 않아서, 제가 감히 여쭈어보았습니다.— '스승님, 스승님께서 광주인이라시기에 삼가 여쭈어봅니다만, 혹시 저 건너 도동 마을이 고향 아니신지요?'—그러자 스승님께서 깜짝 놀라시며, '아니, 아니다!' 하고 크게 손사래를 치셨습니다. 하지만, 조금 있다가, '다만, 저 강 건너 언덕 위에 우리 광주 안가들의 마을이 있다는 건 소문으로 들어서 알고 있느니라!' 하고 덧붙여 말씀하셨습니다. 저는 스승님께서 무슨 깊은 사연을 숨기시는 듯해서 감히 더는 여쭤보지 못했답니다."

"깊은 사연이란 바로 동학입니다, 동학!" 하고 주환 씨가 말했다. 그러고는 자신의 빈 잔에 술을 따르더니 단숨에 마셔버렸다. "우리는 백부님께서 갑오년 음력 7월에 영천의 동학군으로 자원하셔서 군위나 의성 쪽, 어쩌면 상주 쪽으로까지 가신 것까지는 소문을 듣고 알았지만, 그 후 백부님의 생사에 대해서는 통 알 수가 없었습니다. 왜군이 쏘는 기관단총에 죽창이나 기껏해야 화승총뿐이었던 동학군이 상주와 안동 등지에서 왜군, 관군 그리고 민보군 등 세 적군에게 몰려 몰살을 당했다는 소식을 풍문으로 듣고, 고향의 우리 피붙이들은 백부님만은 부디 살아서 돌아와 주실 것을 신령님께 빌었었지요. 그렇게 지척에 살아계시면서 간혹 우리를 지켜보셨으리라고는 꿈에도 생각하지 못했습니다. 혹시, 평소에 제 백부님께서 하신 말씀 중에 또 기억나는 것이 있으시면, 더 말씀해주시겠습니까?"

"늘 묵언 수행자처럼 사셨으니까 별로 들은 말이 없습니다." 하고 최내천은 주환 씨의 빈 잔을 채워드리면서 말했다. "상주에서,

기관단총을 든 왜군과, 눈에 불을 켜고 수색하고 체포하려는 관군과, 양반들이 조직한 일종의 마을 자위대인 민보군에게 삼중으로 쫓기다가, 상주로부터 의성, 군위를 거쳐 영천까지 사람들의 눈을 피해 늦가을 추운 밤의 산길을 혼자 걷고 또 걸어 간신히 영천까지 살아서 돌아왔다고 하셨습니다. 하지만, 다시 생각해보자니, 고향집에 들어가면, 동비東匪의 집안이라고 일가들에게 피해가 돌아갈까 보아 걱정이 돼서 그만 산속에 은둔하는 길을 택했다는 말씀만 들었습니다. 아마도 스승님은 집안 전체가 피해를 입지 않기를 소망하셨던 것 같습니다. 갑자기 마을에 나타나 봤자 이미 단념하고 자기들의 삶을 꾸려가고 있는 동생분이나 조카님들을 놀라게 하고 그들의 처신이나 집안 살림을 복잡하게 만들지나 않을까 미리 염려해서, 그냥 수운 생가 근처의 산간 초막에 혼자 숨어서, 싸리 소쿠리나 나무 방망이, 홍두깨, 지게 같은 걸 만들어 인근 장에 내다 팔아 연명하셨지만, 스승님은 그의 초막에서, 수운의 용담정을 품고 있는 구미산을 바라볼 수 있는 것을 큰 기쁨과 위로로 삼으셨고, 산골 초막에 숨어 사시면서도 늘 어려운 사람들을 도우시는 의인이셨습니다. 의지할 데 없는 저를 거두어주시고 살 방도를 가르쳐주신 스승님의 뜻을 만분의 일이라도 실천하고자 애써 왔습니다만, 저는 도저히 스승님의 뒤를 따라갈 수 없다는 사실을 매일같이 통감하면서 이렇게 목수로서 비천한 목숨을 이어가고 있답니다."

"아, 한잔 더 하시지요!" 하고 주환 씨는 최내천의 잔에 술을 따랐다. 술잔이 차지 않자, 그는 안에다 대고 술을 한 병 더 내어 오도록 일렀다. "실례지만, 목수 일은 언제 배우셨나요?"

"선바위골 초막에서 스승님한테서 배웠습니다. 문자를 좀 아는 사람은 자칫하다간 남의 등을 치거나 못된 짓을 해서 밥을 먹기가 쉽다고 하시면서, 목수 노릇이라도 해서 일단 자기 밥벌이는 하고, 숨어 살면서 가능하다면 어려운 사람들을 도우되, 그것도 절대로 생색을 내지 말고 아무도 모르게 도우라고 가르쳐주셨습니다."

"아, 백부님! 백부님은 그렇게 사셨네요!" 하고 주환 씨는 갑자기 눈물을 주르륵 흘리면서, 자기 술잔을 기울이고 최내천의 잔에도 술을 가득 따라주었다. "그렇다면, 최 선생은 실은 목수가 아니라 동학 도인이십니다그려!"

"도인은 아니고 그냥 보잘것없는 학생이지요. 감히 선도를 입에 올릴 수 없는 사람이올시다!"

"그런데, 최 선생, 혹시 나한테 무슨 긴히 하실 말씀이 있어서 이렇게 찾아오신 것은 아닌지요? 집에 비가 새는 것을 고쳐주시겠단 말씀이셨지만, 지금 생각하니 나한테 무슨 긴히 하실 말씀이 있으신 게 아닐까 싶습니다?"

"아, 참사댁 사랑 어르신!" 하고 부르면서, 최내천은 갑자기 자리에서 벌떡 일어나더니, 주환 씨에게 큰절을 올리면서 말했다. "역시 어르신께서는 형형하신 통찰력을 지니신 현인이십니다! 참으로 죄송합니다. 지붕 누수를 고쳐드린다는 구실을 대었으나, 실은 어르신을 뵙고 긴히 드릴 말씀이 있어서입니다!"

"아이고, 갑자기 왜 이러시오?"하며 주환 씨도 맞절로 응대하면서 말했다. "무슨 말씀인지 기탄없이 말씀하시지요. 이 사람도 집에 찾아온 손님의 청은 웬만하면 들어드리는 편이올시다."

"수운은 망해가는 나라를 바로잡고 도탄에 빠진 백성들을 구하고자, 즉 '보국안민輔國安民'을 위해 동학을 일으키셨습니다. 그렇지만, 반상班常, 양천良賤, 적서嫡庶, 빈부, 남녀의 차별이 없고 사람은 모두 동등하다는 그 어른의 평등사상 때문에, 당시 양반의 기득권을 지키려던 경상도 유생들의 미움과 우려를 사서 결국 그들의 고변으로 붙잡혀 순절하셨습니다. 국운이 기울고 있는데도 유생들은 반상의 차별 등 자신들의 기득권을 그대로 지키려는 이기심 때문에 동학의 의로운 싹을 아예 잘라버렸고, 갑오년에는 전국에서 일어난 동학교도들을 주살하는 데에—천만부당하게도—왜군과 힘을 합쳤습니다. 그해 초가을 동학군이 경상도 상주성을 함락했을 때였지요. 갓 입교한 일부 무지한 상민 출신의 동학교도들이 포악한 양반들에게 복수한다며 상주의 양반들 집에—동학군 지도자들이 말리고 금지하는 데도 불고하고—불을 지르고 군량을 빼앗는 불상사가 발생했습니다. 이에 상주의 양반들은 민보군을 편성해서 왜군 및 관군들과 한편이 되어 불쌍한 백성들인 동학군을 무자비하게 붙잡아 원수로서 도륙했습니다.

'개같은 왜놈들을 조심하라!'고 하신 수운의 옛 경고에도 불구하고, 결국에는 경술년에 그 개들한테 나라를 내어주고 통한의 36년을 보내야 했던 것은 어르신도 잘 아시는 그 뒤의 경과입니다.

어르신의 백부님 안 도인께서는 상주성에서 간신히 살아남았으나, 오가작통五家作統을 해서 도망치는 동학군을 남김없이 잡아 죽이려는 민보군 때문에, 마을 걸식도 할 수 없었답니다. 백성들끼리 서로 원수로서 싸우게 되었으니, 쫓기는 동학군은 의지할 데가 없이 된 것이었지요. 이것이 가장 처참했고, 가장 울고 싶은 한이었다고 하셨습니다. 낮에는 산에 숨어서 나무뿌리 같은 것을 캐어 먹고 연명하다가 밤중에 깊은 산길만 골라 걷고 또 걸어서 의성, 군위를 거쳐 영천까지 왔을 때는 거의 탈진했다고 하셨습니다. 스승님께서는 양반의 후예로 태어나셔서 민초들을 위하여 동학군이 되셨다가 그때 다시 고향인 반촌에 되들어가시기가 심리적으로도 어려우셨던 듯합니다. 또한, 고향의 동생과 조카들의 입장을 생각할 때, 자신이 갑자기 생환해서 나타나는 것이 여러 가지로 복잡한 상황을 야기할 게 예상되었던 듯합니다. 그래서, 살아서 드디어 돌아왔지만, 그 그리던 고향 마을로 들어가지 못하시고, 수운의 자취를 더듬다가 선바위골 초막에 거처를 잡으시고, 거기서 구미산을 바라보며 초부樵夫로 사시다가 객사하신 것입니다. 스승님께서는 왜적들과 한편이 돼서 동학도들을 주살했던 유가儒家의 향리로 차마 되들어갈 수 없으셨던 최후의 동학 패잔병이셨지요.

불초한 저는 스승님의 시신을 선바위골 초막 옆의 대숲 근처에다 안장해드린 다음, 영천 시장 거리에서 스승님의 가르침을 조금이라도 실천하면서—저 자신을 낮추어 숨기고, 보잘것없는 작은 선행들은 흔적 없이 감추며—거의 '반편' 취급을 당하면서 살아오고 있었습니다. 그런데, 저의 하나뿐인 못난 자식이 검사소 직원으로 입에 풀칠은 하고 있었음에도 불구하고 뒤늦게 무엇인가를 더 배우겠다며 도동 서당의 야학에 열심히 다니더니, 공부는 뒷전이 되고 그만 귀댁 규수님한테 온통 마음을 빼앗긴 모양이올시다. 누가 봐도 크게 기우는 혼인인지라 어르신께서 단칼에 거절하시고 쫓아내신 것은 충분히 이해할 수 있습니다만, 하나뿐인 아들놈이 그 절망을 추스르지 못하고 지금 날로 초췌하게 말라가는 꼴을 보고 있자니, 스승님을 생각할 때, 어르신과 저 사이에도 한 가닥 인연의 끈은 없지 않겠다 싶어서, 이렇게 제 천성에 없는 잔꾀를 내어 감히 어르신을 찾아뵈었습니다. 부디 용서하옵소서! 수운께서 선비들한테 고변을 당해 순절하신 비극을 생각해서라도, 제가 못난 자식이 죽어가는 꼴을 보지 않도록, 이 나라 최후의 선비님들 중의 한 분이신 어르신께서 백부님의 동학에다 부디 한번 자비를 베풀어주시기를 간청드리옵니다."

"허어, 참!" 하고 주환 씨가 허연 수염을 쓰다듬으면서 말했다. "그러니까 그 최여경이란 청년이 선생의 자제란 말씀이지요? 농산물 검사소 직원이란 말은 들었어요. 내 크게 야단을 쳐서 그 청년을 당장에 내치긴 했지만, 그때 그 청년의 절망하던 모습이 이따금 마음에 걸렸소이다. 금쪽같이 생각해오던 내 딸과 작당을 해서 갑자기 내 눈앞에 나타나 무리한 요구를 하는 놈이라고 생각하니, 별안간 화가 치밀어 이 사람이 잠시 자제력을 잃었던 듯하오이다. 어디 사는 누구의 자제인지 한번 물어보지도 않고 대뜸 호통을 쳐서 쫓아내어 버린 뒤에, 당장 딸년을 불러놓고 처신을 어찌했기에 이런 일이 다 생기느냐고 불호령을 내렸지요. 그런데, 딸년이 맹세코 눈길 한 번 준 적도 없다고 발명을 하더이다. 그리고 나중에, 인상 같아서는 꽤 착실한 청년인 듯하더라는 말을 제 어미에게 발설했다는 것이었어요. 그 후에 간혹 그 청년 생각이 나긴 했지만, 인연이 있으면 다시 또 나타나겠거니 싶어서 그냥 가만히 기다리고 있던 참이었소."

"예, 그 아이가 바로 제 자식이옵니다!" 하고 내천이 말했다. "어르신께서 잘 아시겠지만, 그 왜 명심보감에도 '적선지가積善之家에 필유여경必有餘慶이라'는 대목이 있지 않습니까?"

"허어. 목수 양반이 정말 유식도 하시오! 원래는 주역의 곤괘坤卦 문언전文言傳에 나오는 말이지요."

"스승님한테 밤마다 한문 경전을 배우긴 했지만, 제 공부가 짧아서 주역까지는 이르지 못했습니다. 아무튼, 제가 하도 비천한 존재이니, 부디 '여경'이라도 있었으면 해서 자식 이름을 얼결에 그렇게 지었습니다만, 아무래도 저의 선업이 부족해서 자식을 비명에 죽일 듯합니다. 이렇게 염치 불고하고 찾아뵈어 비오니, 돌아가신 백부님을 생각해서라도, 그분의 유일한 친자親炙 문도門徒인 저를 살피셔서, 저의 하나뿐인 자식을 부디 살려주시기를 빌고 또 비옵니다. 만약 어르신께서 귀하신 따님을 저의 며느리로 내어주신다면, 그날부터 저는 따님의 시아비가 아니라 이 몸이 시어지는 날까지 그 종으로서 따님을 귀히, 저의 집안에 들어오신 '하느님'으로 귀히 모시겠나이다!'

"어 허, 무슨 말씀을 그리하시오? 어서 바로 앉으셔서 술이나 마저 마십시다! 내 좀 시간을 두고 생각해보리다. 오늘, 백부님의 소식을 들은 것만도 놀라 자빠질 지경이고, 어서 성묘라도 하고 싶어 벌써 마음이 바쁜 판인데, 하나뿐인 딸자식마저 여읠 생각까지 하자니, 이 어찌 아니 놀랄 일이겠소! 지금은 내 너무 놀라고 황망하여 당장 무슨 말이 떨어지지 않소만, 좀 더 두고 생각해보겠으니, 그 술잔이나 마저 비우시오!"

이렇게 두 분이 갑자기 속력을 내어 그 두 번째 술병을 마저 비운 다음, 각자 자기 잠자리에 들긴 했으나, 그날 밤 도동 참사댁 사랑채의 아래윗방에서는 미닫이문을 사이에 둔 채 오랫동안 두 노인의 마른기침 소리와 긴 한숨 소리가 그치지 않았더니라.

그 이튿날 네 외조부는 안에다 아침상을 '겸상'으로 차리라고 분부하고 영천 시장 거리의 목수와 한 상에서 아침 진지를 드셨더니라. 그리고, 그 목수가 안채 지붕의 서까래를 조금 손보고, 엇나간 기왓장들을 제대로 고정시켜 회칠까지 잘해놓은 다음, 작업이 끝났음을 고하자, 네 외조부는 그 목수한테 하룻밤 더 유하고 가시라며 손님 대접을 깎듯이 하고, 두 분이 하룻밤 더 술잔을 주고받으셨구나.

이것이 네가 그렇게도 궁금해하던 네 조부님 내 자 천 자 어른의 '궁즉통窮卽通의 행보'였더니라.

20. 2·28 학생의거와 4·19 혁명

준기야, 내 기왕 바이마르까지 온 김에 너한테 생전에 아비 노릇을 잘하지 못한 변명을 조금 하고 싶은데, 들어주겠느냐?

너도 알다시피, 네 조부님은 영천 시장 거리에서 '반편'처럼, 또는 '기인'으로 사시다가 6·25 전쟁 통에 아무 상관도 없으셨던 국민보도연맹에 연루되어 공권력에 의해 억울하게 죽임을 당하셨다. 그리고, 조금 전 얘기에도 나온 네 외조부 안주환 공公도 비록 병사하셨지만, 마지막 남은 조선조 선비 중의 한 분으로서, 인민군한테 밥 해줬다는 죄목으로 경찰서에 끌려간 수모를 당하시고 나서, "왜정 하에서도 그놈들이 내 사랑에 찾아와 머리를 조아리고 부탁을 했으면 했지 내가 경찰서에 끌려간 적은 없었다."라며 울분을 삭이지 못하시고 자리에 누우셨다가 더는 일어나지 못하신 채 그만 그 길로 돌아가셨다.

이렇게 친부와 장인을 연달아 잃은 나는—요즘 사람들은 아마도 '외상 후 스트레스 장애'라고 하겠다만—도무지 살아갈 의욕을 잃고 거의 자폐증에 걸려 그야말로 '반편'처럼 살아야 했더니라. 그래도 네 조부님은 가난하고 힘없는 이웃들을 표 안 나게 도우시다가 그런 변을 당하셨지만, 나야말로 아무짝에도 쓸모없는 진짜 '반편'이 되고 말았더니라.

물론, 이직온 농산물 검사소 출퇴근은 하면서 간신히 가장 노릇은 하고 있었다만, 그것도 그다지 오래가지는 못했다.

1953년 7월 27일에 정전협정이 체결되었다. 남북한 간의 쌍방 협정이 아니라, 유엔군과 중공군의 대표, 그리고 북한 김일성 등 3자만 서명하고 남한의 이승만 대통령은 서명하지 않은 이 이상한 휴전협정과 더불어, 한반도에 어정쩡한 평화가 찾아왔더니라. '북진통일'을 주장하면서 서명을 거부한 이승만 대통령은 이어서 한미 상호방위조약을 이끌어냄으로써, 오늘날의 시각으로 보아 남한의 안보를 공고히 했다며 다소 긍정적인 역사적 평가를 하는 사람들도 많지. 일단 휴전하고 보자는 미국의 극동 정책에 반대하면서, 만약 대책 없는 휴전을 하고 나면, 남한의 안보를 담보할 수 없던 당시의 막연하던 남한 안보 문제를 개선한 큰 외교적 성과라는 것이지. 나쁜 지도자가 뭐 하나 괜찮은 성과를 냈다고 해서, '공과功過가 함께 있다'고 말하는 것은 우리 현대사에서 흔히 등장하는 언사다. '이승만은 공과가 함께 있는 정치인이다'라는 말투인데, 좀 매정하긴 하더라도, '이승만은 나쁜 지도자였다'라고 올바른 평가를 해야 역사가 바로 선다는 게 평소의 내 생각이구나. 이를테면, '박정희는 군사 쿠데타를 일으킨 것은 문제가 있지만, 나라의 경제를 일으킨 공이 큰 정치인이다'라고 말한다면, 한국 경제를 발전시킨 그의 업적이 군사 쿠데타를 일으킨 그의 원천적 죄과를 씻어주거나 덮어주고도 남는다는 식이 되기 쉽단 말이지. 박정희가 군사 쿠데타를 일으켜 한국 민주주의의 발전을 후퇴시키고, 다시 유신 독재 체제를 통해 억지로 집권을 연장한 것은 경제 발전 등 어떤 다른 성과를 갖다 대더라도 절대로 상쇄될 수 없는 중대 범죄이다. 따라서 박정희는 '공과가 함께 있는 정치인'으로 평가되어서는 안 된다는 것이 내 생각이다. 나는 '박정희의 군사 쿠데타'야말로 전두환의 '12·12 군사반란'까지도 가능케 한 지극히 나쁜 선례라고 보기 때문이다.

그러고 보니, 박정희와 전두환의 불법 범죄행위 이전에 이미 역사적으로 이승만의 불법 범죄행위가 먼저 있었다는 사실 또한 매우 중요하겠구나. 1954년에 이승만은 2년 뒤인 1956년 대선에 자신이 3선 대통령으로 당선되기 위하여, 이른바 '사사오입 개헌'을 함으로써 장기 집권을 획책하는 독재자의 면모를 드러내기 시작했더니라.

이 '사사오입 개헌'은 이승만이 완연히 독재자의 길을 걷게 되는 매우 중대한 분기점이 되기에, 여기서 네게 조금 더 상세히 설명하고 싶구나.

초대 대통령에게만은 중임 제한을 철폐하자는 것을 주요 골자로 하는 이 개헌안은 한마디로 이승만의 3선을 허용하자는 개헌안인데, 203명의 개헌 가결 정족수는 '135.333…명 이상'이어야 하므로, 숫자가 사람을 지칭할 경우, 사람을 분수나 소수로 나눌 수 없으므로, 그 끝수를 올리기 때문에, 법정 징족수는 처음부터 136명이었다. 1954년 11월 27일 국회에서의 투표 결과, 1표 차인 135표가 나왔기 때문에, 그 개헌안은 부결 선포되었더니라.

그런데, S대 수학과 최 아무개라는 수학자의 이른바 '유권 해석'에 의하면, 재적 의원수의 3분의 2는 135.333…인데, 사사오입하면 135명이 되므로, 135표로도 이미 개헌안이 가결되었다는 소견이었더니라. 그리하여, 의안이 부결된 지 이틀 후인 29일에 국회부의장이 이미 한번 부결된 의안을 다시 번복, 가결을 선포했구나. 재적 203명의 가결 정족수가 135명을 0.3333… 명 넘어야 하므로, 명백히 136명이어야 했던 사실을 번복한 것은 어용학자와, 독재자에게 아첨하는 정치꾼들의 명백한 간계였으며, 또한 이것은 의결 후 이틀이나 지난 시점에 다시 가결을 선포했으므로 일사부재리의 원칙에도 어긋났더니라.

이렇게 불법 개헌을 해놓은 결과, 1956년 대통령 선거에서 이승만은—"못살겠다 갈아보자!"는 구호를 앞세운 신익희 민주당

대통령 후보가 선거 유세 중 1956년 5월 5일 호남선 열차 안에서 급서하는 바람에—일찌감치 차기 대통령으로 당선이 확정되었더니라.

이승만은 그다음 선거에는 출마하지 않겠다던 자신의 약속을 또 뒤집고, 1959년 1월 6일, 다음 해 1960년의 대선에 다시 4선 출마하겠다는 의사를 밝히고 나섰더니라. 부패가 곪아 터질 지경이었던 자유당 정권에 대한 국민의 불신과 저항이 걷잡을 수 없이 심해질 것이 불을 보듯 뻔했으므로, 자유당 정권은 최인규 내무장관을 중심으로 선거 1년 전부터 이미 부정선거를 치밀하게 계획했더니라.

그 선거일을 보름 앞두었던 1960년 2월 28일, K고교 1학년 학생이었던 네 외사촌 형 안두현安斗鉉이 경찰의 곤봉에 머리를 맞고 온몸에 피 칠갑이 된 채 택시에 실려 귀가한 사건이 일어났구나. 그날은 마침 일요일이었다. 야당인 민주당의 조병옥 대통령 후보가 2월 15일에 숙환으로—1956년 선거 때의 신익희 후보와 비슷하게—서거하자, 자유당의 이승만 후보는 또 일찌감치 당선이 확정되었으나, 남은 문제는 자유당의 부통령 후보였던 이기붕과 민주당의 부통령 후보 장면의 치열한 각축전이었더니라. 이승만이 당시 85세의 고령이라 유고 시에는 개정된 헌법상 부통령이 대통령의 직책을 승계하게 되어 있었기 때문에, 자유당 정권은 이기붕을 기필코 부통령으로 당선시키고자 갖가지 부정행위를 공공연하게 획책하고 있었더니라. 마침 그날, 즉 1960년 2월 28일은 장면 부통령 후보가 대구 수성천 변에서 선거 유세를 하게 되어 있었는데, 경상북도 학무국에서는 상부의 지시에 따라 학생들의 야당 유세 참가를 막고자 단체 영화 관람, 학년별 일제고사, 대청소 등등 학교마다 서로 다른 구실들을 대어 일요일임에도, 그리고 학생들의 학년 진급을 하루 앞둔 시점임에도, 학생들을 억지로 등교시켰더니라. 이에 K고를 비롯한 대구의 8개 남녀 고등학교 학생들이 2월 28일 정오 무렵에 '학원에 자유를 달라!'며 독재에 항의하는 가두시위를 벌인 것이었는데, 이것은 앞으로 연이어 일어나는 3·15 마산 의거와 4·19 혁명의 도화선이 된 이른바 '2·28 대구학생의거', 또는 '2·28 민주운동'이라는 사건이었더니라. 1960년 당시의 한국 사회에서 부패와 무능, 그리고 억압을 특징으로 하는 자유당 정권에 대한 가장 강력한 저항이 이렇게 대구의 고등학생들에 의해 처음으로 나타났다는 것은 우리 대한민국 역사에서 특기할 만한 사실이며, 그 원인을 깊이 연구해볼 만하다는 것이 이 아비의 평소 생각이다. 그들 시위 학생들은, 3학년은 이미 졸업한 상태였기에, 고2와 고1 학생들이었는데, 대개 1942년생과 1943년생으로서 일제의 군국주의 교육의 세례를 전혀 받지 않은 새 세대였다. 경북 및 경남 일부 지역의 수재들이 교육도시 대구에 진학해서 새 시대의 주인공으로 성장해가고 있던 그들 고등학생들은—광복의 기쁨을 분단의 슬픔으로 겪고, 동

족상잔의 전쟁 통에 피비린내 나는 숙청과 학살을 보아냄으로써
조심성이 그만 몸에 배어버린 기성세대와는 달리—이런 명백한
불의를 도저히 그냥 묵과할 수 없었던 것이었으리라.

아직 데모라는 것이 거의 없던 시절이라 대구의 경찰들이 대거
선거 유세장에 동원되어 있었기 때문에, K고 등 8개 남녀 고등학
교 학생들은 대구 시내 중심가에서 아무런 저지도 받지 않은 채
당시의 경북도청 앞까지 쉽게 진출할 수 있었더니라. 하지만 뒤늦
게 비상 출동한 경찰 기마대가 도청 앞에 도착하자 데모 학생들을
무력으로 해산시키고자 했구나.

그들이 말을 마구 몰아대면서 위협적으로 휘두르는 곤봉에 머
리를 얻어맞은 K고 1년생 안두현은 피를 많이 흘리며 대구 시청
방향으로 도망치던 중 마침 어떤 택시 기사가 보고 자기 차에 실
어 집으로 데려다주었는데, 대구 칠성동의 네 작은외가에서는 피
칠갑이 되어 간신히 집으로 실려 와 방바닥에 퍽 엎어진 아들 때
문에 야단이 났더니라. 두현은 겉보기가 참담했을 뿐, 다행히도
머리를 크게 다치지는 않은 듯했더니라. 네 작은외삼촌 안재경 씨
내외와 그 옆집에 살던 네 어머니도 두현의 부상 상태에 대해서는
안도의 한숨을 내쉬면서도 어린 학생의 생명을 빼앗을 뻔한 경찰
의 폭거에 대한 분노 때문에 함께 치를 떨었더니라.

그런데, 그때 이 아비는 건넌방에서 너희 어린 남매를 데리고
한가로이 놀고 있었구나. 말하자면, 그 당시 나는 집안 대소사에

전혀 신경을 쓰지 않고 혼자 외톨이로 지내고 있었더니라.

바로 이웃인 작은오빠 집에서 다친 친정 조카를 내려다보면서 독재자와 그 수하들의 야비한 폭력에 대해 울분을 터뜨리고 나서 자기 집에 돌아온 네 엄마 안재순은 너희들과 놀고 있는 나를 물끄러미 바라보더니, 폭 하고 한숨을 내쉬더구나. 아마도 네 어머니의 그 한숨은, 친척들이 모두 한마음으로 슬퍼하고 분노하고 있는 판국인데, 두현의 고모부란 사람이 아무것도 상관하지 않고 건넌방에서 아이들과 놀고 있는 그 모습이 하도 기가 막혀서, 저절로 나온 탄식이 아니었을까 싶구나.

그것이 1960년 2월 28의 일이었고, 드디어 3월 15일 선거일이 되자, 전국 각지에서 자유당원들과 공무원들이, 투표지를 빼돌려 사전에 투표해놓는 '사전 투표', 3인조 또는 5인조로 투표하고 나서 기표한 투표지를 조장한테 보여주는 '공개투표', 그리고 깡패 등을 동원하여 야당 참관인을 축출해버린 개표장에다, 또는 정전이 되도록 해서 깜깜한 개표장에다 이기붕 후보를 위해 미리 투표해놓은 기표지 뭉텅이를 반입하는 '개표 조작' 등등, 조직적 부정선거를 공공연하게 자행했더니라. 이에, 민주당은 선거 당일에 이미 선거 무효를 선언하고 나섰고, 이런 선거를 지켜본 국민의 탄식과 분노가 하늘을 찌를 듯했다. 특히, 경남 마산에서는 선거 당일인 3월 15일에 이미 그 공공연한 부정선거에 항의하는 대규모 고등학생들의 시위가 벌어졌다. 여기 마산에서도 시위 주체가 고등학생들이었다는 사실은 정말 역사적 연구 과제에 속하겠다마는, 아무튼 당일 데모에 참가했던 마산상고 1년생 김주열 군이 시위 중 행방불명 되자, 별별 추측이 다 난무했고 그에 따라 민심이 흉흉했으며, 대놓고 저지른 공공연한 부정선거의 결과에 승복하지 않고 항거하는 국민 여론이 전국적으로 달포 가까이 들끓고 있었다. 그러던 중, 행방불명되었던 김주열 군의 시신이 4월 11일에, 즉 실종 27일 만에, 마산 앞바다에 떠올랐더니라. 이로써, 김주열 군의 시신을 무거운 돌에 매달아 마산 앞바다에 내버린 경찰의 만행이 백일하에 드러났구나!

한쪽 눈에 최루탄이 박힌 채 마산 앞바다에 떠오른 김 군 시신의 처참한 사진이 신문 등 매체를 통해 온 나라에 두루 퍼지자 서울과 지방의 주요 도시에서 연일 학생 시위가 일어났고, 4월 18일에는 고려대 학생들의 대규모 시위가 일어났으며, 4월 19일에는 서울대 등 서울 소재 주요 대학의 대학생들과 고등학생들, 그리고 일반 시민들 등 약 3만여 명이 참가한 대규모 시위 행렬이 이승만 대통령의 하야를 외치며 경무대를 향해 행진해 가자, 드디어 경찰이 시위대를 향해 발포함으로써 130여 명의 시위자들이 사망하고 1,000여 명이 부상을 당했으며, 이에 각 지방 도시들에서도 연이어 시위가 벌어졌더니라. 그 결과, 국내 주요 도시에 계엄령이 선포되기에 이르렀구나.

하지만 계엄령하에서도 시위가 그치지 않았고, 이제는 시민들까지도 대거 학생들의 시위에 가담하였으며, 4월 25일, 드디어 서울 시내 대학교수들이 제자들의 시위를 지지한다며 거리로 나오자, 4월 26일 이승만은 결국 하야 의사를 발표하기에 이르렀더니라.

이것이 이승만 독재정권을 무너뜨린 4·19 혁명이었는데, 이승만은 4월 15일에도 아직 3·15 마산 의거가 "공산주의자들에 의하여 고무되고 조종된" 사건이라는 내용의 담화를 발표하고 있었더니라.

준기야, 나는 우리 대한민국 역사에서 이 점이 가장 중요하다고 생각한다. 즉, 이승만은 1945년 해방 정국부터 그가 사임하는 1960년 4월 26일까지 줄곧 냉전체제와 반공을 자신의 권력 장악과 그 유지를 위해 이용해왔으며, 15년 동안 그는 이 나라에 부패를 조장했고 자신에게 아부하는 세력을 키우면서 반대 세력을 '빨갱이'로 몰아세웠더니라.

지금 내가 바이마르까지 와서 네게 이런 말을 하는 까닭은 네 아비가 당시 사람들이 생각했던 만큼 그렇게까지 '반편'은 아니었음을 네게 말해주고 싶어서이기도 하니라. 내가 부친과 장인을 연달아 여읜 충격에 빠져 그 당시 결단력이나 실천력을 미처 회복하지 못했던 것은 사실이지만, 아무 생각도 없이 그냥 '반편' 노릇만 했던 것은 아니고, 내 나름대로는 내가 어떻게 해야 너희 남매의 앞날을 지킬 수 있을지 궁리도 해보고, 자연히 여러 분야에 관해 독서도 꽤 많이 했다는 사실을 내 아들인 너는 그래도 알아주었으면 한다.

3개월 동안의 허정 과도정부와 그다음에 내각책임제 개헌과 선거를 통해 들어선 장면 국무총리의 민주당 정권은 4·19 혁명의 주체들인 학생들과 민주시민들의 열화와도 같은 민주화 요구와 반부패 세력 척결에 대한 빗발치는 요구, 그리고 자연스럽게 분출된 '통일 염원'을 들어줄 태세가 전혀 되어 있지 않고, 그것을 조금이라도 실행에 옮겨보려는 시늉이라도 해볼 능력이 전혀 없는, 현상 유지에 급급한 무능 정권들이었더니라.

그러다가 1960년 4·19 혁명 후 겨우 1년 남짓 지난 1961년 5월 16일에 박정희가 군사 쿠데타를 일으켰다. 박정희, 김종필 등 5·16 군사 쿠데타의 실세들은 자신들의 군사 쿠데타를 '5·16 혁명'이라 부르고 자신들을 '혁명 주체'라고 내세우면서, 반부패를 약속하고 부패 세력의 일부를 엄벌하는 시늉을 했지만, 그런 부패 척결의 의지도 결국 흐지부지되어가던 중에, 그들은 민주 학생 및 민주 시민들의 통일 염원과 갖가지 민주화 요구를 또다시 '반공'이라는 이념으로 억압했더니라. 즉, 이 쿠데타는 4·19 혁명에 대한 '반동'이었으며, '반공을 국시의 제일의第一義로 삼는다'('혁명 공약'의 서두)며, 이 나라를 '군인들 세상'으로 만들고, 그 모든 반대자, 또는 잠재적 반대자를 또다시 '빨갱이'로 몰아 신변에 위협을 가하거나 감옥에 처넣거나 심지어는 '사법 살인'(1974년 4월 인혁당 재건위 사건)까지 저질렀더니라.

그런 과정의 일환으로, 이 최여경도—심한 색맹이라서 일찌감치 병역면제를 받았음에도 불구하고—'병역 미필자'라 하여, '군인들 세상'의 '잠재적 반대자'로서 공무원직에서 쫓겨났더니라. 아마도 이것은 정영식 소장님이 '사상 불온'이란 이유로 면직된 사건의 여파였으리라 짐작되더구나.

이렇게 되자 생계가 막막해진 네 어머니 안재순 여사는 반가의 규수였다는 자존심을 과감히 버린 채, '반편'이 다 된 남편과 어린 남매를 데리고 친정의 작은오빠가 먼저 진출해 살던 대구로 나와 칠성시장에서 두부와 비지를 팔며 가장 노릇을 해나갔더니라. 나는 '반편' 행세를 함으로써 험한 세상을 함구하고 사는 법을 익히고, 아내가 두부와 비지를 만들 때만 좁은 마당과 부엌에서 남몰래 조수 노릇을 했으며, 어린 자식들과 건넌방에서 놀고, 그래도 시간이 날 때는 동인동 로터리의 '형설螢雪 대본점'에서 푼돈으로 이 책 저 책을 빌려다 읽었더니라.

네 조부님은 당신의 수행과 적선의 결과로 내 대에 이르러 '여경'이 생길 것을 기대하셨던 것 같다만, 이 최여경은 선이와 준기 너희 남매한테 '여경'이 있도록 해줄 것을 '내 안의 하느님'께 빌면서 묵언 수행으로 살아왔구나. 미안하다! 너희 남매에겐 늘 부실한 아비였고, 네 엄마한테는 늘 미덥지 못한 남편이었어! 하지만, 내가 달리 어떻게 살았었더라면 좋았을까? 나는 1950년 '음력 6·25', 영천 아작골의 그 새벽, 그 학살 현장의 처참한 광경에 그만 넋을 잃었고, 그 후로는 그만 허수아비처럼 되어버렸더니라. 선혈이 굳어 번득이던 그 흰옷들과 흐르는 핏물을 머금었던 그 붉푸른 초목의 환영들 때문에 나는 그만 말문이 막히고 다시 일어설 활력을 잃어 그렇게밖에는 달리 살 수가 없었더니라.

그러니, 준기야, 이 아비를 용서해다오! 이제 난 다시 경주 남산으로 돌아간다. 거기에는 할매 부처와 마애 보살님들이 계시고, 누구보다도 네 어머니가 나를 기다리고 있다. 어서 네 어머니한테로 돌아가서, 네가 잘 있더라는 말을 해주고 싶구나!

21. 한·중·일의 만남

예나대학 철학과 1학년 주 팅팅 학생은 키가 훤칠한 데다 얼굴
이 참 예쁘고 성격도 활달한 아가씨였다. 그녀는 자유분방하고 독
립적인 여대생으로서, 마에다 교수와 나를 앞에 두고도 조금도 수
줍어하거나 주눅 들지 않고 하고 싶은 말을 다 했고, 심지어는 화
제를 자기 쪽에서 주도할 때도 있어서, 아주 신선했다. 말하자면,
그녀는 동양적인 미모에다 서양적인 자주성과 적극성까지 갖춘
드문 재원이었다.

그녀와 마에다 교수는 나의 초대에 응해서, 바이마르 아이스펠
트Eisfeld 4번지에 있는 한식집 '낙화유수'에 왔다. 우리 셋은 비빔
밥으로 저녁 식사를 마치고 나서, 다시 녹두전을 안주로 시켜놓고
맥주를 마시고 있는 참이었다.

"고백합니다만." 하고 새까만 머리칼을 그 하얗고 갸름한 얼굴

위에 살짝 드리운 주 팅팅이 우리 두 교수를 똑바로 바라보면서 말했다. "저는 어릴 때 상하이를 떠나왔기 때문에, 중국을 잘 모릅니다. 하물며, 일본이나 한국에 대해서는 아는 바가 거의 없죠. 다만, 이 두 나라에 대해서는 저의 고국인 중국의 이웃나라들로서 그저 막연한 호감을 지니고 있을 뿐이랍니다. 그런데 예나대학의 제 지도 교수님이나 동료 학생들은 저를 만나기만 하면, 중국에 대해서, 그리고 동아시아에 대해서 질문을 하곤 하니, 저는 자주 난처한 입장에 빠지곤 하지요. 제 생각에 저는 이미 독일 사람이 다 되어 있는데, 독일인들은 저를 아직도 아시아인으로 보거든요!"

"팅팅 양의 미모에 반해서 그냥 관심을 한번 표명해보는 것일 테지요." 하고 마에다 교수가 말했다. "정작 뭔가 말해주려고 시작한다면, 상대방의 관심은 벌써 다른 곳에 가 있을지도 모릅니다."

"그런 경우도 더러 있고요!" 하고 팅팅이 대답했다. "하지만 저의 외양적 특성 때문에 제가 일차적으로는 어차피 동아시아 사람으로 간주된다는 사실은 앞으로도 좀처럼 피하기 어려울 듯합니다."

"그렇겠습니다!" 하고 마에다 교수가 미소를 띠고 말했다. "하지만 그런 취급에 너무 구애받지 말고, 그냥 진솔하게 사실대로 대답하면 될 것 같네요. 팅팅 양은 우선 미모라서, 인사 삼아 하는 그런 피상적 질문을 많이 받을 것 같긴 합니다만……."

"피상적 관심이라는 걸 짐작은 하지만, 그래도 저는 그런 질문에도 저 자신이 적절하게 대답할 수 있는 문화적, 철학적 역량을 갖춘 사람이 되고 싶습니다."

"그건 참 상찬할 만한 태도입니다." 하고 내가 말했다. "팅팅 학생의 고국 중국은 고대로부터 엄청난 철학적 깊이와 폭넓은 사상적 스펙트럼을 지닌 문화 대국입니다. 다 같은 한자 문화권인 한국, 일본, 베트남에 끼친 중국 성현들의 영향은 지대하지요. 제가 팅팅 양에게 한 가지 권하고 싶은 것이 있는데, 18세기 말에 괴테를 비롯한 독일의 지식인들이 이탈리아를 여행했던 것처럼, 방학을 이용하시거나 학업을 한 학기쯤 중단하시고, 일본과 한국, 그리고 중국, 이렇게 동아시아 3국을 차례로 한번 여행해보실 것을 제안합니다. 전번에 듣건대 아버님께서 경제적 여유는 좀 있으신 듯하던데, 아버님께 도움을 청해서 동아시아 3국에—배낭여행보다는 조금 고생이 덜한—대학생 교양 여행을 해보시지요. 그러시면, 일본과 한국에서 독일과 다른 점을 쉬이 발견하실 수 있을 터이고, 현대 중국이 그 신속하고도 혁혁한 발전 속에서도 지금 놓치고 있는 것이 과연 무엇인지도 온몸으로 느끼고 인식하시게 될 것입니다. 그 교양 여행을 바탕으로 팅팅 양의 예나대학 철학 공부가 큰 성취를 이룬다면, 앞으로 주 팅팅이라는 중국계 철학자가 인류 문명의 발전과 세계 평화에 크게 기여할 수도 있으리라 기대됩니다. 다시 말하자면, 자긍심에만 충만해서 '줴치(굴기, 崛起)'를 외치고 있는 현재의 대륙 중국인들에게 팅팅 양은 바른 국제 시민 길을 선도해줄 수 있는 '중국인의 등대' 역할을 할 수 있으리라는 것이 나의 기대입니다."

"충고의 말씀, 감사합니다!" 하고 팅팅이 말했다. "그 비슷한 생각이 제 마음속에서 늘 맴돌고 있어온 듯했는데, 오늘 저녁에 최 교수님께서 콕 찍어서 말씀해주시네요!"

"최 교수님께서 정말 좋은 제안을 해주셨습니다." 하고 마에다 교수가 말했다. "일본 여행도 아울러 권장해주신 데에 대해 동아시아 인접국들에 역사적 과오를 저지른 일본의 국민으로서 부끄러움과 고마움을 동시에 느낍니다. 사실, 우리 일본인은 아시아 각국 중에서 서양 문명을 먼저 받아들여 이른바 '탈아입구脫亞入歐'를 추구하다가 결과적으로 지난 제국주의 시대에 아시아의 인접국들에게 큰 죄과를 범했어요. 팅팅 양이 일본 여행에서 일본의 장점뿐만 아니라, 부디 일본인들의 역사적 과오도 아울러 간파해주셨으면 합니다. 그것이 앞으로의 동아시아 평화와 의미 있는 상호 협력을 위해서 꼭 필요하다는 생각에서 일본인인 제가 부끄러움을 무릅쓰고 감히 부탁드립니다."

"마에다 교수님의 겸허하시고도 미래 지향적인 말씀에 경의를 표합니다!" 하고 내가 말했다. "역사를 올바르게 기억한다는 것은 정말 우리 모두의 어려운 과제입니다. 하인리히 뵐과 귄터 그라스 등 전후 작가들을 필두로 '과거 극복Vergangenheitsbewältigung'을 비교적 잘해온 독일인들까지도 아직 완전한 과거 극복을 달성했다고 보기는 어렵지요. 이를테면, 근자에 개관한 베를린의 '홈볼트 포럼Humboldt-Forum'의 전시물 중에서 독일이 제국주의 시대에 아프리카, 아시아, 오세아니아 등지에서 약탈해온 문화재들이 많은 데에 대해서 국제적 안목을 갖춘 오늘날의 독일 민주시민들이 자기비판을 제기하고 나선 것은 주목을 요하는 현상입니다. 아무튼, 우리 한·중·일 3국 국민이 올바른 역사의식을 공유하고 새로운 동아시아의 미래를 향하여 서로 긴밀히 협력해야 함은 세계 평화와 인류 공동 번영을 위한 우리 3국 국민 공동의 책무라고 생각됩니다."

"두 분 선생님, 감사합니다!" 하고 팅팅이 말했는데, 그녀의 갸름하고 하얀 얼굴에 발그레하고 귀여운 보조개가 살짝 나타났다. "오늘 저녁은 저에게는 새 길이 보이는 듯한 축복의 시간이었습니다. 거듭 감사드립니다!"

"나 같은 노인이 젊은 아가씨한테 무슨 도움이 되겠어요?" 하고 내가 말했다. "팅팅 양은 앞으로는 동아시아의 젊은이들을 만나셔야 합니다. 아까 아버님을 만나 뵈러 곧 베를린에 다녀와야 한다고 말했던가요? 베를린 자유대학에서 최근에 철학 박사 학위를 받은 서준희라는 내 제자가 있어요. 아주 성실한 재원으로서, 곧 한국으로 돌아가 대학에서 활약할 사람인데, 아마도 아직은 베를린에 머물고 있을 겁니다. 내가 내일 아침에 당장 이메일을 써서 팅팅 양을 소개해드릴게요. 젊은 사람들끼리 직접 만나서 서로 기탄없이 대화를 나누어보시기 바랍니다. 둘은 앞으로도 서로 도움을 주고받으며 학문적으로도 서로 협력할 수 있을 터이고, 아마도 이번 만남은 미래의 동아시아 철학자 교류를 위해서도 큰 의미가 있으리라 생각되네요. 마에다 교수님도 일본의 젊은 철학자 한 분을 팅팅 양에게 소개해주시는 것이 어떻겠습니까?"

"예, 그렇게 하겠습니다. 지금 일본에 있는 젊은 철학자를 소개해주는 게 팅팅 양에게는 정말 큰 도움이 되겠네요!"

"아, 선생님들!" 하고 팅팅이 말했다. "저는 오늘 저녁에 이런 은혜를 입을 줄은 정말 상상도 못했습니다! 선도에 진심으로 감사드립니다!"

"내가 보기에, 팅팅 양은 자신이 생각하는 것보다 훨씬 더 중요한 사람입니다." 하고 내가 말했다. "바이마르에서 중등교육을 받은 중국인이 그리 쉽나요? 현재의 대륙 중국인들이 지니지 못한 국제적 안목을 앞서 갖춘 인물로 성장하실 테니, 앞으로 인류 공영과 세계 평화를 위한 중국의 길을 선도할 수 있으리라 기대합니다. 팅팅 양 개인의 성취가 곧 우리 동아시아, 나아가서는 세계의 행운이 될 것입니다. 자, 우리 동아시아 3국 국민의 우의와 앞으로의 동아시아의, 아니, 인류 전체의 공동 번영을 위해 건배하십시다!" 하고 내가 건배를 제의했다. "춤볼!"

22. 대학생 최준기와 김장춘

　동학농민혁명군이 우금치에서 그렇게 많은 선혈을 뿌린 66년
뒤에 이 땅에서 처음으로 완전히 '성공한 혁명'인 4·19의 민중들
이 자유를 향한 열망과 남북통일의 염원을 한꺼번에 표출하자, 이
것이 당시에는 일견 '지나친 사회적 혼란'처럼 보였던 것도 사실
이었다. 이에 박정희 일당은, 북한이 남한의 이런 정치적 혼란을
틈타 남침할 가능성이 높다며, 무능한 민선 장면 정권을 무너뜨
리고 군사 쿠데타를 통해 권좌에 올랐다. 그들은 자신들이 '혁명'
을 했다며, 자신들을 '혁명 주체'라고 불렀지만, 그것은 실은 4·19
혁명에 역행하는 '반혁명反革命'이었다. 이때부터 '반혁명'을 '혁
명'이라 부른 '거짓의 시대'가 18년 동안이나 지속되었고, 박정희
가 죽자 12·12 군사 반란을 통해 다시 더 지독한 '신군부 독재 시
대'가 또 이어질 조짐이 보이기 시작하였다.

아직은 신군부 등장에 대한 우려와 새 민주정치 시대를 내다보는 기대가 교차하고 있던 1980년 봄, 즉 유명한 '서울의 봄'에 나 최준기는 S대 철학과 3학년생으로서, '병영 집체 훈련 거부'를 비롯하여, '노동 3권 보장', '비상계엄 해제', '유신 잔당 퇴진', '언론 자유 보장' 등을 요구하며 연일 데모를 벌이고 있었다. 이를테면, 나는 1980년 5월 14일 정오에 서울 시내 대학생 약 7만여 명이 민주화를 요구하던 시위도 주도적으로 계획하고 또 그 현장에도 참가했다가 밤이 늦은 시간에 귀가하였다.

　　당시 나는 신림동에 살던 외사촌 형님 안두현 S대 사회학과 교수의 집에서 기숙하고 있었는데, 매일 최루탄 냄새를 풍기며 늦게 귀가하는 나를 그냥 보고만 있던 안 교수가 그날 밤에는 시간이 이미 자정을 지났음에도 불구하고 잠자리에 들지 않고 나를 기다리고 있다가 자기 서재로 나를 불러놓고 심각하게 말했다.

　　"준기야, 너도 알다시피 나는 이미 1960년 2·28 대구학생의거 때 고1 학생으로서 데모를 하다가 머리에 경찰의 곤봉을 맞고 죽을 뻔한 적이 있었다. 그 후 S대 대학생이 된 연후에도 소위 '김-오히라 메모'에 따른 굴욕적 한일회담을 반대하던 1964년의 3·24 학생시위 때에, 그리고 그 두어 달 후인 6·3 단식 항쟁 때도, 늘 빠짐없이 학생 데모에 참여했다가, 나중에 박정희 군사정권의 수사 기관에 의해 숱한 감시와 박해를 받아야 했다.

네가 어릴 때였다마는, 학생들의 6·3항쟁을 계엄령으로 막은 박정희 군사 쿠데타 세력은 '증산, 수출, 건설'이라는 슬로건을 내걸고 국민의 경제적 삶을 윤택하게 하겠다는 정부로 자처하였지만, 그 외형적 발전의 그늘에는 노동자와 농민의 희생이 강요되었다.

1970년 봉제 노동자 전태일全泰壹이 청계천 평화시장의 여성 봉제공들의 열악한 노동 조건을 개선하고자 애쓰나가, '근로기준법을 준수하라! 우리는 기계가 아니다!'라고 외치며 분신자살하는 안타까운 사건이 일어났지만, 자본과 깊은 유착 관계에 빠져 있던 박정권은 전태일이 대신 외쳐준 봉제 노동자들의 그 절망적 비명을 무시해왔다. 그러던 중, 마침내 1979년 8월 9일 YH무역 노조원 187명이 신민당사에 들어가 농성을 벌이는 큰 사건이 터졌다. 가발 수출 업체인 YH무역은 주로 시골에서 올라와 공장 부설 기숙사 생활을 하면서 하루 10시간 가까운 노동착취를 강요당했던 생산직 여성 노동자들에게 임금을 체불한 채 그냥 회사 문을 닫았다. 이에, 어디 호소할 데가 없던 여성 노동자들이 당시 야당이었던 신민당의 당사에 몰려 들어가 농성을 벌인 것이었다. 김영삼 신민당 총재의 문제 해결 노력에도 불구하고 박정희 유신정권은 8월 11일 새벽, 농성 사흘 만에 여성 노동자들을 무자비한 폭력을 사용하여 강제 해산시켰고, 그 폭력 해산의 와중에 21세의 여공이며 당시 노조의 집행위원이었던 김경숙이 사망하였다.

그해 10월 4일에는 국회에서 제1야당 당수 김영삼의 국회의원 적籍 제명안이 의결되었으며, 이때 김영삼은 '닭의 모가지를 비틀어도 새벽은 온다'는 유명한 말을 했는데, 과연 그 운명의 '새벽'은 이미 가까이 다가오고 있었다. 10월 16일부터 20일까지는 이른바 '부마釜馬 민주항쟁'이 일어났는데, 제조업이 유달리 많던 부산 및 마산 지역의 경제가 악화된 원인도 있었지만, 거제도 출신의 김영삼을 억압하는 데에 대한 부산 지역의 민심도 적지 않게 작용하여, 부산대 및 동아대, 마산의 경남대 학생들의 데모에 많은 도시빈민층이 가세하였다. 그들이 공화당사, 경찰 파출소, 세무서, 신문사, 방송국 등을 습격, 파괴하기도 하자, 이에 박정권은 10월 18일에 부산 일원에 비상계엄령을 선포하였다.

이런 어수선한 시점인 10월 26일, 궁정동 안가(安家, 안기부의 비밀 회동 장소)의 밀실에서 대통령 박정희가 그의 심복 중앙정보부장 김재규의 총탄에 의해 살해되었다. 박정희의 절대 심복이었던 차지철 대통령경호실장이 부산과 마산의 민중항쟁에 가담한 국민들을 향하여 계엄군이 무차별 발포하지 않고 주저하고 있던 당시 부산 및 마산의 시국 상황을 두고 김재규 중앙정보부장의 미온적 대처 방식을 힐난하는 듯한 발언을 하자, 박정희의 무리한 민중 탄압을 우려스럽게 지켜보아 오던 김재규 중앙정보부장이 더는 참지 못하고, 차지철과 박정희를 차례로 사살한 것으로 알려져 있다. 하지만, 이에 대해서는 미국 CIA와 김재규의 밀약설 등 아직까지도 풀리지 않은 많은 수수께끼가 남아 있다.

그야 어쨌든, 1979년 10월 26일, 18년 동안 철권통치를 해오던 박정희가 이렇게 자신의 심복 김재규의 손에 죽었기 때문에, 국민들은 이제는 드디어 오랜 열망대로 곧 정치의 민주화가 올 것으로 철석같이 믿고 정국의 경과를 조용히 지켜보고 있었다. 하지만, 박정희 대통령이 죽은 지 한 달 보름 남짓 지난 12월 12일, 전두환 보안사령관을 비롯한 신군부 세력이 군사 반란을 일으켜 계엄사령관과 국군 합참의장 등을 무장해제하고 최규하 대통령을 겁박하여 권력을 장악했는데, 이것은 그야말로 명분도 없는 '하극상'의 극치였다. 준기야, 이것이 너도 잘 알고 있는 '12·12 군사 반란', 또는 '신군부 쿠데타'였다.

미안하다, 준기야, 내 말이 좀 길어졌구나! 내가 말하려던 것은 18년 박정희 군사독재의 연장선 위에서 전두환 등 신군부 쿠데타가 또 일어났으며, 이런 의미에서 지금 네가 대학생으로서 마주하고 있는 이 상황이 네 외사촌 형인 내가 겪었던 상황과 아주 다르지 않다는 사실이다.

너와 나 사이에 15년이란 나이 차가 가로놓여 있다만, 15년 전의 상황이 오늘의 상황과 크게 다름이 없을진대, 내가 어찌 요즈음의 네 마음을 모르겠느냐? 하지만, 준기야, 지금 내가 강조하고 싶은 것은 너는 그때 내가 상대했던 독재자보다도 훨씬 더 지독한 무법자들을 상대로 항거하고 있다는 사실이다.

나는 대구 고모님한테 너를 책임지겠다며 이렇게 너를 기꺼이 서울의 내 집에 데리고 있다만, 네가 자제를 하지 않고 계속 이렇게 데모에 매달릴 경우, 너를 내 집에 데리고 있기가 어렵겠다는 생각마저 든다. 이런 말을 입에 담는 것 자체가 미안하다만, 너를 잘못 지도했다고 해서 나중에 내가 고모님 내외분한테서 무슨 원망을 들을지 모르겠기에 부득이 입 밖에 내는 말이니, 부디 오해 없기를 바란다. 실은 그런 걱정보다도, 지금 당장 네 앞에 다가오는 위험이 너무나 커서, 내가 네 외사촌 형으로서도 네게 경고하지 않을 수 없구나! 부탁인데, 부디 시위를 좀 자제하고 공부에 전념하도록 해라! 네 앞날도 생각해야지 평생 데모만 하고 살 수는 없지 않겠느냐? 우선 대학 졸업을 해야 하고, 네 소망대로 독일 유학도 가야 할 텐데, 이렇게 위험천만한 모험을 매일 계속하고 있으니, 이 형은 너를 잘 이해하면서도 너에게 혹시라도 잘못된 일이라도 생길까 봐 매일 가슴이 조마조마하다. 부디 좀 자중하고 원대한 장래를 내다보고 네 공부에 전념해주기 바란다."

이렇게 당시 내가 진심으로 존경하던, 15세 연상의 외사촌 형님의 충정 어린 충고를 들었던 바로 그 이튿날 아침에, 또 대구의 어머니도 외사촌 형님댁으로 장거리 전화를 걸어오셨다.

"준기야, 그저께 밤에 웬 남자 고무신 한 짝이 물에 둥둥 떠내려오는 이상한 꿈을 꿨다. 이상하게도 그게 어디 물인지가 확실치 않더라만, 아마도 이 어미가 신혼 때 살던 영천강 변 빨래터 같기도 하고……. 영천이라고 하면 그 옛날 난리 때문에 지금도 온몸에 소름이 끼쳐오는 이 어미인지라 이게 아무래도 너와 관련된 흉몽이겠다 싶어서, 어제 아침에 늬 아부지한테 이 토막 꿈 얘기를 했더니, 단 며칠 동안만이라도 너를 대구로 불러내려 보자고 하시느구나! 네가 공부에 바쁜 줄은 안다만, 단 며칠이라도 대구로 내려와 이 어미 곁에서 좀 쉬었다 가면 안 되겠느냐? 어미의 소원이다! 여느 때는 태무심한 듯 보이던 늬 아부지도 문득 어디 짚이시는 데가 있는지 안 하던 원을 하신다. 부디 한번 내려오거래이. 늬 외사촌 형님하고는 엊저녁에 이미 전화로 양해된 일이니라. 일단 한번 집으로 내려오거래이."

   그렇다고 내가 곧장 대구의 집으로 순순히 내려갈 위인은 아니었다. 그런데 5월 17일, 비상계엄을 전국으로 확대한다는 발표가 나오자, 서울 지역의 시위 주동 학생들 간에 잠시 자숙하며 시위에 조금 사이참을 두자는 의견이 나왔다. 특히, S대 학생들 사정만 얘기해본다면, 내가 자주 시위를 함께 모의하곤 하던 인문대 독문과 3학년 김장춘金長春이 뜻밖에도 그런 의견에 찬동하는 통에 얼결에 나도 그만 그의 의견을 따르게 되었다. 아마도 그 끝이 보이지 않던 가열한 투쟁에 장춘이도, 나도 꽤 지쳐 있었던 것 같긴 했다. 그래서 갑자기 데모 모의에서 잠시 풀려나게 된 나는, 문득 그저 효도하는 셈치고 오랜만에 대구 집으로 잠시 내려가 보기로 일순 생각을 바꾼 것이었다. 동대구역에서 계엄군의 기분 나쁜 검문이 있긴 했지만, 무사히 칠성동 집에 도착해서 어머니의 따뜻한 환영과 겉으로는 무덤덤하신 아버지의 눈길을 함께 받으며 오랜만에 부모님과 저녁 식사를 함께했다.

그 이튿날, 5월 18일 아침 나는 아버지의 제안에 따라 산책 삼아 부자가 함께 아양루峨洋樓까지 걸어 나갔다.

"누각 이름이 왜 아양루인지 아느냐?" 하고 문득 아버지가 물으셨다. 내가 모르겠다는 표정으로 아버지의 다음 말을 가만히 기다리고 있자니, 아버지가 말씀을 계속하셨다. "백아절현伯牙絶絃이란 고사는 알지? 옛날 중국에 백아와 종자기鍾子期라는 두 친구가 있었다. 백아는 거문고를 잘 타고, 종자기는 듣기를 잘하였다. 백아가 높은 산에 뜻을 두고 거문고를 타면, 종자기는 "태산처럼 높고 높구나峨峨乎若泰山!"라고 말하고, 백아가 흐르는 물에 뜻을 두면, 종자기는 "강물처럼 넓고 넓구나洋洋乎若江河!"라고 답했다 하여, 후세 사람들이 이 둘을 '지기지우知己之友'라는 의미로 '지음知音'의 사이라고 부르기도 했다. 그러다가, 종자기가 죽자 백아는 거문고 줄을 끊어버리고 다시는 거문고를 타지 않았다고 한다.

이 '백아절현'의 고사에서 바로 이 '아양루'라는 이름이 나왔다. 정무공 최진립 공 바로 아랫대에서 갈라진 우리의 먼 일가 경주 최부자댁의 종손이며 일제강점기 말에 거액의 독립자금을 댄 문파 최준崔浚 공과, 독립자금 운반책으로 활동하시다가 체포되어 옥살이 중 해방을 맞이하여 출옥하신 독립지사 일헌一軒 허규許珪 공이 그들의 '지음'의 우정을 기념하고자 이 정자에다 '아양루'라는 편액을 걸었다고 전해지고 있다."

"아, 이제 생각납니다! 해방 후 대구 지방에 무슨 시사詩社가 있어서 선비들이 자주 시회를 열었다는 그 얘기를 이디선가 글로 읽은 듯합니다."

"그래, 맞다! 그게 '아양음사峨洋吟社'였다. 그동안 회원님들이 많이 작고하셨기에 근자에는 새 회원들이 대거 입회해서 모임 이름도 담수회淡水會로 바뀌었구나. 참고로 말하는데, 이 아비도 담수회 회원이다. 아무튼, 문파와 일헌의 우정은 논외로 치더라도, 팔공산은 높고[峨峨] 금호강 물결이 양양洋洋하다 해서 '아양루'와 '아양교峨洋橋'란 이름이 오늘날까지 여기 대구에 남아 있는 것이다. 우리 고향 영천에서 서남쪽으로 굽이쳐 내려오던 금호강이 여기서 대구 신천新川과 합수하여 팔공산 남쪽을 감돌며 서쪽으로 계속 흐르다가 달서에서 낙동강과 합류한다.

거기 달서에는 늬 누나 선이와 자형이 농사를 짓고 있지 않느냐? 그들의 밭에 가서 농사일을 거들어줄 때가 나는 제일 행복하다. 사람은 농사를 지을 때 가장 정직하지! 늬가 괜찮다면, 내일은 달서의 늬 누나한테 한번 같이 가고 싶구나! 김을 매고, 수건으로 땀을 닦고 나서 늬 누나가 차려주는 소찬을 먹을 때, 나는 장차 내가 땅보탬이 되어 대지의 품으로 되돌아갈 수 있음을 미리 기뻐하곤 하지. 안 도인이란 분이 늬 조부님께 하신 말씀이라던데, 농사가 아닌 생업에 종사하다가는 자칫하면 사람을 속여서 밥을 먹게 된다고 했다는 것이다. 나는 지금 너에게 자연과 대지만이 우리 인간을 따뜻이 품어줄 수 있고, 인간이 대지를 떠나면 어떤 식으로든지 죄를 짓기 쉽다는 사실을 말해주고 싶은데, 사회 변혁을 갈구하고 있어서 마음이 급한 지금의 너에게는 아무래도 너무 굼뜨고 아득한 말로 들리겠구나!"

"아닙니다, 아부지! 무슨 말씀인지 저도 대강은 알아들어요. 내일은 달서로 가시지요! 단 하루라도, 누님과 자형을 도와 땅에서 일하며 한번 땀을 흘려보겠습니다."

"그래, 고맙구나!"

내가 오랜만에 내 선친과 함께 이런 대화를 나누고 있던 바로 그때, 멀리 광주에서는 무슨 일이 벌어지고 있었던가? 언론이 통제되어 신문 기사에 빈칸이 많고 며칠 동안 이상한 제목의 호외號外도 발행되기에 나는 광주에서 무슨 심상찮은 일이 벌어졌다는 것은 어렴풋이 짐작하면서도, 그 며칠 동안 부모님과 누님 내외의 안온한 삶에 안겨 서울 생활에 찌든 내 심신을 꽤나 달래고 보양補養할 수 있었다.

그때를 생각하면, 지금도 나는 광주 사람들한테, 국군의 총에 의해 무참히 희생된 광주의 학생들과 시민들한테 미안해서 할 말을 잃곤 한다. 특히, 나중에 개학을 했는데도 독문과의 내 친구 김장춘이 보이지 않아 무척 걱정하고 있었는데, 천만뜻밖에도, 그와 광주일고 동창인 사학과 P한테서 장춘이 지난 5월 18일에 광주에 내려갔다가 행방불명이 되었다는 불길한 소식을 전해 들었고, 그해 가을에야 나는 그가 전남 도청에서 계엄군의 총칼에 희생되었음을 뒤늦게 알게 되었다.

1980년 5월 18일 새벽 1시 이희성 계엄사령관은 모든 정치 활동의 중지, 대학 휴교, 집회 및 시위의 금지, 직장 이탈 및 파업 불허, 언론 사전 검열 등을 발표하였다. 전두환과 노태우를 비롯한 신군부 정권은 김대중 국민 연합 공동 의장을 국기 문란죄로, 김종필 공화당 총재까지도 부정 축재 혐의로 검거하는 등 그 추악한 마각을 드러내었으며, 이로부터 1987년 '6월 민주 항쟁'의 결과인 노태우의 '6·29 선언' 때까지 7년 동안 이 땅의 국민들은 또 '새빨간 거짓'과 '무자비한 폭력'을 견디며 살아야 했다.

박정희의 18년과 전두환의 7년을 보태면, 무려 25년! 한국현대사를 옥죄고 더럽힌 4반세기의 군사독재 시기이다.

내가 늘 태무심하게 보이시던 아버지와 정다운 대화를 나누고, 서로 아끼고 존중하면서도 멀리 떨어져 살아왔던 선이 누님과 다시 동기간의 우애를 다질 수 있었던 그 며칠 사이에, 언론이 심한 통제를 받은 까닭에 틈틈이 풍문으로만 전해 듣는 가운데에, 광주에서는 하늘과 땅이 함께 노할 그 끔찍한 참극이 벌어진 것이었다.

나라를 지키라는 총으로 '국'군이 '국'민을 학살한 그 희대의 참극은 어떤 변명으로도 용서될 수 없는, 한반도 역사상 최악의 범죄였으며, 그 모든 죄악이 북한 공산당으로부터 나라와 국민의 자유를 지킨다는 미명하에 저질러졌다. 그 정치군인들은 '분단 상황'을 교묘하게 악용하여 자신들이 움켜쥔 권력을 지키고 자신들의 이익을 지킨 것이며, 이에 항거하고 불복하는 광주의 학생들과 민주 시민들을 또 '빨갱이'로 몰아세워 학살한 것이었다.

데모를 좀 쉬고 자제하자던 장춘이가 무슨 연유에서인진 몰라도—아마도 내가 대구로 내려간 연유와 대동소이했겠지만—고향 광주로 내려갔다가 현지 데모대에 합류한 것도 그가 빨갱이였기 때문이란 말인가?

지음의 친구 장춘이 더는 없는 세상에서도 나는 그 '서울의 봄'의 굴욕을 견뎌내면서, 독일 유학 준비를 했고, 장춘과 함께 독일어 공부를 하면서 그와 함께 가기로 했던 독일 유학을 나 혼자서 갔다. 그리고, 귀국해서는 교수가 되었으며, 기껏해야 '민주화를 위한 교수협의회'의 회원으로서 크고 작은 시국 사건이 생길 때마다 기자 회견 같은 자리에서 선언문 낭독자의 옆에 배석하곤 하는 것으로 내 양심을 달래었다. 그것 자체도 그 당시로서는 쉽지 않은 처신이기는 했다마는, 그것은 그 전에 이미 민주화를 위해 목숨을 바치거나 청춘을 감옥에서 보낸 수많은 열사와 지사의 희생의 끝자락에 와서야, 아무 상처도 입지 않고 살아남은 자의 양심 때문에 다소의 위험을 무릅쓴 불가피한 참여였다.

우리 역사에서 과연 우리는 무엇을 배웠는가? '갑오동학농민혁명'의 좌절 이래로 끊임없이 패배를 거듭하고 또 일어서 온 이 땅의 귀鬼와 신神은 언제나 그 '천도의 상연天道之常然'(수운의 「포덕문」)으로 되돌아갈 것인가?

나 최준기는 지난 2020년, 전남대에서 열린 어느 심포지엄에서 '수운의 사상'에 대한 발제를 하고 난 후의 뒷풀이 좌석에서, '광주의 5월'을 필생의 테마로 삼아 시를 써온 L시인과 처음으로 직접 대면했기에 서로 반갑게 대화를 나누다가―술김에 L시인을 일순 김장춘과 혼동했던 탓인지―무심코 다음과 같은 말을 입 밖에 낸 적이 있었다.

"광주의 5월을 생각하면, 저는 때때로 제가 경상도에서 태어난 사실이 미안하고 부끄럽습니다. 수운도 경상도인으로서 결과적으로 그의 사상이 호남의 그 많은 동학농민혁명군을 사지로 내몰아, 우금치와 구미란, 장흥 석대들을 민초들의 선혈로 물들였습니다. 또한, 뒷날 광주를 선혈 낭자한 학살의 땅으로 만든 신군부 수괴들도 대부분 경상도인이었습니다. 오늘 여기 광주 땅에 왔으니,

저는 경상도인으로서 진심으로, 광주의 지령을 타고나신 시인님께 용서를 빌고 싶습니다!"

"최 교수님! 무슨 그런 말씀을 하십니까!" 하고 L시인이 정색을 하고 말했다. "'광주'나 '전라도'는 이제 더는 지리적 개념만일 수 없습니다. 한국 현대사에서 그것은 이제 계층적 함의를 지니게 되었지요. 태생이 문제가 아니라, 누구와 연대감을 느끼느냐 하는 문제이고, '역지사지'의 문제이며, '동귀일체심同歸一體心'의 문제입니다!"

"아, 아마도 시인님의 깊은 고뇌에서 우러나온 용서의 말씀 같네요!" 하고 내가 말했다. "제 복잡한 심혼을 달래주는 따뜻한 말씀에 고마움을 느낍니다! 오늘 L시인께서 저를 위로해주신 이 말씀을 가슴에 깊이 새기겠습니다."

"교수님, 이승만 이래 박정희를 거쳐 전두환까지 내려오는 사이에, 그리고 지금도, 왜 자꾸 우리 사회에서 '빨갱이'란 말이 튀어나오고 또 새로이 '빨갱이'가 문제시될까요? 그것은 남북이 분단되어 있고, 우리 한반도를 둘러싼 4대 열강이 모두 자신의 이익을 위해 우리 분단된 국가와 민족을 교묘하게 이용하고 있기 때문입니다. 거기에 따라 우리 국민도 각자도생各自圖生의 길을 찾기 위해 대의를 잃고, 서로 분열을 일으키기 때문이지요."

"이른바 '분단 상황'이라는 우리 민족의 질곡이네요!" 하고 내가 말했다. "다행히도 요즘은 우리 국민 대다수가 이 상황을 어느 정도는 인식하고 있는 듯합니다."

"하지만." 하고 L시인이 말했다. "문제는 이 상황을 잘 알면서도, 이런 조국의 분단 상황을 자신의 출세와 이익을 위해 악용하려는 사람들이 이 땅에서 자꾸 생겨난다는 사실입니다. 우선, 우리는 이런 이기적이고 못된 사람들의 잇속을 통찰할 수 있는 안목을 길러야 하고, 이런 사람들이 권력을 거머쥐지 못하도록 막아야 합니다. 그다음으로는, 우리 각자가 문화민족의 일원으로서 국제적으로 존경 내지는 존중을 받는 신 국제시민으로 거듭나야 우리를 옥죄고 있는 이 분단이란 단단한 쇠사슬을 언젠가는 끊어낼 수 있을 것입니다. 교수님, 결국 뻔한 결론이지만, 우선 우리 자신이 똑똑하고 강해야 합니다. 일본이나 미국이 함부로 깔볼 수 없는 정의와 도덕성, 자유와 인권, 탄탄한 정치와 경제, 역지사지할 줄 아는 인문적 감각, 그리고 세계평화에 기여할 수 있는 국제 감각과 현명한 외교력을 갖추어야 합니다."

"그렇다면." 하고 내가 말했다. "L시인님의 생각에 오늘날 우리 한국의 식자들이 목표로 삼고 나아가야 할 어떤 바람직한 방향이 있을까요?"

"아, 정말 어려운 질문이십니다." 하고 L시인이 대답했다. "저의 생각으로는, 백낙청이 남한만의 반국주의적 사고의 틀을 과감히 깨고, 적어도 한반도 일국주의적 지평을 열어놓은 다음, 다시 1980년대 말부터는 세계적으로 특이한 '분단체제'라는 한반도 상황 인식을 펴면서, '1국2체제'도 아닌 일종의 '2국1체제'를 지향하고 있음은 그런대로 큰 성과일 듯합니다. 물론, 이 '2국1체제'라 할 때의 '체제'는 자본주의 세계 체제라고 말할 경우와는 차원이 다른, 자기완결성이 한결 덜한 시스템 내지는 정권을 의미하겠습니다. 또 다른 예로, 최원식은 "민중의 숨결이 밴 '장소의 혼'과 소통하는 작업"에다 "동아시아의 전통적 지혜의 학습"을 더해나가야 한다는 사유를 하던데, 아마도 우리는 이런 방향으로라도 우리의 갈 길을 계속 모색해나가야 할 듯합니다."

"제가 그분들의 현실주의적 관점을 좀 소홀하게 생각한 듯하네요." 하고 내가 말했다. "그 두 분의 사유를 따라가다 보면, 어쩌면 거기서 수운과 해월의 동학 정신을 재발견하게 될지도 모르겠습니다그려. 오늘 시인님을 직접 만나뵈어서 참 반가웠고 또 많이 배웠습니다. 고맙습니다. 언젠가 또다시 만나 서로 터놓고 대화를 나눌 수 있었으면 합니다!'

23. 알베르트 슈바이처 기념관 방문

알베르트 슈바이처 기념관이 있다는 케겔 광장Kegelplatz 4번지를 찾는 것은 그다지 어렵지 않았다. 관장인 라이너 하겐스데겐 박사는 약속대로 그의 사무실에 나와서 나를 기다리고 있었다.

"어서 오십시오, 최 교수님! '바이마르의 알베르트 슈바이처 기념관Albert-Schweitzer-Gedenkstätte in Weimar'에 오신 것을 환영합니다!"

"고맙습니다, 하겐스데겐 박사님! 이렇게 환영해주시니, 저야말로 큰 영광이올시다!"

"우선, 우리 기념관의 사무를 맡고 계시는 페트라 말리지우스 Petra Malisius 부인을 소개합니다. 최 교수님을 위해 이렇게 간단한 다과를 준비해주셨네요."

"처음 뵙겠습니다. 페트라 말리지우스입니다. 환영합니다!"

"반갑습니다, 말리지우스 부인! 이렇게 환대해주셔서 감사합니다."

"다과를 좀 드시지요!" 하고 하겐스데겐 관장이 내게 다과를 권하면서 말했다. "그럼 먼저 이 건물에 대한 설명을 좀 해드리겠습니다. 원래 이 건물은 빌란트의 친구로서 작가이며 동화 수집가이기도 했던 무제우스의 저택이었는데, 1980년에 제가 구입해서 1984년에 슈바이처 기념관을 열었습니다. 바로크풍의 3층 건물인데, 1층은 사무실과 회의실로, 2층은 슈바이처 박사 기념전시관으로, 그리고 3층은 내빈용 숙소로 사용되고 있습니다. 1층의 회의실과 3층의 두 숙소는 상황에 따라 실비 대여를 겸하고 있어서 거기서 나오는 수입으로 기념관 운영비에 보태 쓰고 있지요. 많은 방문객이 슈바이처 박사와 바이마르 시의 상호 관련성을 묻습니다. 특기할 만한 관련성은 없습니다. 하지만 인문적 문화 도시 바이마르에 인도주의적 실천가 슈바이처 박사를 기리는 기념관이 있다 해서 조금도 이상할 게 없다는 것이 저의 일관된 설명이지요. 자, 그럼, 전시실로 가보실까요?"

이렇게 말하면서 하겐스데겐 박사는 앞장서서 2층으로 올라가는 층계 쪽으로 나를 안내했다.

슈바이처 박사의 탄생과 성장에 관한 사진 자료들, 슈트라스부르크 대학에서 신학과 철학, 그리고 음악(오르겔과 피아노)을 공부하던 시절의 자료들, 아프리카로 가서 봉사하기 위하여 슈트라스

부르크대학 신학과 강사Dozent 신분으로 다시 시작한 의학 공부 등에 관한 사진들, 아프리카 가봉의 랑발레네Lambalene에서의 의료봉사와 그의 검소한 생활에 관한 사진들 및 그 설명문, 그의 만년의 반전反戰 및 반핵 운동에 관한 자료 등이 연대순으로 잘 전시되어 있었다.

"슈바이처 박사는 자신을 일차적으로 철학자라고 생각했는데, 그는 많은 어록을 남겼습니다. 이를테면, 여기 이 문장을 한번 읽어보실까요?

　'나는 살고자 하는 생명체들 한가운데에 있는, 살고자 하
　는 생명체이다Ich bin Leben, das lebenwill, inmitten von
　Leben, das lebenwill.'

다소 어려운 복문으로 되어 있는 이 문장은 '생명에 대한 경외 Ehrfurcht vor dem Leben'라는 그의 윤리관의 핵심을 잘 드러내주고 있습니다. 그에 의하면, '사람들은, 자기 자신과 자신의 한계에 대해 생각하다가, 그들 자신들이 모두 자기 자신과 자신의 한계에 대해 생각하는 형제들Brüder이라는 사실을 서로 인식하게 된다'는 것입니다.

요컨대, 슈바이처는 빵의 반죽에 효모가 필요하듯이, 우리 인간이 가혹한 현실에 부딪힐 때, 칸트의 정언명령定言命令과도 흡사한

윤리적 확신이 필요하다고 생각했습니다.

여기서 우리는 슈바이처를 단순히 아프리카에 병원을 짓고 의료봉사를 한 실천가로만 보아서는 안 됩니다. 그는 자신과 모든 피조물의 한계를 인식하고 그런 한계를 아는 모든 피조물과 인간을 형제로 생각한 철학자입니다.”

여기서 하겐스데겐 박사의 설명이 끝나고 안내도 끝이 났다. 계단을 내려오면서, 내가 말했다.

“친히 안내해주셔서 대단히 감사합니다! 제가 평소에 알베르트 슈바이처 박사를 좀 안다고 생각했습니다만, 오늘 하겐스데겐 박사님의 설명을 들으니, 한 가지 새로이 깨닫는 바가 있네요. 그것은 1860년 5월 25일(음력 4월 5일)에 우리 한국에서, 즉 당시 조선이라는 기울어져 가던 왕국에서, 자신과 이웃의 마음 안에 ‘하느님’의 존재를 발견한 선각자가 있었는데, ‘자신과 이웃이 평등하다’는 그의 생각과, ‘무위이화’라는 그의 세계관이 모든 생명체에 대한 경외심을 지녔다는 의미에서, 의외로 기독교적 신학자요 철학자인 슈바이처 박사와 아주 흡사합니다그려! 제가 지금 ‘수운 최제우’와 그의 후계자 ‘해월 최시형’이라는 한국인들이 생각했던 ‘하느님’, 즉 사람이 ‘각자의 마음속에 하느님을 모시고 있다는 생각[侍天]’에 대해 자세히 설명해드릴 수 없어 유감입니다만……”

“아, 예, 다음 주 목요일에 예나대학 철학과에서 강연하신다는 소식은 폰 쥐트휘겔 박사님한테서 들어서 잘 알고 있습니다. 저도 예나로 가서 최 교수님의 강연을 들을 예정이니까요……."

"아, 그래요? 감사합니다만, 친히 예나까지 오실 필요가 있을는 지요……. 송구합니다! 아무튼, 오늘 저는 바이마르의 알베르트 슈바이처 학회에 입회하고 싶습니다. 지리적으로 너무 멀리 떨어 져 있어서, 그리고 연로한 시점에서의 입회이다 보니, 앞으로 제 가 회원으로서 활발한 활동까지는 못 하더라도, 그지 상징적 의미 에서 회비를 납부하고 귀 학회의 회원이 되고 싶습니다. 저의 입 회를 받아주시면 감사하겠습니다."

"아, 그것참, 고마운 말씀이시네요!" 하고 사무실 안으로 먼저 들어서면서 하겐스데겐 박사가 기쁜 목소리로 말했다. "말리지우 스 부인, 최 교수님께서 우리 학회에 입회하시겠다네요! 우리 학 회의 회원으로, 아니, 명예 회원님으로 모셔야 할 듯합니다. 입회 서식을 드려 교수님의 귀하신 서명을 받아두시기 바랍니다. 그러 시고 나서, 여기 케겔 광장 정원에 있는 알베르트 슈바이처 박사 의 동상 앞에서 오늘 우리 두 사람의 만남을 기념하는 사진 촬영 을 좀 부탁드릴게요."

24. 기억을 위한 투쟁

　오늘 오전에는 바이마르 교외 에터스베르크Ettersberg에 있는 부헨발트Buchenwald의 강제수용소 기념관을 방문하기로 했다.

　빌란트와 헤르더, 괴테와 쉴러, 철학자 니체와 음악가 리스트와 같은 이름들을 상기시키는 위대한 문화 도시 바이마르의 찬연한 영광에는 부헨발트라는 '어두운 그림자'가 늘 함께 드리워져 있다. 부헨발트—이곳은 바이마르 북쪽의 에터스베르크라는 산에 있는 '너도밤나무의 숲'이라는 의미의 조그만 평지인데, 여기에 나치의 '친위대(SS, Schutzstaffel)'가 1937년에 강제수용소(KZ, Konzentrationslager)를 설치하고, 독일 내의 유대인, 신티와 로마 Sinti und Roma족 등 부랑자들, 그리고 사상범들을 강제로 감금하였다. 그리고, 제2차 세계대전이 발발한 1939년부터는 온 유럽의 독일 점령지들로부터 강제 송환되어 오는 유대인들과 나치 지배

체제에 저항하던 유럽 각국 인사들을 가두고 강제노역을 시켜서 수인囚人들의 노동력을 끝까지 착취한 다음, 그들을 끝내 굶주림과 영양실조로 죽어가게 만든 악명 높은 강제 구금 시설이었다.

이 시설은 1945년 이후 소련 점령군 시절에는 정치범 수용소로도 사용되다가, 동독 정권 때에 강제수용소 기념관이 되었다. 하지만, 통독 이후에야 비로소, 독일 정부는 이 강제수용소에서 자행된 만행을 자국 국민과 세계인에게 널리 알리고, 다시는 그런 만행이 저질러지지 않도록 나치 정권의 죄행을 '기억하게' 하려는 기념관 및 자료관 등이 대거 증축되어, 일종의 '다크 투어리즘 dark tourism'의 명소로 되었는데, 당시 수감자들의 소지품과 생활용품 등을 전시한다든가 수감자들의 궁핍한 일상을 찍은 사진들을 전시하고, 생존자들의 증언과 녹취록 등이 관람객들에게 개방되고 있다.

강제수용소 수감자들 중에는 '유대인이란 이유로 죄 없이 끌려온 온 가족들', '일정한 주거가 없이 악기를 들고 다니며 방랑 생활을 한다는 이유로 수감된 일족들', '이유 없이 재산을 빼앗긴 체코의 사업가', '프랑스 레지스탕스 운동에 참여한 스페인 지식인' 등등이 있었다. 또한, 그들의 증언 중에는, "그것은 감옥이 아니라 이미 무덤이었다.", "그 안에서는 자기 의지와 체력 밖에 의지할 것이라곤 아무것도 없었다.", "그 비참한 극한 상황 하에서도 수감자들이 어린이들을 먼저 배려하는 데에는 모두 한 마음이었다."는 등

등 참고할 만한 기록들이 많이 보였다.

두어 시간의 관람이 끝나자 나는 전에도 그랬듯이 머리가 심히 아프고 구토가 날 듯했다. 그래서 나는 돌아오는 버스 안에서 내가 다시 이곳에 온 것을 잠시나마 후회했다. 하지만 바이마르에서 독일인들의 찬연한 문화를 본 사람은 반드시 이렇게 그들의 치부도 보아야 한다. 그리고 무엇보다도 그들 독일인이 자신들의 후세와 세계인들에게 나치 시대의 죄악상을 보여주고 그 야만의 역사를 자기 경고의 대상으로서 '기억'하고, 또 남에게도 '기억시키고자' 노력하고 있는 사실을 보아두어야 한다는 것이 내 생각이었다. 그 래서 나는 이런 불쾌한 관람을 또다시 하게 되었다. 이런 종류의 기념관 및 자료관이 뮌헨 근처의 다하우Dachau에, 그리고 이렇게 부헨발트에 존재하기까지에는 전후 독일의 많은 시인과 작가, 그 리고 정치가와 민주 시민의 노력, 즉 그들의 '기억을 위한 투쟁'이 있었다는 사실을 나는 잊지 않고 '기억'하고 싶었다. 바이마르란 도시의 '밝음' 뒤에 숨어 있는 이 '어두움'을 다시 한번 확인하기 위해 나는 내 딴에는 소중한 시간을 일부러 내어 오늘 부헨발트에 다시 온 것이었다. 벌써 네 번째의 부헨발트 방문이었다.

바이마르역 광장 앞에서 버스를 내리자마자 나는 역 바로 맞은 편에 있는 '아우구스타 황후 호텔'로 들어가 그 부속 식당에서 비용을 아끼지 않고 늦은 점심 식사를 주문했다. 그러나, 부헨발트 에서 본 여러 사진과 기록물들의 잔영 때문에 음식에 거의 손을 대지 못했다. 간신히 목을 추기고 요기만 조금 하고 나자, 나는 애초의 계획대로 도서관으로 갈 여력이 더는 없는 듯해서 그 길로 그만 폰 쥐트휘겔 저택의 '조상의 방'으로 되돌아오고 말았다.

방에 돌아와 잠시 쉬면서 핸드폰을 체크하다 보니, 카카오톡과 페이스북에 야단이 나 있었다. 홍범도 장군이 공산당에 가입한 사실이 있으므로, 홍 장군의 흉상을 육사 교정에서 다른 곳으로 옮기는 것이 좋겠다는 정부 및 여당의 발상에 대해 국민들의 항의가 빗발치고 있었다.

홍범도 장군이 1927년 소련 공산당에 정식 입당해 활동했다고 해서 공산당 전력이 있다고 흠결을 내어 육사 생도들의 모범인물에서 제외하려는 모양인데, 당시 항일 투쟁을 하는 데에는 약소민족 독립을 지원하겠다고 밝힌 소련 당국과의 협력이 불가피하지 않았을까 싶다.

머나먼 이국 카자흐스탄까지 강제 이주를 당하신 다음, 1943년에 타국에서 운명하신 지 78년 만인 2021년에야 간신히 유해로 귀환하신 독립투사 홍범도 장군조차도 지금 우리나라의 위정자들한테는 공산주의자 전력 때문에 육군사관생도들의 귀감이 될 수 없다고 간주되는 모양이다.

우연인지는 몰라도 이것은 최근 일본 정부에 대한 우리 정부의 다른 굴종적 태도와도 무관하지 않은 것으로 보인다. 최근의 후쿠시마 핵 오염수 해양 방류에 대한 우리 정부와 여당의 지나친 옹호 태도에서도 이런 굴종적 태도가 확인되는 듯했다. 우리 정부는 어떤 의미에서는 일본 정부보다 더 적극적으로 그 핵 오염수 해양 방류가 과학적으로 무해함을 적극 대변하는 듯했는데, 과연 우리 대한민국 정부가 이렇게까지 불필요하고도 무리하게 일본 편을 드는 이유가 무엇일까? 이들 신 친일파들한테는 항일 독립운동의 투사 홍범도 장군의 흉상조차도 눈에 거슬리는 것일까? 아니면, 그들한테는 독립운동가들의 흉상들이 대한민국 육군사관학교 교정에 세워져 있는 것이―마치 세계 곳곳에 설치되어 있는 '소녀상'처럼―일본에 대해 미안한 일로 여겨지는 것일까? 이런 신 친일파들과 그 추종자들이야말로, 수운의 표현에 의하면, '각자위심各自爲心'하는 이기주의자들이 아닌가! 19세기 후반, 조선이란 나라가 기울어져 가고 있고 민초들은 탐관오리의 수탈에 괴로워하고 있을 때, 수운은 '보국안민'을 위하여 동학을 창시했으며, '개 같은 왜적 놈'(안심가)과 '요망한 서양적西洋賊'(권학가)을 조심하라며, 우리 겨레 모두의 '동귀일체同歸一體'를 설파했다.

수운이 '좌도난정左道亂政'이란 죄목으로 순교하고 난 뒤 30년 만인 1894년에 동학농민혁명군이 1차 봉기했을 때, 전봉준은 동학농민군이 결코 고종 임금께 거역하는 것이 아니라, 임금의 총명을 가려서 국록을 도둑질하고 불쌍한 백성들을 수탈하는 탐관오리를 응징하겠다는 것이라고 그 거병의 목적을 명백히 밝힌 바 있었다. '전주 화약' 이후 동학농민혁명군을 자진 해산했던 전봉준

이 다시 제2차 봉기를 한 것은 같은 해 7월 '왜군'이 경복궁에 침입하여 고종 임금을 사실상 '연금'하고 그들 '왜적'의 말을 그대로 따르는 김홍집 '친왜괴뢰정권'이 '왜국'의 뜻대로 움직이고 있었기 때문이었다. 여기서 명백히 강조되어야 할 점은 7월 말에 시작된 '갑오왜란'(궁궐 침입, 청일전쟁 및 갑오경장 포함)이 동학농민혁명군의 제2차 봉기의 결정적 원인이 되었고, 이렇게 '갑오왜란'에 저항하여 제2차로 봉기한 동학농민혁명군은, 임진왜란 때의 의병과 마찬가지로, 포악한 '왜적'으로부터 사직을 보호하고자 했다는 사실이다. 유감스럽게도, 간교한 일본이 조선의 임금 고종을 미리 경복궁 안에 '연금'(또는, '생포')해놓았기 때문에, 그리고 '괴뢰정권'과 그 휘하의 관군이 이미 일본의 수족이 되어 있었기 때문에 동학농민혁명군은 임진왜란 때의 '의병'과는 달리, 임금과 관군의 지원을 전혀 받지 못한 채 고립된 처지에서 일본의 신무기와 싸워야 했다. 임금과 고립되고, 관과 당시 식자층의 지원을 전혀 받지 못한 채, 신식 무기로 무장한 왜적을 상대할 수밖에 없었던 동도東道 대장 전봉준은 그야말로 고립무원孤立無援이었다. 임금의 '연금 상태'와 '괴뢰정권'의 '친왜' 정책, 그리고 당대의 식자층이라 할 유생들의 적대시―이런 상황이야말로 전봉준에게는 일본군의 신식 무기보다도 더 무서운 것이었다. 임진왜란 때와는 달리, '갑오왜란' 때에는 이미 임금과 정부, 그리고 관군이 일본의 손아귀에 들어 있었고, 동학농민혁명군만이 '왜적'의 유일한 걸림돌로 남아 있었던 것이다.

일본군 히로시마 대본영의 카와카미 소오로쿠川上操六 병참총감이 1894년 9월 29일 자로 이토 스케요시伊藤祐義 인천 남부병참감에게 보낸 "동학당에 대한 조치는 엄렬嚴烈함을 요한다. 이제부터는 모조리 살육하라."(김용옥, 『동경대전 2』)는 명령은 일본이 '갑오왜란' 때 이미 조선을 자기들의 식민지로 간주하고 있었으며, 동학농민혁명군을 조선에 남은 가장 큰 걸림돌로 간주하고 있었음을 은연중에 폭로하고 있다. 을사늑약보다 10여 년 전인 1894년 9월에 이미 일본인들은 자기들끼리 이런 명령을 주고받고 있었고, 이런 명령에 따라 우리 동학농민혁명군이 일본군의 신무기에 의해 도륙당한 것이었다.

동학농민혁명의 좌절로부터 을미왜변, 아관망명, 대한제국의 선포와 곧 이은 을사늑약, 한·일합병, 3·1 혁명과 상해 임시정부의 대한민국 선포(1919년 4월), 해방과 분단, 한국전쟁, 4·19 혁명, 5·16 군사 쿠데타, 6·3 단식항쟁과 한일기본조약 체결, 유신시대, 12·12 군사반란과 신군부 독재, 5·18 광주민주화운동, 6월 민중항쟁, 문민정부 이래의 역대 민주정권의 부침, 박근혜 탄핵 및 촛불 혁명, 문재인 대통령의 실패한 검찰 개혁, 그리고 그 반동으로서의 '검찰 공화국' 등등 무려 130년이 흘렀다. 그런데도, 식민 지배에 대한 일본의 반성과 우리 겨레한테 저지른 그들의 죄과에 대한 뚜렷한 반성이나 사죄가 없는 가운데에, 이 땅에는 다시

신친일파가 등장하고 있다.

'그 이유가 대체 무엇일까? 전후 독일인의 철저한 자기반성과 '기억을 위한 투쟁'을 생각할 때, 우리의 이웃인 일본의 몰역사적 태도에 대해 우리는 어떤 자세를 지녀야 할 것인가? 그리고, 우리 내부에서 생겨나는 이런 신 친일 세력에 대하여 우리 국민은 과연 어떻게 대처해야 할 것인가?'—이런 어수선한 자문들에 시달리면서, 나는 뜨거워진 내 머리를 좀 식히려 했지만, 앉은 자리에서 그대로 까무룩 잠이 들고 말았다.

"준기야, 숨차지? 이리로 올라와!"

"아, 장춘아, 네가 어찌 여기 바이마르에?"

"아니, 여긴 남원 교룡산성蛟龍山城 터야! 언젠가 내가 너를 안내해주겠다고 약속했잖아, 남원의 은적암隱跡庵 터! 수운 선생이 은거하시며 「권학가」, 「동학론」, 「통유通諭」, 「수덕문修德文」, 「몽중노소문답가」 등을 쓰신 곳 말이야! 우선, 여기 이 푯말부터 읽어봐! '김개남동학농민군주둔지'라고 쓰여 있지? 이 교룡산성 터에서 김개남 휘하의 동학농민혁명군이 주둔하기도 했거든! 옛 성문 안으로 일단 들어가 보자! 은적암 터는 여기서 한참 더 올라가야 해! 조금 올라가면, 선국사善國寺란 절이 나오는데, 그 절을 왼편에 끼고 조금 더 올라가야 은적암 터가 산 중턱에 살짝 숨어 있어. 준기야, 숨이 차면 말해! 좀 쉬어 갈까?"

"아니, 괜찮아! 네 뒤를 이렇게 천천히 따라갈게!" 하고 내가 말했다. "네 그 회백색 도포 자락을 뒤따라 올라가자니 한결 몸이 가볍게 느껴지네!"

"그래, 회백색 도포를 입은 내가 좀 어색하지? 광주 도청에서 죽은 우리 원혼들의 복장이야. 아무튼, 내 도포 자락을 따라오자면, 이 오르막길이 크게 힘들진 않을 거야. 덕밀산德密山 안에 있다고 '덕밀암'이라고 부르던 암자였는데, 1861년 섣달그믐날부터 이듬해 7월 초까지 수운 선생이 거처하시면서 '은적암'으로 고쳐부른 듯해. 반상班常의 차별이 없다는 수운의 가르침에 경상도 유생들이 자신들의 기득권에 위기감을 느껴 수운을 적대시했으니, 참 한심하고도 가증스러운 노릇이지! 국운이 기울고 있는 판에 양반의 그 알량한 기득권을 지키자고 선각자 수운을 음해하려 했으니 말이야! 조선의 성리학에 망조가 든 게지! 은적암이란, 그들의 고변告變을 피해, 수운이 자취를 감추고 여기에 은거하셨다는 의미 아니겠어? 아, 여기가 선국사란 절인데, 원래는 용천사龍泉寺란 이름이었어! 교룡산蛟龍山이란 이름이 이미 '이무기'를 품고 있는데다 '용천'이란 샘물까지 있어서, 산과 절의 이름이 다 이무기와 용을 품고 있으니, 벌써 심상찮지? 절 구경은 내려올 때 하기로 하고, 우선 조금만 더 올라가 보자! 수운 선생한테는 경상도의 경직된 도학적 분위기보다는 이곳 남원의 개방적이고 문화적이며 서민 친화적인 분위기가 더 마음에 드셨을 것으로 짐작되네."

"그래, 경상도라는 곳은 지식인도 대체로 현학적이고 권위주의적이지. 당시의 경상도는 특히 억압적 요소가 많은 강고한 신분사회였던 것 같아. 나라가 망해가는 데도 자신들의 기득권을 지키려 수운을 탄압하고 관아에 고변한 유생들이 정말 가증스러워!"

"수운 선생한테는 답답한 경상도를 떠나 이곳 남원에 오신 것이 일단 속 편하셨을 듯하네. 아, 여기 왼쪽으로! 왼쪽으로 조금 들어가 보자! 여기가 바로 은적암이 있던 곳이야! 이렇게 터만 쓸쓸히 남아 있어! 지금은 천도교 서울교구에서 이렇게 안내판 하나만 달랑 설치해두었는데, 수운의 사상이 문자화를 이룬 유서 깊은 옛터치고는 너무 초라해 보이잖아?"

"그렇긴 하네. 그런데 저기 저 안쪽 한구석에 무엇인가가 더 있나 본데?" 하고 내가 말하면서, 그 구석 쪽으로 발걸음을 옮겨 가 보니, 큰 돌비석 하나가 우뚝 서 있었다.

"아, 그건 거기에 옛 산신단山神壇이 있었다는 유래비야. 말하자면, 덕밀암이 생기기 이전에는 여기가 산신을 경배하던 곳이었단 말이 되지. 모든 터에는 그 전의 흔적이 남아 있기 마련이지. 이를테면, 경주 남산에 흩어져 있는 그 많은 마애 불상들도 자세히 뜯어 보면, 산신상을 덧쪼아놓은 흔적이 보일 때도 있거든! 말하자면, 광주에서 시민학살이 있기 이전에 이미 공주 우금치에서, 구미란 산기슭에서, 장흥 석대들에서 동학농민혁명군 학살이 있었다는 것과 비슷한 얘기 아니겠어? 전라도에서뿐만 아니라 자네

256

고향 영천 아작골에서도, 제주 산간에서도…… 전라도는 더는 전주와 나주를 중심으로 하는 지리적 명칭만이 아니라, '가난하고 힘없는 백성들이 억울한 일을 많이 당한 곳'이란 뜻을 품게 되어 버렸지! 자네 고향인 경북 영천도, 제주도도 '전라도'일 수 있단 말이네!"

"웅, 그런데, 장춘아, 말이 났으니 말인데, 한 가지 물어보자!" 하고 내가 장춘에게 그해 5월 왜, 어쩌다가 광주로 내려갔는가를 물어보려고 했다. "아, 장춘아!……." 하고 나는 장춘의 이름을 불러보았지만, 문득 내 친구 장춘은 간데없었고, 방 안으로는 창문 틈을 통해 한 줄기 저녁 햇살이 스며들고 있었다.

여기 바이마르에서 뜻밖에도 장춘이 내게 나타나 준 것이 반갑기도 하고 슬프기도 했다. 1980년 어느 봄날 대학 캠퍼스에서 우리가 서로 자기 고장에 대해 잠시 얘기를 나누던 끝에 나는 장춘에게 나를 언제 한번 그의 고향 광주에 데려다 달라고 부탁했다. 장춘이 잠시 나를 바라보더니 이윽고 말했다.

"그렇게 잠깐 봐서는 광주를 알기 어려워! 광주를 알려면, 우선 무등산을 알아야 하고, 신라 사람 원효가 왜 옛 백제의 무등산으로 왔는가를 알아야 하지. 다산 초당이 있는 강진, 대흥사가 있는 해남, 운주사 와불들이 있는 화순, 섬진강이 흐르는 곡성 등 광주를 둘러싸고 있는 고을들의 지령을 알아야 하고, 순천의 김승옥,

장흥의 이청준, 목포의 김지하를 품었다가 방출한 광주라는 도시의 숙명을 알아야 하는데, 준기야, 미안하지만, 너 같은 초심자한텐 광주는 아직 너무 난코스야. 아무튼, 지리적으로도 광주는 일단 너무 머니까, 우선은 너를 전라북도 남원의 은적암 터에 한번 데려가 줄게!"

그런데 장춘이 나와 유명을 달리하고 40여 년이나 지난 오늘, 하필이면 오늘, 그 약속을 여기 바이마르에서 지킨 것인가 하고 생각하니, 나는 문득 그가 애틋하게 그리웠고 나 자신이 무척 외롭고 슬픈 존재로 느껴졌다. 뜬금없이 장춘이 평소 즐겨 부르던 노래 한 가락이 생각났다.

동도 없고 서도 없다 경계 모르는 우리들
훠얼헐 훠얼훨 높이 나는 두루미 떼
비바람 몰아쳐도 함께라면 갈 수 있다
그 옛날 조선祖先들의 눈물 섞인 압록강
백두산 능선마다 청초한 야생화들
가자, 훠얼훨! 날자, 훠얼훨! 정다운 산하여!
우린 경계를 모른다, 동서도 남북도!

또한 장춘은, 신명이 나면, 캠퍼스의 버들골 잔디밭에 앉은 채 소리도 한 가락 뽑아젖히곤 했다.

258

하날의 직녀성은 은하수 맥혔어도 일 년 한 번 보건마는

우리 님 계신 곳은 무삼 물이 막혔관디 이다지도 못 오신가

쿵따닥 쿵따닥 쿵딱 쿵딱 쿵딱딱!

25. 신은 죽었다!

아침에 몸이 좀 찌뿌둣해서 집을 나오자 한적한 길을 따라 무작정 산책을 좀 했다. 그러다 보니, 갑자기 눈에 익은 '유겐트슈틸Jugendstil'의 아담한 건물 하나가 나타났다. 그 순간 나는 내가 어쩌다가 '니체 서고' 앞에 당도해 있음을 깨달았다. 내가 지난날 여기서 연구 생활을 한 적도 있었기 때문에, 나는 이번에 바이마르에 도착한 이래로 꼭 한번 여기로 와보고 싶었건만, 그동안 하루하루 바이마르에서의 일정을 따라가다 보니, 여기 와보는 것을 그만 깜빡 잊고 있었었다.

여기서 그 영민하던 젊은 철학자 니체가 10년이 넘는 '정신적 암흑 상태geistige Umnachtung' 끝에 1900년 8월 25일 드디어 마지막 숨을 거두었고, 그 뒤에 그의 누이동생 엘리자베트가 벨기예 출신의 건축가 및 디자이너였던 앙리 반 데 벨데Henry van de

Velde에게 의뢰, 이 건물의 내외를 새로이 개수하여 '니체 서고'로 만든 것이었으며, 현재 이 건물은 '바이마르 고전 재단'에 속해 있는 일종의 박물관으로서, 니체의 생애에 관한 각종 자료와 문헌을 보관·전시하고 있으며, 니체에 관해 연구하고자 하는 학자들을 위한 특별 도서실과 몇 개의 부속 숙소를 운영하고 있다.

나는 서고의 입구에 있는 매표소에서 일단 입장권을 구입한 후, 건물 안으로 들어갔다. 건물 안의 내벽, 창문들과 비치된 가구들 등에서 바이마르 바우하우스Bauhaus의 지도자였던 건축가 앙리 반 데 벨데의 디자인 감각의 자취를 아직도 찾아볼 수 있었기 때문에, 나는 그 실내에서 아담하고도 산뜻한 현대적 분위기를 느낄 수 있었다.

박물관의 전시를 대강 훑어본 다음, 나는 도서실의 입구를 지키고 있는 금발의 젊은 여성 안내원에게 말을 걸고 내 명함을 건네주면서 내가 전에 여기서 연구 생활을 한 적이 있기에, 잠깐 도서실에 들어가 새로 들어온 신간이나 한번 훑어보고 싶은데, 잠시 입실이 허용될 수 있겠는지를 정중히 물었다. 안내원이 '독일연방공화국 십자공로훈장Bundesverdienstkreuz'을 받았다는 내 명함을 들여다보며 잠시 고개를 갸웃거리긴 했지만, 현재 실내에서 책을 읽고 있는 연구자들에게 방해가 되지 않도록 조심만 해준다면, 잠깐의 입실은 허용될 수 있겠다는 대답을 간신히 얻어낼 수 있었다.

나는 우선 잡지 전시대에 놓여 있는 니체에 관한 몇몇 정기 간행물의 최근 호들을 한번 죽 훑어보았으나, 눈에 익은 학술 잡지의 표지들이 보였을 뿐, 괄목할 만한 새 간행물은 없었다. 실은 그 잡지들에 실린 최신 논문들의 제목이라도 한번 훑어보면서 내 새로운 연구에 참고가 될 만한 아이디어라도 얻고자 한 것이었는데, 막상 이곳에 오고 보니, 그런 연구 의욕이 내 의중에 더는 남아 있지 않다는 사실이 뒤늦게나마 스스로 확인되었다. 금발의 그 여성 안내원은 내게 더는 관심이 없는 척했지만, 그녀가 곁눈질로 내 움직임을 체크하고 있음은 은연중에 느낄 수 있었다. 그래서, 나는 다소 어색해 보일 수 있는 내 행동을 어느 정도 카모플라주 하기 위해서 서가로부터 니체 전집 중 한 권을 뽑았다. 그것은 마침 『즐거운 학문Die fröhliche Wissenschaft』이었다. 나는 유명한 '제125호 잠언'을 찾아, 그것을 눈으로 읽어보았다.

"신은 어디에 계신가?" 하고 그는 외쳤다. "내 그대들에게 말하거니와, 우리가 신을 죽였다, 그대들과 내가! 우리 모두가 그를 죽인 살인자들이다! 그러나 우리는 그를 어떻게 살해했던가? 우리가 어떻게 바닷물을 다 마셔버릴 수 있었던가? 그 수평선 전체를 고갈시켜 없앨 수 있는 흡착 스펀지를 우리에게 준 것은 누구였던가? 우리가 태양으로부터 지구를 떼어내다니, 우리는 대체 무슨 일을 저질렀는가? 이제 지구는 어디로 움직여가고 있나? 우리는 모든 태양들로부터 떨어져 지금 어디로 가고 있나? 우리는 계속해서 추락하고 있지 않은가? 그것도 뒤로, 옆으로, 앞으로, 모든 방향으로! 아직도 위와 아래가 있긴 한가? 우리는 무한한 허공에서 방황하고 있는 게 아닌가? 텅빈 공간이 우리를 에워싸고 있지 않은가? 더 추워진 것이 아닌가? 자꾸만 밤이, 자꾸 밤만 오는 게 아닌가? (……) 신은 죽었다! 신은 이제 죽고 없다! 우리가 그를 죽였다! 모든 살인자들 중의 살인자인 우리는 어디서 위로를 찾을 것인가?"

나는 그만 책을 덮고 도서실을 나오며, 금발의 젊은 여자 안내원에게 고맙다는 뜻으로 목례를 했다. 그러고 나서 나는 의아해하면서 내 뒷모습을 바라보고 있을 그녀의 시선을 느끼면서, '니체 서고'의 바깥으로 천천히 걸어 나왔다.

하늘은 마치 한국의 가을 하늘처럼 파랗게 빛나고 있었고, 청백색 구름 조각 몇 개가 신라 금관의 곡옥曲玉 모양을 한 채 파란 하늘 위에 여기저기 떠 있었다.

신의 존재를 최초로 의심하기 시작한 것은 이성을 앞세운 데카르트였다. 데카르트 다음에는 단연 스피노자인데, 그는 세상 만물을 '능조적 자연(能造的 自然, natura naturans)', 즉 신과, '소조적 자연(所造的 自然, natura naturata)', 즉 피조물들로 나누고, 피조물들이 신의 자식으로서 신의 속성을 지닌 것은 필연적 사실이지만, 신이 더는 피조물의 삶을 두루 다 섭리하지는 못한다는 생각을 내어놓았다. 이른바 '범신론汎神論'이라고 부르는 이 새로운 신관神觀은 가히 획기적인 발상으로서, 신의 창조를 자연의 창조로서 이해하되, 피조물에 대한 창조자의 섭리는 더는 인정하지 않는 최초의 신학적, 철학적 '반란'이었다. 이런 생각을 이어받아, 신에게 은밀한 도전장을 내민 것은 실은 칸트로서, 그는 인간이 알 수 없는 '물자체(物自體, Ding an sich)'를 제외하고, 인간이 인식할 수 있는 모든 것을 한껏 궁구해놓았다. 이 칸트 철학을 발판으로 헤겔은 변증법을 제시하고, 그 정반합正反合, 정반합, 정반합의 무한한 역사 발전의 꼭대기 위에 '신' 대신 '절대 정신absoluter Geist'이란 가상(假象, Schein)을 올려놓았다. 헤겔의 제자였던 포이어바흐는 한 술 더 떠서 신이란 것도 어쩌면 인간의 필요성에 의하여 인간이 창조해놓은 존재가 아닐까 하는 불경한 의심을 세상에 내어놓기에 이른다. 이에, 마르크스는 포이어바흐의 이 생각을 발판으로 하고 그것을 밟고 일어서면서, 인간이 아니라 환경이, 인간을 둘러싼 여러 조건들이 인간의 삶을 결정한다는 이른바 유물론을 제기한다. 신의 자리에 인간을 올려놓은 포이어바흐의 생각에서 출발한 마르크스는 그 인간의 자리에 다시 환경을 대입한 것이었다. 이에, 목사의 아들이었던 니체가 마침내 '신은 죽었다'는 뼈아픈 선언을 하게 되는 것이다.

'신은 죽었다'는 니체의 선언은 중세 천년 동안 굳건히, 그리고 19세기까지도 아직 일반적으로는 유일 및 절대 신을 믿어온 서양인에게는 일대 충격이었음에 틀림없겠다. 신이 없는 세상에서 인간은 이제 '형이상학적 노숙 상태'에 빠져들 수밖에 없는데, 앞, 뒤, 옆, 위, 아래가 없는 바로 이 절망적 추락을 극복하고자 실존주의 철학이 나온다. 하느님 대신에 이제는 인간이, '형이상학적 지붕'이 없이 홀로 내던져진 인간이 자신의 삶을 결정하고 그 책임을 져야 한다는 생각이 바로 실존주의다.

 하지만 우리 한국의 지식인이 1950년대 말에 실존주의적 고민에 빠질 이유나 필연성이 과연 있었을까? 우리 한국인은 부엌에도, 곡간에도, 변소에도 신이 있다고 믿어왔고, 산에도, 강에도, 땅에도 신이 있으며, 하느님까지도 절대적 권능의 창조주 및 섭리자가 아니었기 때문에, 하느님이 죽는 일도 있을 수 없었다. 그런데, 지난 세기의 50년대 말에 한국의 지성인들과 문학인들이 실존주의적 고민에 머리를 싸맬 필요가 과연 있었던가 말이다! '형이상학적 노숙 상태'에 빠진 기독교적 서구인들의 고민에 편승한 쓸데없는 '흉내 고민' 때문에, 정작 우리 한국인이 당면해 있던 전후의 여러 문제와 민족의 분단 상황에 대해서는 '올바른 고민'을 못했던 측면은 없었던가?─이런 생각에 잠긴 채, 나는 아나 아말리아 도서관을 향해서 천천히 걸어가고 있었다. 내가 지금까지 전공해온 서양철학이란 것이 서양인의 사고방식, 종교와 문화를 올바르게 이해하기 위해서 다소 필요했던 것은 사실이지만, 나는 그 철학이 우리 땅에서, 우리 한반도에서 우리가 당면한 여러 문제를 해결하는 데에는 막상 별 도움이 되지 못했다는 사실을 유감스럽지만 인정하지 않을 수 없었다. 생각하면, 이 사실은 나 자신을 위해서나 내 나라를 위해서나 실로 허망한 일이 아닐 수 없었다.

26. 미국인 캐서린 골드버그

부엌에서 '아벤트브로트Abendbrot'로 간단히 저녁 식사를 해결하고 나서 '조상들의 방'에서 동학에 관한 자료를 막 읽기 시작한 참인데, 노크 소리가 나더니, 올가가 방문을 열고 살짝 고개를 들이밀면서 말했다.

"괜찮으시다면, 2층으로 좀 올라오시래요. 클라라와 하르트무트가 포도주나 한잔하자는데요."

내가 2층의 주인집 거실로 올라가니, 클라라와 하르트무트 부부 외에도 한 60쯤 돼 보이는 어떤 여자 손님이 하르트무트 옆에 앉아 있었다.

"어서 오십시오!" 하고 하르트무트가 나를 보고 말했다. "혹시 바쁘시지 않으면, 같이 한잔할까 해서요. 여기는 캐서린 골드버그라고 외교관 출신의 미국인이신데, 우크라이나 전쟁의 평화적 해결을 위해 요즘 나와 협력 관계에 계신 분입니다. 이쪽은 한국에서 오신 최준기 교수님으로서, 철학자이십니다."

"반갑습니다! 최준기입니다." 하고 내가 말했다.

"안, 녕, 하, 십, 니, 까?" 하고 그녀가 똑똑 떨어지는 발음으로 한국말 인사를 했다. "캐서린 골드버그입, 니, 다!"

그녀가 친절한 미소를 띠고서 내게 고개를 조금 숙여 보였다. 연한 금발에 피부가 유달리 희고, 두 눈이 서글서글하게 보이는 여인이었다.

올가가 내 앞 탁자 위에다 좀 크다 싶은 포도주 잔을 갖다 놓고 백포도주를 3분의 1 잔쯤 따라준 다음, 클라라 옆의 원래 자기 자리로 돌아가 앉자, 하르트무트가 말했다. "자, 우리 건배하십시다! 우크라이나에 하루속히 평화가 오기를! 춤볼!"

"캐서린은 서울 주재 미국 대사관에서도 근무한 적이 있다네요!" 하고 클라라가 보충 설명조로 말했다. "두 분이 한국 얘기도 좀 나누시면 좋을 듯해서, 갑자기 준기 씨를 오시라고 한 것입니다."

"지난 2003년부터 2005년까지 서울에서 3년 동안 외교관으로 근무한 적이 있습니다." 하고 캐서린이 나를 보고 독일어로 말했다. "근자에 공직에서 은퇴해서 개인적으로 국제 평화 운동에 미약한 힘이나마 보태고 있는데, 최근 며칠 동안은 우크라이나 전쟁 문제로 에어푸르트에 머물고 있답니다." 이렇게 말하고 나서 그녀는 클라라를 향해 다음과 같이 말했다. "미군이 주둔하는 세계의 여러 나라 국민에 대해 제가 미국인으로서 가지는, 조금 전에 말씀드린 그 미안한 마음은 한국인에 대해서도 마찬가지로 느끼고 있습니다."

"무슨 미안한 마음을 말씀하시는 것인지요?" 하고 내가 그녀와 클라라를 번갈아 쳐다보면서 조심스럽게 물었다.

"준기 씨가 올라오시기 전의 우리 대화에서." 하고 하르트무트가 말했다. "1945년 이래의 '미국인의 환상'에 대한 얘기가 있었답니다. 미국이 특별한 나라로서 세계를 리드해야 한다는 미국인의 엘리트 의식 말입니다. 미국 군사력의 세계적 배치와 그 각국에서의 미국 국력의 과시, 그리고 그 나라 민주화 과정에의 적극적 개입이라는 미국인의 그 이른바 '선의'와 '그 이상한 권리 의식' 말입니다."

"캐서린, 구체적으로 한국에 대해서라면." 하고 클라라가 캐서린에게 물었다. "아까 캐서린이 말한 미국인의 그 자칭 의무와 권리가 어떤 공을 거두고 어떤 과過를 끼쳤을까요?"

"최 교수님 생각은 어떠실지 모르겠지만." 하고 캐서린이 말했다. "내 생각으로는 바로 한국이야말로 '미국인의 환상'을 가장 잘 관찰할 수 있는 모델 케이스일 듯합니다. 1945년의 미군정이 '선의'의 점령이었다 치더라도, 그게 결국은 한반도의 분단을 고착화했다고도 볼 수 있어요. 남한의 가난을 구제해주었고 남한에 민주주의 체제를 심어준 것은 미국인의 공적이라 할 수 있겠지요. 하지만 해방 직후에 친일파가 아닌, 한국 땅에서의 당시 양심 세력이라 할 수 있었던 사회주의 계열의 지식인들과 그들을 따르던 민중들을 냉전 논리로 억압하고 한국전쟁을 전후하여 제주 등지에서 죄 없는 민중들을 많이 희생시킨 잘못을 저질렀습니다. 미국적 가치가 보편적 가치이며 미국은 이 가치를 세계에 전파할 사명이 있다는 '미국인의 환상'이 저지른 중대한 과실입니다. 미국은 자국이 '세계의 경찰'이라는 환상을 버리고, '민주주의적 모범국'으로서의 자신의 모습을 세계 각국에 그냥 보여주는 것만으로도 만족할 줄 알아야 하겠습니다. 자기 자신은 군사주의, 황금 만능주의, 인종주의를 아직도 극복하지 못한 꼴이면서 세계를 지도하거나 호령하려는 것은 겸손을 잊은, 지나친 자만심의 발로이지요. 바로 여기에 미국인으로서 미안해해야 할 이유가 있는 것입니다."

캐서린의 독일어 발음은 영어식으로 뒤끝을 적당히 얼버무리지 않고 각 발성기관들을 정확히 구사하고 있었고, 조곤조곤 말하는 그녀의 독일어는 듣기가 퍽 편안하였다. 하르트무트와 클라라, 그리고 올가가 약간 긴장해서 내 표정을 은밀히 살피는 듯했기 때문에, 나는 무슨 말이든 우선 한마디 해야 할 것만 같았다.

"캐서린!" 하고 내가 말했다. "이름을 불러도 되죠? 예, 고맙습니다! 물론, 우리 남한 국민들은 미국을 최고의 우방으로 생각하고, 한국전쟁 때 우리를 도운 미국인에게 늘 습관적으로 고마운 마음을 지니고 있습니다. 하지만 간혹 우리는 미국인들이 우리의 친구 치고는 지나치게 자의적이며, 때로는 우리를 친구로서 충분히 존중하지 않는 듯한 느낌을 받기도 하고, 어떤 경우에는 미국인의 그런 태도에서 우리 자존심에 심한 상처를 입곤 하지요. 하지만, 지금 나는 너무 놀랍습니다. 지금까지 나는 많은 미국인을 만났지만, 미국 정부 안의 매파들과 군산軍産 복합체의 유착을 지적하고 그들의 호전성好戰性을 개탄하는 미국인은 더러 봤어요. 하지만, 캐서린과 같이 미안해하면서 자기반성을 앞세우는 미국인은 한번도 만난 적이 없습니다. 오늘 이 순간, 그 사실이 갑자기 저에게 특별하게 생각되네요. 그런 점에서, 캐서린, 오늘 당신을 만나 미국인의 자기반성을 처음 듣게 되어 저는 은근히 기쁩니다! 우리 건배할까요? 선량한 듯하고 막강하지만, 어딘지 허점이 많은 미국, 그리고 서로 다른 음흉한 심술을 애써 숨기고 있는 듯한 일본, 중국, 러시아 등 3국, 이런 4대 열강 사이에 지정학적으로 끼어 있어서 늘 그때그때의 상황에 부대끼고 있는 한반도 사람들을 위해 건배해주시기 바랍니다. 그리고, 물론, 상황은 다르지만, 거의 비슷한 실망과 고통을 겪고 있는 독일과 우크라이나를 위해서도요! 춤볼!"

27. 동학 강연을 위한 메모

 -강연의 서두에 단군신화의 '천손 사상'과 '홍익인간'부터 언급할 것.

 1) 환인(桓因, 하느님, Gott)의 아들 환웅(桓雄, 天人, ein Sohn Gottes)이 자주 인간 세상에 마음을 두곤 했다. 환인이 아들 환웅의 이런 마음을 알고 태백산을 내려다보니 '인간 세상을 널리 이롭게 할(弘益人間, die Welt weit und breit zum Gewinn bringen)'만 한지라, 이에 환웅에게 천부인天符印 3개를 주며 인간 세상에 내려가도록 하였다.

 2) 환인과 환웅은 '하느님'의 음차 표기.

 3) 환웅과 웅녀의 사이에 난 단군왕검은 천손(天孫, Gottes Enkel).

 4) 우리 겨레는 자신을 처음부터 '하느님의 자손'으로 생각했

고, 애초부터 '홍익인간'이라는 드물고도 고귀한 건국이념을 갖고 있었다.

5) 광개토대왕릉 비문에 고구려의 시조 주몽이 '천제의 아들(天帝之子, Sohn des Himmelskönigs)'로 적혀 있는 사실과, 신라 천마총에 나오는 '천마'도 한민족의 '천손 사상'을 반영한다.

─제정일치 시대의 군왕君王은 무인巫人을 겸했다.

1) 환웅이 아버지 '하느님'으로부터 받아왔다는 천부인 3개는 고대 농경사회를 다스리는 데에 쓰이는 세 가지 신물神物, 즉 일반적으로 검, 방울, 거울인데, 농경사회에서 바람과 비, 구름 등 자연현상을 다스리는 데에 필요한 것으로서, 오늘날에도 무속인들의 필수품이기도 한 검과 방울과 거울이 천부삼인天符三印이었다면, 아마도 단군왕검은 제정일치 시대의 군왕으로서 공동체를 이끌어가던 무인을 겸한 군왕이었을 듯.

2) 신라의 제2대 왕 남해차차웅(南解次次雄, A.D. 2~24)도 제정일치 시대의 왕. '차차웅', 또는 '자충慈充'을 반절反切하면, '중僧'이 되며, 이 무인은 하느님과 사람 사이를 이어주면서 공동체를 이끌어가는 제사장을 의미하므로, 그야말로 제정일치 시대의 '무인 겸 군왕'이다.

3) 이런 의미에서 경주의 첨성대도 '천문학적' 기념비가 아니라 '점성술적' 기념비일 가능성이 높다.

4) 성덕대왕 신종에 그려져 있는 '헌향천상獻香天像'도 일반적으로 불교나 중국 도교의 영향이라고들 하지만, 그 이전부터 우리 겨레의 심혼에 자리 잡아 연면히 이어져온 우리 민족 고유의 '비천' 사상, 즉 고선도古仙道의 흔적으로 간주될 수 있다.

- 풍류

1) 해운海雲 최치원 선생의 난랑비鸞郎碑 서문(『삼국사기』 신라본기 진흥왕 37년, 576년)에 "나라에 현묘한 도가 있으니 풍류라 한다國有玄妙之道 曰風流."

2) 풍류는 "삼교를 포함하고 있어서 모든 생명체가 저절로 잘 살아가도록 돕는 것이다包含三敎 接化群生."

- 원광법사의 세속오계

1) 서기 600년, 화랑 귀산貴山과 추항箒項이 운문산 가슬갑사嘉瑟岬寺에 머물고 있던 원광법사를 찾아가 가르침을 청하자, 원광법사가 젊은이들이 세상을 살아가는 데에 필요한 다섯 가지 계율, 즉 '세속오계世俗五戒'를 가르쳐주었다. "충성으로써 임금을 섬기고事君以忠, 효도로써 양친을 섬기며事親以孝, 믿음으로써 친구를 사귀며交友以信, 싸움에 나아가 물러나지 않으며臨戰無退, 함부로 생명을 죽이지 말 것殺生有擇."

2) 여기서도, "모든 생명체가 저절로 잘 살아가도록 돕는다接化

群生."는 우리 겨레 특유의 '홍익인간'적 심성이 엿보인다.

3) 신채호는 나라가 망한 1910년에 신라의 화랑도와 유사하게, 고구려에도 '조의선인皂衣仙人'이란 직책이 있었고 백제에도 '대선大仙'이 있었음을 고증해놓았다(東國 古代 仙敎考, 1910. 3. 11. 『대한매일신보』).

─'무속' 또는 '샤머니즘'이라고 폄하되기 이전의 고선도古仙道는 오늘날 전국의 사찰 한구석에 엄연히 존재하고 있는 '산신각', '산령각', '삼신각', '삼선각', '삼성각', '칠성각' 등등 '현묘한' 이름들의 사찰 부속 기원 시설들이 증거하고 있다. 이를테면, 경주 남산에 흩어져 있는 불교 이전의 마애 조형물들(예: 할매 부처)에 대한 올바른 이해와 해석도 필요하다.

─수운의 위대성

고선도의 전통과 유불선 삼교의 가르침을 토대로, '수심정기修心正氣'를 자신의 독창적 수행 덕목으로 새롭게 창안한 점(仁義禮智, 先聖之所敎, 修心正氣, 惟我之更定─「수덕문」).

─'시천주侍天主' 사상

1) '시천주'는 '천주를 모신다'로 해석하기 쉬운데, '내 안에 하느님Gott in mir을 모신 주체'로 해석할 수도 있을 듯!

2) '내 안의 하느님'은 원효의 일심사상('一心之外 更無別法')으로
도 설명이 가능할 듯!(원효대사와 수운은 '경주'라는 '지령'을 공유한다.)

-보국안민

1) 조선의 국운이 이미 기울어, 국가의 기강이 문란해지고 지방
관과 토호들의 횡포와 착취가 자심했으며, 게다가 지연재해와 전
염병이 반복되어, 백성들은 "물이 말라버린 연못에서 헐떡이는 물
고기들"(김용옥, 『동경대전 1』, 145쪽)처럼 괴로워하고 있었고, 서양
열강의 중국 침략 등으로 외세, 특히 일본의 조선 침략을 눈앞에
둔 위기감이 온 나라에 팽배해 있었다. 수운은 오랜 방랑으로 이
러한 나라의 위기와 백성들의 고초를 자세히 보았기에 나라의 틀
을 새로이 바꾸고 민중의 삶을 편안히 해줄 수 있는 새로운 방도
를 모색하였는데, 이것이 바로 수운이 세운 '보국안민'의 뜻이다.

2) 희망의 철학자 에른스트 블로흐Ernst Bloch가 멀리 수평선
에 배보다 먼저 나타나 보이는 돛대 꼭대기의 깃발을 '선현(先顯,
豫兆, Vor-Schein)'이라 했듯이, 수운은 '보국안민'의 방도가 반상班
常, 양천良賤, 적서嫡庶, 남녀, 빈부의 차별을 없애는 '평등의 길'임
을 인식하고, 이 '평등의 길'을 새 시대의 '선현'으로 본 것!

-천도지상연天道之常然(「수덕문」)

사계절이 변화를 불러오듯이, '인간 사회의 질서도 끊임없이

변화해간다는 무위이화無爲而化의 항상성'을 의미하는데, 수운의 '수심정기'가 도달해야 하는 목표 지점이라 하겠다.

-1894년 5월, 1차 봉기 때 전봉준의 동학 농민군이 낸 '무장茂 長 포고문':

"지금 우리 임금께서는 어질고 효성스러우며 (우리에 대해) 자애 롭고 사랑하는 마음을 가지셨으며, 신통력 있는 명확함과 성스러 운 명석함을 지니셨다."

따라서, 전봉준 등의 제1차 봉기의 목적은 '녹봉과 지위를 도둑 질하며 전하의 총명을 가리는 악한 신하들을 타도하는 것'이었다.

-'청일전쟁'이 아니라, '갑오왜란'이다!

1) 갑오년의 사태를 '청일전쟁'으로 호칭하여 마치 이웃나라들 의 싸움인 것처럼 호도할 것이 아니라, 일본이 임금을 궁궐에 가둔 다음, 김홍집 괴뢰정권을 세워 왕의 명령을 참칭하여 동학농민혁 명군을 타도하라는 '칙유'를 내렸으며, 조선의 여러 제도를 일본 침략에 유리하게 고쳤는데, 이것을 '갑오경장'이라 부르는 것 자 체가 '침략의 미화'일 뿐이다. '7월 궁궐 침입 사태'와 '청일전쟁', 그리고 '갑오경장'을 모두 합쳐 '갑오왜란'으로 명명해야 한다.

2) 1894년 7월 23일 (음 6월 21일) 새벽 4시, 일본군이 궁궐을 침범, 왕과 왕비는 거처인 건청궁에서 나와 근정전 쪽 함화당咸和

堂에 머물렀다. 일본군이 들이닥쳐 호위 병력의 무장을 해제하려 하자 고종은 앞으로 나서며 내 병사에 손대지 말라고 호령하며, 우리 대신이 너희 공사관에 갔으니, 일단 물러나라고 호통을 쳤다. 왜적이 일으킨 이 사변은 다음 해 10월 8일(음력 8월 20일) 새벽 건청궁 곤녕합坤寧閤에서 벌어진 '을미왜변'의 서막인데, 이때(갑오년 7월)의 고종은 아직 일본군 병사에게 호령하고 호통을 치는 강기剛氣를 보여주고 있지만, 사실상의 '왕의 궁궐 감금 시대'가 시작됨으로써, 나중에 '을미왜변'의 왕비 시해와 '아관망명'을 유발하는 원인이 된다.

2) 이틀 뒤인 1894년 7월 25일(음 6월 23일), 청일전쟁 개전과 동시에 일본군은 부산, 인천, 원산, 진남포 등지에 일제히 상륙하여 조선 왕국 전체를 공포의 도가니로 만들었다. 일본군 측 기록은 "일본군의 살기로 조선인들은 산과 섬으로 피난하는 행렬이 이어지고 있다."라고 하고. 우리 측 기록도 "명문대가 가족들이 모두 피란하여 도성을 빠져나가 민심이 들끓었다."라고 적고 있다. 러시아 공사 베버Wäber는 '7월 사태'로 서울은 철시와 물품 품귀가 빚어지고 있다고 했다. 당시의 식자들은 임진왜란을 방불케 하는 이 상황을 '갑오왜란'이라고 불렀는데, 사실, '청일전쟁'이란 호칭은 일견 우리와 무관한 남의 나라들의 전쟁 같이 들리기 때문에, 이 '7월 사변'을 300년 전의 임진왜란에 이은 '갑오왜란'의 시발점으로 부르고 청일전쟁과 갑오경장, 그리고 동학농민혁명군의

살육 및 진압을 모두 합해서 '갑오왜란'으로 불러야 합당하다. 일본군의 궁궐 침입에 이은 고종의 '연금'(또는, '생포')과 각처에 상륙한 일본군의 살기 등등한 위세와 횡포는 전봉준 등 동학교도들로 하여금 왜군과 그들을 돕는 김홍집 '친왜괴뢰정권' 휘하의 관군을 진압하여 고종을 보필하고 사직을 지키기 위해 두 번째로 봉기하도록 만들었다. 여기서 명백히 강조되어야 할 점은 7월 말의 '갑오왜란'은 동학농민혁명군의 제2차 봉기의 결정적 원인이 되었고, 이렇게 '갑오왜란'에 저항하여 제2차로 봉기한 동학농민혁명군은, 임진왜란 때의 의병과 마찬가지로, 포악한 '왜적'으로부터 사직을 보호하고자 봉기했다는 사실이다. 이때 고종 임금과 전봉준 등의 동학농민혁명군의 관계는 아직은 적대적이지 않았으며, 관군과 전봉준의 관계도 아직은―혁명군과 상종하는 일선 관리의 애국충정의 유무에 따라 달랐으며―반드시 적대적이지만은 않았다. 요컨대, 전봉준은 '왜적'과 '왜적'을 돕는 김홍집 '괴뢰정권'의 고관들 및 그들을 떠받드는 '친왜' 관군을 표적으로 삼았지 결코 고종 임금을 적대시하지 않았다.

 ―10월 27일(음 9월 29일) 일본 히로시마 대본영의 카와가미 소로쿠川上操六 병참총감은 이토오 스케요시伊藤祐義 인천 남부 병참총감에게 명령한다. "동학당에 대한 조치는 엄렬嚴烈함을 요한다. 이제부터는 모조리 살육하라."(김용옥, 『동경대전2』)

-1894년 11월 30일(음 11월 4일), 고종은 관리들과 모든 백성에게 동학농민군 초토화를 목표로 하는 일본군을 적극 도우라는 '칙유勅諭'를 포고한다. 그러나 이것이 이미 궁궐에 갇혀 일본과 그 괴뢰정권의 '포로'나 다름없는 고종의 참뜻이었는지는 심히 의심스럽다. 일본 당국과 그 괴뢰정권이 '칙유'를 날조, 적어도 강요한 것으로 보아야 할 것이다. 이 '칙유' 때문에 동도 대장 전봉준 등의 동학농민혁명군의 '대의'가 심히 훼손되었으며, 이것이— '왜적'의 '신식 무기'보다 더 큰—동학농민혁명군 패배의 원인이 되었다.

-1894년 12월 5일(음 11월 9일) 동학군, 공주 우금치 전투에서 패배:
개틀러 기관총과 스나이더 소총 대對 죽창, 화승총, 화살, 쇠스랑, 몽둥이

흰옷에 짚신 감발하고 죽창을 든 당시 이 땅의 백성들이 대포, 기관총, 소총 앞에 힘없이 쓰러져가는 처참한 장면을 상상할 때, 슬픔과 분노를 느끼지 않는 한국인이 있을까? 왕을 궁궐에 가두어 놓은 채 그 백성들을 신식 무기로 학살한 일본인의 죄는 그 당시의 국제법으로도 용납될 수 없는 야만적 범죄라 하지 않을 수 없다.

오늘날의 일본인들이 이러한 그들의 역사적 죄업에 대해 반성하지 않는 한, 우리 한국인이 일본인을 우정으로 대하기 어려운 이유이다. 일본인들은 바로 이 문제를 결자해지結者解之하지 않고서는 국제 무대에 떳떳하게 바로 설 수 없을 것이다. 나 최준기는 일본의 문화와 많은 일본인 친구를 사랑하지만, 그런 만큼 일본인의 과거사에 대한 반성과 올바른 인식을 촉구하지 않을 수 없다.

　-1894년 12월 28일(음 12월 2일): 전봉준 순창에서 피체, 서울로 압송, 일본 공사관에서 약 2개월간 공초供招를 받다가 1895년 2월 27일(음 2월 3일) 그의 신병이 조선 정부 법무아문으로 넘겨진다. 그러나 고종은 이미 전봉준의 목숨을 보전해줄 수 없는 처지였다. 1895년 4월 24일(음 3월 30일, 새벽 2시) 전봉준 등 농민군 지도자 5명은 법무아문 임시 재판소에서 사형 선고를 받았으며, 당일에 형이 집행되었다.

　-전봉준 장군이 법정의 심문에 답한 재판 기록인 '전봉준공초全琫準供草':
　1) "나는 전봉준이다. 사람들이 나를 녹두라고도 부른다. 어찌하여 나를 보고 난을 일으켰다 하느냐? 작란作亂을 하는 것은 바로 왜놈에게 나라를 팔아먹고도 끄떡없는 부패한 너희 고관들이 아니냐? 일어난 것은 난이 아니라 인민의 원성이다. 민병을 일으킨

것은 기울어져 가는 나라를 구하고자 함이요 인민의 삶에서 폭력을 제거코자 했을 따름이다. 국체를 무시하고 궁궐을 침범한 왜놈들을 응징코자 한 것이다. 왜놈들은 군대를 주둔시켜 나라를 집어삼키려 하고 있다는 것을 그대들은 아직도 모르고 있단 말이냐? 어찌 뿌리가 썩었는데 가지를 침이 의미가 있을손가? 나는 의를 펴고자 일어났을 뿐이다. 동학의 괴수라 함은 가당치 않다. 동학에 입당한 것은 사람의 마음을 지키고[守心] 하늘님을 공경하는 것[敬天]을 가르치기 때문이다. 동학의 주의는 보국안민이다. 동학은 본시 우리 해동 조선 땅에서 일어난 것이며 그 도학에 종교와 정치의 구분이 있을 수 없다."

—당시 조선의 백성 약 1100만명 중에서 동학도 약 200~300만 명이 떨쳐 일어났고, 그중 약 20~30만명이 살육된 것으로 추정된다. 청일전쟁에서 청군 약 3만명, 일본군 약 2만명이 죽은 사실을 감안할 때, 조선의 동학농민혁명군의 전사자가 청군과 일군의 전사자를 합한 수의 4배 이상에 달한다. 전사자 수를 보더라도 '청일전쟁'이 아니라 '갑오왜란'으로 칭하는 게 합당하다.

실은 당시 전란을 겪던 조선인들도 이미 '갑오왜란'이라 불렀고, 나중에 작가 김성동金聖東도 이렇게 불렀으며, 특히 정치외교학자 황태연은 『갑오왜란과 아관망명』(청계, 2017년)이란 괄목할 만한 저서를 내어, 1894년의 '7월 궁궐 침입 사건'과 전란 자체와 그 뒤의 '갑오경장'까지를 모두 포괄하여 '갑오왜란'으로 부르고 있고, 1895년의 '을미사변'은 '을미왜변'으로, 1896년의 '아관파천'은 '아관망명'으로, 아관망명정부는 항일독립투쟁을 위한 '국내망명정부'로 규정하고 있다. 정치외교학자가 나서서 우리 역사를 다시 쓰고 있는 것이다. 이에 대하여, 지금까지 일본인들이 교묘하게 위장한 거짓 자료들에 근거하여 일본인들을 '개화의 조력자'로 떠받들어온 이 나라 국사학자들은 석고대죄해야 마땅하며, 오늘날 신친일파의 등장에도 일말의 책임을 느껴야 할 것이다.

28. 예나대학에서의 강연

"팅팅, 예나대학 건물은 참 고색창연하네!" 하고 나, 서준희가 말했다. "바로 여기가 예전에 프리드리히 쉴러가 강의했던 그곳일까?"

"예, 바로 그 옛 건물 중의 하나입니다." 하고 팅팅이 대답했다. "지금은 대학본부 건물로 쓰이고, 요즘에는 강의가 대개 다 옌타워Jen-Tower 뒤에 지은 새 캠퍼스에서 이루어집니다. 오늘 최 교수님 강연이 마침 이곳 고색창연한 옛 건물에서 열리니, 의미가 더 큰 것 같아요!"

팅팅은 약간 어두워 보이는 복도를 나보다 한 걸음 앞서 걸어가고 있었다. 최 교수님의 소개로 며칠 전 베를린에서 한번 만나 인생 상담 비슷한 것을 좀 해준 것뿐인데, 이 중국인 여학생이 참 붙임성이 있고 어딘가 순수하고 귀여운 데가 있었다. 오늘도 팅팅은

'예나 서부역Jena-West'에 내린 나를 마중해서 이렇게 최 교수님의 강연장으로 안내해주고 있는 것인데, 나는 오늘 밤에는 바이마르에 있는 팅팅의 숙소에서 함께 묵기로 미리 약속이 되어 있었다.

강연장은 청중들로 꽉 차지는 않았지만, 그래도 학생들이 여기저기 골고루 자리를 잡고 앉아 있었으며, 맨 앞줄에는 이미 최 선생님과 예나대학 철학과의 유타 슈트로마이어 교수로 보이는 은발의 노 여교수가 좌정해 있었다. 그리고 놀랍게도 프랑크푸르트대학의 오스텐펠트 교수님도 예나로 오셔서 최 선생님 옆자리에 앉아 계셨으며, 두 번째 열부터는 예나의 교양 시민들로 보이는, 나이 지긋한 남녀 청중들도 꽤 많이 보였다.

이윽고 슈트로마이어 교수가 단상에 올라가 최 교수님을 소개하고 오늘의 강연이 괴테적 의미에서의 '서와 동의 대화West-östlicher Dialog'의 장이 되기를 바란다는 취지의 인사말을 하고는 최 교수님을 연단에 오르시게 했다.

최 교수님은 우선 초청해주신 예나대학 철학과 유타 슈트로마이어 교수님과 이 자리에 와주신 청중 여러분에게 감사의 뜻을 표한다는 짤막한 인사를 하시고는 이내 강연에 들어가셨다.

"친애하는 예나대학생 여러분, 제가 오늘의 강연 주제인「한국의 철학.—동학에 관하여」에 들어가기 전에, 우선 여러분께 질문 하나를 드리겠습니다.

'1794년 12월 17일, 이곳 예나에서 후일의 인문학도들에게 아주 중대한 의미를 지니는 어떤 만남이 있었습니다. 그것은 4인의 회동이었는데, 그 4인은 누구누구일까요?'"

틴틴이 손을 번쩍 쳐들었다. 나는 깜짝 놀랐는데, 그것은 청중의 주의력을 한꺼번에 자신한테로 확 끌어당기려는 최 교수님의 평소 강연 전략을 여기서도 새삼 확인할 수 있었기 때문이었고, 더욱 놀란 것은 거기에 답을 하겠다고 순진한 틴틴이 손을 번쩍 쳐들었기 때문이었다. 물론, 다른 학생들도 많이 손을 쳐들고 있었지만, 최 교수님은 틴틴을 가리키면서 자신의 질문에 대답해보도록 했다.

"괴테, 쉴러 그리고 훔볼트 형제입니다."

"예, 고맙습니다! 역시 예나대학은 '프리드리히-쉴러-대학'이라는 그 공식 명칭에 어울리게도 학생들이 인문학적 소양을 잘 갖추고 있군요! 그렇습니다! 괴테와 쉴러, 그리고 빌헬름 폰 훔볼트와 그의 동생 알렉산더 폰 훔볼트—이렇게 네 사람입니다. 여러분이 다 잘 아시지만, 이 네 사람은 당대의 천재들로서, 서로가 서로에게 큰 관심과 공감대를 지니고 있었습니다. 이를테면, 쉴러와 빌헬름 폰 훔볼트는 칸트 철학을 통해 동질감을 느낄 수 있었고, 괴테와 알렉산더 폰 훔볼트는 20년의 나이 차이에도 불구하고 자연과학이라는 공통의 관심사를 갖고 있었습니다. 괴테와 빌헬름, 쉴러와 빌헬름, 쉴러와 알렉산더, 빌헬름과 알렉산더 형제 등의 상호 공감대에 관해서는 여기서 일일이 말씀드리지 않겠지만, 가장 중요한 것은 바로 이 만남을 통해 괴테와 쉴러의 문학적 공감대가 급격히 두터워진다는 사실이고, 바로 이런 점에서 이 4인의 회동이 앞으로 찬연히 꽃필 독일 고전주의, 즉 바이마르 고전주의의 밑거름이 된다는 사실입니다.

서두가 너무 길었지요? 오늘 저는 저 먼 극동의 조그만 왕국 조선에서 1860년에 태동한 '동학'이라는 사회사상에 대해 말씀드리고자 합니다. 바라건대, 저의 이 강연이 예나와 바이마르에서, 나아가 독일과 유럽에서, 아니, 세계에서의 동·서 철학적 대화를 위한 작은 자극제가 되기를 바랍니다."

연이어서 최 교수님은 단군신화, 풍류도와 화랑도 등을 언급하시면서, 고대로부터 내려오는 한국인의 천손天孫 사상과 '홍익인간'을 꿈꾸는 평화 사상 등을 설명하셨다. 그러고는 오랜 세월 동안 강대국 중국에 억압당하고, 일본의 침략에 시달린 한국의 역사를 설명하다가, 19세기 후반 조선이란 왕국에서의 관료들의 도덕적 타락과 부패, 그리고 거기에 시달리던 민초들의 신산한 삶에 주목한 경주의 한 지식인 최제우의 10년간의 국토 방랑과 고뇌, 그리고 '보국안민'하고자 한 애국·애민 정신에서 태동한 일종의 사회사상으로서의 '동학'을 설명해나가셨다.

"요컨대, 1860년에 수운 최제우에 의해 창도된 이 사상은 사람이 자기 자신 안에 '하느님'을 이미 모시고 있는 주체로서, 자신의 수행을 통해 그 '하느님'의 '조화造化'에 잘 응접해나가야 한다는 믿음인데, 여기에는 위에서 말씀드린 '천손 사상', 그리고 이 세상의 운행이 귀와 신, 즉 음과 양의 조화에 따라 '무위이화'한다는 동양 사상, 또 그리고 신라불교의 발달과 더불어 원효 대사 등을 통해 널리 퍼진 '유식사상(唯識思想, Yogacara)' 등의 영향이 있었다고 생각됩니다. 나중에 천도교, 대종교 등 한국적 현대 종교로 발전하기도 했지만, 저는 수운의 '동학'을 '피지배와 피억압'의 땅 한국의 '지령地靈'에서 나온 평등과 민주의 사상이라고 말하고 싶습니다. 동학에서 말하는 '하느님'은 절대적 권력자가 아니며, '노력해도 성과가 없을 수도 있는勞而無功', 인간적인, 인간 안에 이미 존재해 있는 '하느님', '내 안에 모신 하느님Gott in mir'입니다."

이어서, 최 선생님은 조선 말기의 동학농민혁명과 그 좌절에 대해서 설명하셨다. 우선, '삿된 도로써 나라의 정치를 어지럽힌 죄左道亂政'로 경상감영에서 1864년에 처형된 수운의 억울함을 호소하는 이른바 교조신원운동敎祖伸冤運動에 관한 언급을 하시고, 그 다음에는 이 교조신원운동보다 한결 더 정치적인 모임인 '금구취회金溝聚會'를 언급하신 다음, 1894년 1월에 드디어 전봉준이 '고부古阜 농민봉기'를 주도함으로써 이른바 동학농민혁명에 불을 당긴 역사적 사실을 설명하셨다.

"전봉준은" 하고 최 선생님은 말씀하셨다. "지방관의 탐학貪虐에 항거하여 2만여 명의 동학농민혁명군을 이끌고, 1894년 5월 31일(음력 4월 27일)에 전주성에 무혈입성했습니다. 장성 황룡촌

전투의 승리에 연이은 전주 입성은 동학농민혁명군의 쾌거였지만, 남쪽에서부터 뒤쫓아온 관군과 벌인 접전에서 농민군은 패하고 말았습니다. 첫 싸움이 벌어진 6월 1일(음력 4월 28일)부터 큰 피해를 입은 농민혁명군은 며칠 동안 계속 이어진 전투에서 대포로 무장한 관군의 위력을 이겨내지 못했으며, 전봉준 대장이 허벅지에 총상을 입었습니다. 더 이상의 전투가 어려워진 상황에서 농민혁명군은 어떤 식으로든 상황을 돌파해야만 했고, 한편, 승리한 관군도 이내 곤란한 입장에 처했는데, 그것은 농민혁명군의 위압적인 기세를 막기 위해 조선 정부가 청나라에 파병을 요청하자 일본도 기다렸다는 듯이 조선에 군대를 파병함으로써 결과적으로 외국 군대를 국내로 불러들인 의외의 부담이 생긴 까닭이었습니다. 정부군과 동학농민혁명군 양 진영이 이렇게 둘 다 어려운 상황에 봉착하자 농민혁명군은 관군과 협상에 들어가, 6월 10일(음력 5월 7일) 드디어 농민혁명군(대표 전봉준)은 정부(전라감사 김학진)에 지방관의 농민에 대한 수탈의 중지, 신분제 폐지, 토지균분제의 실시, 전근대적인 정치 사회체제의 개혁을 요구하고, 일본의 침략에 공동 대처하자는 합의를 본 후, 전주성에서 일단 물러났습니다. 폐정 개혁안을 이끌어낸 이 '전주화약全州和約'은 조선 정부가 동학농민군의 실체를 공식적으로 인정했다는 점, 폐정 개혁안을 의제로 인정했다는 점, 농민의 실질적 자치기관인 '집강소' 설치를 이루어냈다는 점(음력 6월 6일, 김학진 전라감사, '許執綱于各

郡'), 그리고 농민군과 정부가 외세(청과 일본)를 몰아내야 한다는 입장에 뜻을 같이했다는 점에서 그 의미가 자못 컸습니다.

'전주화약' 후 동학농민혁명군을 자진 해산하고 원평에 다시 돌아온 전봉준은 원평집강소를 설치하고 4천여 명의 교도들을 거느리면서 이 집강소를 중심으로 호남 각지를 호령함으로써 탐관오리들의 간담을 써늘하게 만들었기 때문에, 전봉준의 봉기는 한때나마 가히 성공한 '혁명'의 모습을 보이기도 했습니다.

그런데 1894년 7월 23일(음 6월 21일) 새벽 4시, 일본군이 궁궐을 침범, 왕과 왕비는 거처인 건청궁에서 나와 근정전 쪽 함화당咸和堂에 머물고 있었습니다. 그러자, 일본군이 들이닥쳐 호위 병력의 무장을 해제하려 들자 고종은 앞으로 나서 내 병사에 손대지 말라고 호령하며, 우리 대신이 너희 공사관에 갔으니 일단 물러나라고 호통을 쳤습니다.

이틀 뒤인 7월 25일(음력 6월 23일), 청일전쟁 개전과 동시에 일본군은 부산, 인천, 원산, 진남포 등지에 일제히 상륙하여 전국을 공포의 도가니로 만들었습니다. 이것을 당시 조선인들과 현대 한국의 작가 김성동(1947~2022) 등은 '갑오왜란'이라 불렀습니다. 300여 년 전의 '임진왜란'에 이어, 일본의 한국침략이 다시 시작된 것으로 보는 연속적 시각입니다. '청일전쟁'이라는 개념은 당시 조선의 긴박했던 시국 상황에 맞지 않은 '멀고 아득한' 이름입니다. 실제로 당시 조선인들은 일본군을 피해 산과 섬으로 피난하는 행렬이 이어졌고, 명문대가의 가족들이 모두 피난하여 한양 도 성을 빠져나가는 광경 때문에 민심이 들끓었습니다. 러시아 공사 베버는 '7월 사태'로 서울은 철시와 물품 품귀가 빚어지고 있었다 고 보고하고 있습니다. 이것을 어찌 '청일전쟁'이라며 이웃나라 들의 싸움으로 명명하면서, 동학'난' 때문에 발발한 전쟁이라고 호도할 수 있겠습니까? 물론, 동학농민혁명군의 제1차 봉기 때문 에 조정이 청에 원군을 청한 사실이 빌미가 되어 일본군도 들어오 게 된 것이긴 했습니다.

그러나 실은 그 원인과 결과가 뒤바뀌어야 합니다. 즉, '갑오왜 란' 때문에 전봉준 등이 지휘하는 동학농민혁명군이 재차 봉기합 니다. 일본군의 궁궐 침입에 따른 고종 임금의 사실상의 포로 상 태, 그리고 각처에 상륙한 일본군의 살기등등한 위압과 폭력의 과 시는 전봉준 등 동학교도들로 하여금 일본군과 그들을 돕는 김홍 집 괴뢰내각 휘하의 관군들을 진압하여 고종을 보필하고 사직을 지키기 위해 두 번째로 봉기하게 만들었습니다. 7월 말의 이 갑오 왜란은 동학농민혁명군의 제2차 봉기의 결정적 원인이 되었고, 갑오왜란 때의 동학농민혁명군은, 임진왜란 때의 의병과 마찬가 지로, 포악한 왜적으로부터 사직을 보호하고자 봉기했던 것입니 다. 이때 고종 임금과 전봉준 등의 동학농민혁명군의 관계는 아직 적대적이지 않았으며, 관군과 전봉준의 관계도—상대 지휘자의 보국충정의 유무에 따라—아직은 반드시 적대적이지만은 않았습니다. 요컨대 전봉준은 일본(과 일본을 돕는 개화파 김홍집 괴뢰내각의 고관들 및 그들을 떠받드는 친일 관군)을 표적으로 삼았지, 결코 고종 임금을 적대시하지 않았습니다.

전봉준 등이 1894년 10월 10일(음 9월 12일) 삼례에서 동학 창의 대회를 개최하고 항일 무장 재기 결정을 하자, 당시 동학의 최고 지도자였던 해월 최시형도 이를 존중하여 10월 16일(음 9월 18일) 전국의 모든 동학도인들에게 항일무력봉기 '총 기포령'을 내렸는데, 그 내용인즉, '여러분들은 전봉준과 협력하여 스승의 원한을 풀고 우리 도의 큰 원을 실현하라!'는 것이었습니다.

전봉준 등은 이렇게 9월에 재봉기하였으나, 공주 우금치 전투(음력 11월 8일)에서 일본군의 신식 무기 앞에 참패하고, 다시 원평 구미란 전투(음력 11월 25일)에서 최후 항전을 하다가 신식 무기를 앞세운 일본군과 관군에 의해 궤멸 상태에 빠지고 말았습니다. 뒤쫓긴 동학농민혁명군 패잔병들은 그 후 전라남도 장흥까지 쫓겨 내려갔다가 장흥 '석대들 전투'(음력 12월 14~15일)에서 혈전을 벌이지만, 일본군과 관군의 신식 무기에 의해 장렬한 최후를 맞이합니다. 여기서 전봉준 등이 일으킨 '동학농민혁명'은 민초들의 선혈이 산야를 덮음으로써 처참한 패배로 막을 내립니다."

최 선생님은 침략자 일본의 신식 무기에 의해 비록 동학농민혁명군이 결국 진압당하고 말았지만, 실은 신식 무기 때문만이 아니라, 궁궐에 갇혀 사실상 일본의 포로가 되어 있었던 고종 임금이

1894년 11월 30일(음력 11월 4일)에 관리들과 모든 백성에게 동학농민군 초토화를 목표로 하는 일본군을 적극 도우라는 '칙유勅諭'를 포고함으로써, 전봉준 등의 농민혁명군의 '대의'가 훼손되었기 때문이었다고 분석하셨으며, 바로 여기에 일본의 교묘한 정치적 술책이 숨어 있었던 것이라고 말씀하셨다. 그 '칙유'가 이미 궁궐에 갇혀 일본과 그 괴뢰정권의 포로나 다름없던 고종의 참뜻이었는지는 심히 의심스러우며, 일본 당국과 그 괴뢰정권이 '칙유'를 참칭한 것으로 보아야 한다고 하셨다.

동학농민혁명군은 일본의 간계에 의해 비록 패배했지만, 이 혁명정신의 맥은 후일 3·1 혁명(최 선생님은 '3·1운동'이 아니라, 상해의 임시정부 '대한민국'을 탄생시킨 그 결과를 고려할 때, '3·1혁명'이라고 부르고 싶다고 말씀하셨다)으로 이어지고, 다시 만주와 미주에서의 항일 독립운동으로 이어지며, 4·19 혁명과 5·18 민주화운동, 그리고 '6월 항쟁'과 '촛불 혁명'으로까지 면면히 이어지고 있다며, 이른바 '혁명의 지속성'을 설파하셨다. 이 '미완의 혁명'에는 천손사상과 홍익인간이라는 이념, 그리고 '자신 안에 모신 하느님'의 뜻에 따르려는 의지 등이 여전히 살아 숨 쉬고 있고, 오늘날에도 한국인의 피에는 '홍익인간'에 바탕을 둔 따뜻한 인본주의 사상과 자유를 향한 열망이 뜨겁게 흐르고 있다는 말씀이었다.

"괴테의 파우스트조차도." 하고 최 선생님께서 말씀하셨다. "『파우스트』 제1566행에서 '내 가슴속에 계시는 하느님Der Gott, der mir im Busen wohnt'에 대해 말하고 있습니다. 파우스트의 가슴 속에 계시는 하느님께서는 그의 '깊은 내심을 움직일 수 있지만, / 내 모든 힘을 다스리시는 그분은 / 내 속으로부터 아무것도 바깥으로 끌어내실 수가 없으시다. / 그래서 내게는 현존재가 짐이며, / 차라리 죽음이 소망스럽고, 삶이 가증스럽다'고 말하고 있습니다. 물론, 이것은 '악마와의 계약' 직전의 파우스트의 절망적 심경을 말한 것으로서, 이미 자신 안에 하느님을 모시고 오직 '수심정기'에 들어가기만 하면 되는 수운 최제우와는 좀 다른 길이라 하겠습니다. 이 다름은 물론 '노이무공勞而無功할 수 있는' 수운의 하느님과 전지전능하시고 막강하신 기독교적 하느님과의 차이에서 생기는 것이기도 하겠습니다.

아무튼, 앞에서 저는 1794년 12월 17일 예나에서 만난 4인 천재의 대화가 독일 고전주의의 기폭제가 되었음을 언급했습니다. 바라건대 저의 오늘의 보잘것없는 이 강연, '동학'에 관한 이 첫 소개가 이곳에 계신 여러분의 예나의 '정신'과 만나 유익한 '동서 대화Ost-westlicher Dialog'로 꽃을 피울 수 있기를 기대합니다. 감사합니다!"

큰 박수갈채가 쏟아졌고, 연이어서 질의와 토의 시간이 있었는데, 질의 시간에는 주로 '천손 사상'과 '홍익인간'에 대해서 보다 자세한 설명을 요청하는 짧은 '정보 질문'들이 있었고, 그다음에는 '내 안의 하느님Gott in mir'에 대한 질의와 응답이 주를 이루었으며, 파우스트의 '가슴속에 계시는 하느님'과 수운 최제우의 하느님의 차이점을 기독교도의 입장에서 설파하려는 질의자도 나왔다. 하지만 최 선생님의 짤막짤막한 답변에는 무슨 주장보다는 순간적 공감을 불러일으키는 유머가 환발煥發해서 강연장의 분위기에 시종 화기가 흘러넘쳤다.

이윽고 연단을 내려오신 최 선생님께서 유타 슈트로마이어 교수와 에른스트 오스텐펠트 교수의 축하를 받고 악수를 나누며 담소하시는 장면이 내려다보였다.

"아, 참으로 감동적인 강연이네요!" 하고 팅팅이 두 손으로 나 서준희의 한 손을 잡으며 말했다. "저는 이번 방학 때 꼭 한국으로 갈 거예요. 서 박사님, 저를 도와주실 거죠?"

"물론이죠! 하지만 그런 건 나중에 또 얘기하기로 하고, 지금 우리는 우선 앞으로 내려가서 강연을 마치신 최 선생님께 축하를 드려야 하지 않겠어요? 난 오스텐펠트 교수님께도 인사를 드려야 해요. 어서 앞으로 내려가요, 우리!"

"그래요!" 팅팅이 비로소 감동과 도취에서 벗어난 듯 자리에서 일어서면서 말했다. "저도 인사드릴 분들이 계시네요. 폰 쥐트휘겔 선생님도 오셨고, 바이마르의 알베르트 슈바이처 학회의 하겐스데겐 회장님도 보이시네요. 저기 앞쪽으로 성큼성큼 걸어 내려가시는 분이 베를린에서 제가 말씀드린 마에다 교수님이세요."

29. 강연 뒤풀이

　강연에 연이어서 예나의 마르크트 플라츠에 있는 식당 '쉴러의 바인슈투베Schillers Weinstube'에서 저녁 식사를 함께하게 된 사람은 모두 8명이었다. 그것은 엄밀히 말하자면, 서로 다른 두 모임이었는데, 예나대학의 유타 슈트로마이어 교수가 오늘의 연사 최준기 선생님과 프랑크푸르트에서 오신 그녀의 본대학 철학과 동창생 에른스트 오스텐펠트 교수를 공식적으로 초대한 3인 모임과, 이 모임과는 별도로 최준기 선생님께서 사적으로 초대해놓으신 클라라 폰 쥐트휘겔 선생님, 라이너 하겐스데겐 박사님, 마에다 마사오 교수님, 주 팅팅 학생 그리고 나 서준희, 이렇게 5인 모임이 각기 다른 테이블에서 진행되었다.

　세 분은 예약이 되어 있었기 때문인지 반半 2층에 있는 특별실로 들어가셨고, 우리 5인은 주인의 안내로 식당 한가운데에 놓인

6인용 원탁 둘레에 자리를 잡게 되었다.

"우선 서준희 박사를 소개해드릴게요." 하고 주 팅팅이, 5명이 모두 자리를 잡고 앉자, 약간 신이 나서 말했다. "여기 저와 함께 오신 서 박사님은 베를린 자유대학에서 최근에 아도르노와 벤야민 연구로 철학 박사 학위를 받으신 한국인이시고, 최준기 교수님의 옛 제자이십니다. 제가 며칠 전 아버지를 만나기 위해 베를린에 갔을 때, 최 교수님의 소개로 서 박사님을 알게 되었습니다. 그래서 서 박사님은 이번에 최 교수님의 예나대학 강연을 들으실 것을 겸해서 바이마르로 저를 방문해주신 것입니다."

"아, 바로 그분이시네요!" 하고 마에다 교수가 말했다. "최 교수님께서 주 팅팅 양에게 서 박사님을 소개해주시겠다고 말씀하셨을 때, 마침 저도 그 자리에 함께 있었답니다. 앞으로 잘 부탁드립니다. 저는 교토대학에서 건축학을 가르치는 마에다 마사오라고 합니다."

"예, 팅팅한테서 말씀 많이 들었습니다." 하고 내가 말했다. "반갑습니다. 앞으로 많은 지도를 부탁드립니다!"

"클라라 폰 쥐트휘겔이라고 하며, 바이마르 김나지움의 국어 교사입니다." 하고 클라라 폰 쥐트휘겔이 말했다.

"예, 팅팅의 선생님이시죠?" 하고 내가 말했다. "팅팅한테서 말씀 많이 들었습니다. 오늘 이렇게 만나 뵙게 되어 정말 기쁩니다."

"여기 이분은 라이너 하겐스데겐 박사님으로서, 바이마르 슈바이처기념관장이십니다." 하고 폰 쥐트휘겔 선생님이 하겐스데겐 박사를 나에게 소개하셨다.

"반갑습니다!" 하고 하겐스데겐 관장님이 내게 고개를 끄덕여 보이면서 말했다. "오늘 훌륭한 스승님의 강연을 듣고 나서, 또 그 옛 제자님까지 뵙게 되어 정말 기쁩니다. 초면에 미안하지만, 한 가지 여쭤봐도 될까요? 서 박사님도 최 교수님의 말씀처럼 '내 안의 하느님'을 모시는지요?"

"어려운 질문이십니다!" 하고 내가 대답했다. "저도 오늘 최 교수님의 강연을 듣고 많이 놀랐습니다. 선생님의 평소 학교 강의는 서양철학에 관한 것이었기 때문에, 동학에 관한 강연은 저도 오늘이 처음이랍니다. 지금부터 160여 년 전에 최제우라는 선각자가 '동학Ostenlehre'이란 이름으로 창시한 일종의 사회사상이며 나중에는 종교로까지 발전하기도 했는데, 저로서는 한국인으로서 그 사상을 대강 짐작은 하지만, 지금까지의 공부가 서양철학에 경도되어 있기에, 우리나라에서 일어난 사상인데도, 아직은 그 핵심을 설명해드릴 정도까지는 알지 못하고 있답니다. 저의 이런 부족한 대답이 제가 존경하는 스승님께 누가 되지 않기를 바랍니다."

"이해할 수 있지요." 하고 클라라 폰 쥐트휘겔 박사가 말했다. "어떤 교수의 강의 내용이나 관심사는 시간이 흐름에 따라 다른 영역으로 옮아갈 수도 있으니까요. 서양 철학자 최 교수님이 동학을 연구하시게 된 것은 아마도 근자의 일이 아닐까 추측되는군요."

"예, 저도 그렇게 생각합니다." 하고 마에다 교수가 말했다. "우리 동양인들은 19세기 말과 20세기에 동으로 밀려드는 서학의 물결에 주눅이 든 나머지 자기 땅에서 생겨난 사상은 근거 없이 무시 내지는 천시해왔지요. 우리 동아시아인들은 최근에 와서야 자기 땅에서 생겨난 사상과 예술, 그리고 종교에 대해서도 새로이 눈을 뜨게 되었습니다."

"아무튼, 저는 오늘 뭔가 큰 태풍의 눈 속에 들어온 듯한 적막과 혼란, 그리고 그 어떤 신선한 충격에 휩싸인 듯합니다." 하고 팅팅이 말했다. "제가 어서 동아시아 3국 여행을 서둘러야 할 이유일 듯합니다!"

그때 최 선생님께서 잠시 내려오셔서 우리들의 원탁 앞에 서시더니, 특히 클라라 폰 쥐트휘겔 선생님을 보고 말씀하셨다. "이렇게 앉아 말씀만 나누실 게 아니고, 어서 음료와 식사를 주문하시지요. 저를 위해 귀한 시간을 내어 이렇게들 와주셨으니, 앞서 말씀드린 대로 당연히 제가 초대하는 자리입니다. 부디 좌중이 즐겁도록 클라라 님이 우선 저를 대신해서 손님들을 잘 접대해주시기 바랍니다. 저 위에서는 오스텐펠트 교수가 식사만 끝나면 곧 프랑크푸르트로 출발해야 하기에, 자리가 빨리 끝날 듯합니다. 위의 모임이 끝나면, 제가 곧 여기로 내려와 여러분과 합류하겠습니다."

최 선생님께서 다시 반 2층의 특별실로 올라가시자 원탁석에서도 각자 음료와 식사를 주문했으며, 좌중에서는 기독교의 '하느님'과 동학에서 운위되는 '내 안의 하느님'의 차이점에 관한 대화가 다시 이어졌다.

"최 교수님의 강연을 들으며, 저는 동학에서 말하는 '내 안의 하느님'과 슈바이처 박사가 믿고 따른 '하느님'이 크게 다르지 않겠다는 생각을 해봤습니다." 하고 하겐스데겐 박사가 말했다. "알베르트 슈바이처 박사는 궁극적으로 '생명에 대한 경외심'을 가지고 이웃을 위해 헌신했던 것인데, 그것은 결국 '자기 안의 하느님'의 말씀과 지시에 따른 것이라 할 수도 있겠거든요."

"좋은 말씀이십니다, 하겐스데겐 박사님!" 하고 마에다 교수가 말했다. "하지만, 그것은 슈바이처 박사가 보다 열린 기독교적 신관을 지니고 계셨기 때문에 가능했을 듯하네요. 저의 생각으로는, 기독교의 '하느님'은 전능하시고 막강하신데, 최 교수님이 말씀하신 동학의 '하느님'은 보다 인간적인, 실패할 수도 있는 하느님이신 듯하더군요."

"예!" 하고 팅팅이 말했다. "'노이무공'하다가 최제우라는 사람한테서 마침내 상대를 얻어 대화를 나눌 수 있게 된 그 인간적인, 너무나 인간적인 '하느님'이 저는 정말 궁금하고 그분을 하루빨리 만나고 싶은 심정이 됩니다."

"팅팅도 최 교수님의 강연에 감동한 모양이네!" 하고 클라라 폰 쥐트휘겔 박사가 미소를 머금고 말했다. "그 하느님께서 팅팅의 마음속에 이미 계신다는 것 아닌가! 다만, 팅팅이나 나나 그 하느님을 모신 '주체'로서 마음을 닦고 기를 바로 해야 한다니, 그게 참 쉽고도 어려울 듯하구먼!"

내가 그제야 팅팅의 선생님이었다는 그 클라라 폰 쥐트휘겔 박사를—관심을 지니고—찬찬히 살펴보자니, 윤기가 아직 채 가시지 않은 깨끗한 금발의 미인인데다 눈동자가 새파란 그녀는 귀엽고 미덥다는 듯이 팅팅을 바라보며 말하고 있었지만, 그녀의 마음은 자신도 모르게 이따금 최 선생님이 계시는 특별실로 향하고 있는 듯했다. 여자의 본능과 직감으로 나는 그녀가 최 선생님을 사랑하고 있다는 사실을 금방 알아챌 수 있었다.

"팅팅은 이제 곧 한국에 갈 테니, 그때 경주에 가서 꼭 할매 부처를 보도록 해라!" 하고 폰 쥐트휘겔 선생님이 팅팅한테 말했다. "할매 부처와 그녀의 미소를 본 뒤에야 비로소 최 교수님이 말씀하시는 '내 안의 하느님'을 어렴풋이 이해할 수 있을 거야. 서 박사님은 할매 부처를 본 적이 있으신가요?"

"아, 예, 저요?" 하고 나는 깜짝 놀라며 클라라에게 대답했다. "그럼요! 최 선생님한테 오는 독일 손님들을 안내해드리다 보니 가끔 경주 남산엘 가곤 했습니다. 하지만 할매 부처에 대해서는 제가 본 적이 이미 오래라 지금은 어렴풋한 기억밖에 없네요. 그 당시 저는 할매 부처의 중요성을 미처 깨닫지 못하고 있었거든요!"

"예, 아마도 그럴 거예요!" 하고 클라라가 말했다. "한국인에게는 일상적으로 만나는 형상 중의 하나일 테니까 별로 신기한 감흥

이 없었을 거예요, 마치 물고기가 막상 물을 보지 못하듯이!"

그때 특별실에서 사람들이 나오는 기척이 나더니, 최 선생님과 키가 훤칠하신 에른스트 오스텐펠트 교수님이 함께 먼저 식당을 나가시고 유타 슈트로마이어 교수가 지갑을 핸드백에 도로 넣으면서 총총 뒤따라 나가는 모습이 보였다. 나도 잠시 바깥으로 따라 나가, 오스텐펠트 교수님께 작별 인사를 드리고, 독일 교수님들과 작별을 하고난 최 선생님과 함께 다시 식당 쪽으로 길음을 옮겼다. 그리고는 최 선생님께 슬쩍 말씀드렸다. "선생님, 폰 쥐트휘겔 박사님이 참 아름다우신 분이시네요!"

"그래?" 하고 최 선생님이 되물으셨지만, 선생님과 나는 이미 원탁 앞에 도달해 있었기에, 최 선생님의 그다음 대답은 유감스럽게도 들을 수 없었다.

"아, 이거 참, 미안하게 됐습니다!" 하고 최 선생님께서 원탁에 남아 있는 하나의 빈 좌석에 앉으시면서 좌중에다 대고 말씀하셨다. "여러분을 식사에 초대해놓고 막상 저는 다른 자리에서 대접을 받는 입장이었으니, 제 신경이 온통 여기로 와 있었답니다. 팅팅 양, 식사는 좀 하셨나요? 아까 강연 때에는 예나에서 만났던 '4인'을 잘 대답해줘서 무척 고마웠어요!"

"예, 교수님!" 하고 팅팅이 말했다. "마침 제가 잘 알고 있던 사항이라 최 교수님께 올바른 대답을 해드린 것이 무척 자랑스러웠답니다. 오늘 제가 강연 현장에 있었던 최대의 보람이죠!"

"서준희 박사는." 하고 최 선생님께서 나를 보고 말씀하셨다. "그새 이미 팅팅 양과 교분이 생겨 이렇게 예나까지 온 모양이네!"

"아이참, 선생님도!" 하고 내가 대답했다. "팅팅 양과의 우정 때문만은 아니죠! 선생님께서 강연을 하시는데, 제가 베를린에 그냥 앉아 있을 수는 없지 않겠어요?"

"아무튼, 먼 걸음 해줘서 고마워요. 바이마르에서 예나까지 와주신 하겐스데겐 박사님, 마에다 교수님, 그리고 클라라 폰 쥐트휘겔 박사님께도 다시 한번 감사의 뜻을 표합니다."

"아, 참 인상 깊은 강연이었습니다." 하고 하겐스데겐 박사가 말했다. "저는 그 '내 안의 하느님'이라는 말에 꽂혀서 저녁 내내 알베르트 슈바이처 박사의 내심을 움직이신 그 하느님에 대해서도 함께 생각하게 되었답니다."

"많은 생각을 불러일으키는 강연에 감사드립니다." 하고 마에다 교수가 말했다. "나카츠카 아키라中塚 明라는 양심적인 역사학자가 1994년에 100년 전의 청일전쟁에 관한 새 자료를 발견합니다. 즉, 1894년 7월 23일 일본군에 의한 '우발적' '경복궁 점거'가 실은 일본 외무성과 군부에 의하여 사전에 치밀하게 계획되었고, 나중에 그 실상이 교묘하게 날조, 왜곡되었다는 것입니다. 저는 일본인들이 1894년에 조선의 왕궁을 불법 점령하여 조선의 왕을 사실상 포로로 연금한 사실에 대해서, 그리고 그해 말 임금과 사직을 보위하고자 2차로 봉기한 동학농민군을 현대식 무기로 무자비하게 살육, 진압한 만행에 대해서 일본인으로서 크나큰 수치심을 느끼지 않을 수 없었습니다. 하지만 나카츠카 교수에 의해 이렇게 역사적 진실이 밝혀졌음에도 불구하고, 일본 정부와 현대 일본인들은 그들의 지금까지의 그릇된 역사 인식을 수정할 기미를 전혀 보이지 않고, 새로 밝혀진 역사적 진실을 덮어버린 채 그냥 지나가려고 합니다. 이에 비하면, 최근에 일어난 한국인들의 촛불혁명을 보면, 1894년의 동학정신의 맥을 잇고 있는 김이 있어서, 지금 한국인의 역사 인식과 역사 의식이 일본인의 그것을 훨씬 앞서가고 있는 듯합니다. 아무튼, 최 교수님의 오늘 강연은 저에게 많은 생각과 깨달음을 은미하게 촉발시켜 주셨습니다. 훌륭한 강연에 대해 진심으로 감사드립니다."

"아, 마에다 교수님의 솔직한 말씀에 감사드립니다. 아무튼, 저의 보잘것없는 강연을 두고 모두들 좋은 말씀을 많이 해주십니다 그려!" 하고 최 선생님께서 말씀하셨다. "감사의 뜻으로 크게 한턱 낼 테니, 기분을 내시고 한 잔씩들 더 하시지요!"

"준기 씨, 정말 훌륭한 강연이었어요!" 하고 클라라 폰 쥐트휘겔 박사가 말했다. "우리 모두 최 교수님의 강연이 의미 있게 끝난 데에 대해 축배를 들어요!"

'쉴러의 바인슈투베'의 원탁에 앉은 우리 6인은 모두 한마음이 되어 '춤볼'을 외쳤다.

저녁이 깊어져 모두들 예나를 떠나 바이마르로 되돌아가야 하는데, 차를 갖고 온 사람이 하겐스데겐 박사와 클라라 폰 쥐트휘겔 박사 두 사람이었다. 마에다 교수와 팅팅이 둘 다 바이마르 시내에 거주하고 있었던 까닭이었는지는 몰라도, 나를 포함한 세 사람이 미리 약속이나 한 듯이 하겐스데겐 박사의 차를 타겠다고 하는 바람에 클라라 폰 쥐트휘겔 박사의 차를 타야 할 사람은 최 선생님뿐이었다.

"허, 이것 참!" 하고 최 선생님이 어색한 미소를 띠면서 혼자 중얼거리시는 소리가 마침 최 선생님 곁에 서 있던 내 귀에까지 들렸다. "미인이 모는 차를 혼자 타면 위험한데……."

30. 미인이 모는 차

강연에 연이어서 저녁 식사 대접을 받으면서도 또 한편으로는 자신이 초대해놓은 손님들을 잘 접대해야 한다는 생각에 많은 신경을 소모한 탓이었는지, 나는 클라라가 운전하는 차가 바이마르를 향해 달리기 시작하자마자 그만 갑자기 덮쳐오는 심한 졸음 때문에 도무지 정신을 차릴 수가 없었다.

졸음에 시달리면서도 클라라한테 미안한 마음은 있었던지 나는 왼손으로 그녀의 오른손을 더듬어 잡았다. 하지만 운전하는 사람의 오른손을 오래 꼭 잡고 갈 수는 없는 노릇이었을 뿐만 아니라, 졸음이 쏟아져서 내 쪽에서 그만 그 손을 놓아버린 것 같았다.

이윽고 차가 멈춰 선 듯해서 눈을 떠보니, 폰 쥐트휘겔 저택의 정문 앞이 아니라, 뜻밖에도 '참새에게로'의 주차장이었다.

"여기서 주스나 한잔 더 하고 들어가요, 우리!" 하고 말하고서 클라라는 먼저 차에서 내렸다. 나도 얼결에 차에서 내려 클라라를 뒤따라 '참새에게로'의 홀 안으로 들어갔다. 우리가 앉곤 하던 예의 구석 자리로 가 앉자, 턱수염이 허연 주인 남자가 다가와 약간 사무적인 인사를 했고, 클라라는 오렌지 주스를, 나는 라들러 한 잔을 주문했다.

"일요일 아침에 떠나신다고 생각하니, 이 내 마음이 무척 착잡해서 단둘이 얘기나 좀 나눌까 해서요……." 하고 클라라가 말했다. 그러고는 약간 미소를 띠고 나를 건너다보았다.

"아, 실은 나도 이별할 날이 사흘 앞으로 다가오니 마음이 좀 스산했답니다. 행인지 불행인지 이 강연이 오늘 목요일로 잡혀 있었기 때문에, 우선 강연을 잘 끝내는 데에만 신경을 집중하자며 나 자신을 달래어왔습니다. 아, 그러고 보니, 이제는 우리가 헤어질 일만 남았네요! 하기야, 모레 토요일 저녁에 환송회가 아직 남아 있긴 하지만요."

"일요일 아침에 떠나시지요? 아쉽지만, 아름다운 이별이 되었으면 해요!"

"어떤 이별이 아름다운 걸까요? 나는 클라라를 내 마음속에 따뜻하게 품은 채 돌아가지만, 본의 아니게 내가 클라라한테 약간의 슬픔을 남길 것 같기도 해서 벌써 미안한 마음이 앞서네요. 모든 이별에는 떠나는 사람보다도 떠나보내는 사람이 더 슬픈 법이거든요."

"나도 비슷한 생각을 했답니다. 모든 아름다운 이별에는 약간의 슬픔이 깃들어 있기 마련 아닐까요? 짐작하시겠지만, 그 사이에 하르트무트는 자신이 준기 씨와 나 둘 사이에서 그 어떤 장애 요인도 되고 싶지 않다는 의사를 늘 진심으로 표시해주곤 했답니다. 하지만 나는 그런 하르트무트를 잠시라도 배신하고 싶지 않았어요! 그리고, 보아하니 준기 씨가 자기 마음속에 모시고 있다는 그 '하느님'도 아마도 하르트무트를 배려하라고 명하시는 듯하더군요, 그렇지요?"

"아, 바로 그 문제입니다!" 하고 내가 말했다. "클라라는 참으로 영명하신 여인이십니다! 지금 '내 안의 하느님'을 언급해주셔서 고마워요. 그분은 나 자신의, 그리고 클라라의 마음의 평정을 뒤흔들지 말고 부디 그 평정심을 아름답게 지키라고 명하십니다. '만족감'이나 '포만감'보다는 약간 '아쉬운 아름다움'을 선택할 것을 권하시는 것이지요. 이것이 또한 나의 한계이자 슬픔이고요!"

"약간 슬프지만, 나도 그 '아름다움'을 함께 지키겠습니다. 준기 씨, 당신과 당신의 '하느님'을 알게 돼 정말 기뻐요. 이런 큰 기쁨을 오래 간직하자면, 이 평정심을 '아름답게' 유지하자면, 약간의 아쉬움, 약간의 슬픔쯤은 감수해야 할 테지요. 지금 생각나는 사실인데, 기독교도로 성장해온 나의 마음 안에도 '하느님'이 계시는 듯 느낄 때가 간혹 있답니다. 그 하느님이 준기 씨의 하느님과 크게 다르지 않을 것이라는 생각도 하고요. 하지만 그게 기독교도인 나의 삶에 너무 큰 파장을 몰고 올 듯해서 나는 내 마음을 그저 할매 부처의 호의에 내맡기고 싶답니다. 자, 그럼, 우리 이제 하르 트무트가 기다리고 있는 집으로 가요!"

31. 은사 카우프만 교수님

  토요일 저녁에는 환영회 때와 마찬가지로 하르트무트와 클라라, 이번에도 라이프치히에서 일부러 온 엘케 프리데만 교수, 그리고 올가와 보리스가 바이마르를 떠나는 나에게 따뜻한 송별연을 열어주었다. 다시 만날 기약을 하기 어려운 송별회가 대개 그러하듯이, 아쉽고 애틋했지만 약간 쓸쓸한 분위기가 감도는 것 또한 어쩔 수 없었다.

  엘케 프리데만 교수는 박재선 교수께 전해달라면서 나에게 한 권의 책을 건네주었고, 다시 한번 한국으로 올 생각이 있음을 분명히 밝혔지만, 그때 클라라는 말없이 그냥 담담한 미소만 보여주고 앉아 있었으며, 하르트무트와 올가, 그리고 보리스가 하는 모든 말과 몸짓은 그동안 우리 사이에 쌓인 우정과 상호 이해의 두께를 실감케 해주었다.

그 이튿날인 일요일 아침에 기차 편으로 바이마르를 떠난 나는 에어푸르트에서 환승해서, 아이제나흐, 바트 헤르스펠트, 풀다를 거쳐 프랑크푸르트(공항역)에 도착했지만, 거기서 나는 다시 기차를 바꿔 타고 서북쪽으로 달려 지크부르크 역에 도착, 다시 전차를 갈아타고 본 시내로 들어와 라인강 변에 있는 '베토벤 호텔'에 체크인을 했다. 그러고는 호텔 식당에서 간단하게 늦은 점심을 한 뒤에 잠시 호텔을 나와 라인강의 흐름을 거슬러 강변 산책로를 조금 걸어보았다.

저 멀리 강 건너 지벤게비르게Siebengebirge의 능선들은 예나 다름없이 부드럽고 정다웠으며, 도도히 흐르는 라인강 위로는 네덜란드의 로테르담과 스위스 바젤 사이를 오가는 많은 화물선이 물 따라 순방향, 또는 역방향으로 자신들의 항해를 계속하고 있었다. 쾰른에서 빙엔Bingen까지 뱃놀이 손님들을 태우고 오가는 라인강 유람선의 본 선착장도 그 옛날 내 유학 시절과 다름없이 그냥 그 자리에 있어서, 마침 몇몇 손님들이 배에서 내리고 있었으며, 본에서 빙엔 쪽으로 올라가려는 손님들도 새로이 탑승하고 있었다.

'그렇다! 나는 그렇게도 간절히 독일 유학을 꿈꾸던 독문과의 내 친구 김장춘을 광주 땅에 묻어둔 채 나 혼자 여기 본으로 왔다. 그의 몫까지 살겠다며 열성을 다해 공부했고 귀국해서는 교수가 되었지만, 세월이 흐르면서 때로는 장춘을 잊고도 살 수 있다는 사실이 슬펐다. 결국, 별로 이룬 것도 없는 채 퇴임을 한 뒤에 노구를 이끌고 다시 이곳 본에 온 것이다!'

나는 대형 유리창을 하고 있는 본대학 중앙 도서관 열람실 안을 무연히 들여다보았다. 안에는 학생들이 책을 읽거나 노트북의 자판을 두드리고 있었다. 저기 저 금발의 여학생이 책을 읽다가 노트북에 무엇인가를 입력하고 있는 저 자리쯤이 아마도 내가 박사 논문을 준비하던 그 자리일 듯했다. 학위논문의 가목차에 적혀 있는 순서 그대로 내가 각 장별로 타자를 친 원고를 카우프만 교수님의 면담 시간에 갖고 가서 드리고는 그전 면담 시간에 드렸던 원고를 되받아 오곤 했는데, 그 되받은 원고에는 온통 코멘트와 수정 제의가 잔뜩 적혀 있곤 했다. 아무리 교수로서의 당연한 임무였다 하더라도, 사랑이 없었다면, 먼 동아시아에서 온 청년을 어찌 그렇게도 세심하게 지도해주실 수 있었을까? 훗날 나도 카우프만 선생님한테서 배운 그대로 내 후진들의 논문을 그렇게 지도해주긴 했다. 하지만 그들은 지금 다 어디 가고 나만 이렇게 늙은 몸으로 여기 본대학 중앙 도서관 옆길을 올라가고 있는 것일까? 금방 '아데나우어 알레Adenauer Allee'가 나왔다. 길 건너 저 건물은 아직도 멘자(Mensa, 학생 식당)일까? 여기 이 아데나우어 알레만 건너가면, 내가 카우프만 선생님 내외분을 초대해놓은 베버 슈트라세 42번지의 '작은 계단으로'까지도 금방이다. 하지만 바로 그 식당으로 가기엔 아직 시간이 너무 일렀다. 저기 남서쪽으로 '궁정정원Hofgarten'이 보이고 노란색의 옛 궁성 건물이 보였다. 나는 프리드리히 빌헬름 왕의 옛 궁성이었던 본대학 건물을 향하여, 마치 쇠붙이가 자석에 이끌리듯, 천천히 걸어갔다. 이윽고 나는 '레기나 파치스(regina pacis, 평화의 여왕 마리아)' 상 아래의 육중한 문을 밀고 안으로 들어가 본대학 건물 한가운데에 있는 조그만 안뜰에 서게 되었다. 여기 이 건물이 철학부 철학과가 들어 있는 곳, 내가 카우프만 선생님의 강의를 듣고 논문 지도를 받던 정든 곳이다. 이젠 카우프만 선생님도 정년 퇴임을 하셨고, 나도 내 나라에서 정년 퇴임을 했다. 길러주신 은혜에 다 보답은 못하더라도, 일단 독일까지 온 이상 한번 찾아뵙는 것만은 생략할 수 없는 일이었다. 그래서, 나는—어쩌면 마지막으로—여기 본에 온 것이었다.

나는 베토벤 호텔로 다시 돌아가 내 방 안락의자에 앉아서 잠시 휴식을 취하기로 했다. 여행의 긴장 때문인가, 무상한 인생의 황혼에 찾아든 하염없는 회한 때문인가, 잠시 잠을 청했지만 잠이 오지 않았다. 꿈결에 장춘이라도 나타나 주면 좋으련만, 기다리면 오히려 잠이 오지 않았다.

그래도 피곤하긴 했던지 잠시 졸긴 졸았던 모양이었다. '어이쿠, 늦었다!' 싶어서 시계를 보니, 5시 30분이었다. 6시까지 베버 슈트라세로 가기에 시간은 아직 충분했다. 나는 베토벤 호텔을 출발하여 베버 슈트라세의 '작은 계단으로'를 향해 천천히 걸어갔다. 베버 슈트라세 42번지에 있는 그 140년 역사를 자랑하는 식당 입구에는 여전히 고풍스러운 '작은 계단' 3개가 있었고 그것들을 올라가자 금방 식당으로 들어가는 현관문이 나왔다. 내가 여주인에게 6시에 세 사람 예약한 '최'라고 말하자, 그녀가 나를 아늑한 구석 자리로 안내해주면서, 내가 어디서 왔는지 물었다. 한국인이라고 대답하면서 전에 본대학 유학생이었다고 말하자, 그녀가 나를 무척 환대해주었다. 내 옛 은사님과 사모님을 초내하는 자리라고 묻지도 않은 설명을 덧붙이면서, 카우프만 선생님의 성함을 대었더니, 그녀는 교수님 내외분이 이 식당의 단골손님이라고 했다. 물론, 그건 나도 전부터 익히 알고 있던 사실이었다.

이윽고 카우프만 선생님 내외분이 도착하자 여주인이 그들을 반가이 맞이해서 내가 있는 자리로 안내하는 소리가 들려왔다. 내가 자리에서 일어나며 인사를 드렸더니, 카우프만 선생님께서 나를 포옹해주시면서 말씀하셨다.

"사건이야, 사건! 최 교수가 본에 나타나 우리 두 늙은이를 초대해준 이것이야말로 일대 사건 아니고 무엇이겠나?! 고맙네, 정말 고마워!"

"최 교수, 반가워요!" 하고 사모님께서도 말씀하셨다. "바쁜 사람이 우리 노인들을 만나줄 시간이 나셨나 보네요! 고마워요!"

"바쁘긴요!" 하고 내가 말했다. "이제는 저도 정년 퇴임을 해서 바이마르에서 조금 쉬러 왔었답니다. 온 김에 선생님 내외분을 뵙

고 귀국해야겠기에 오늘 이렇게 본에 온 것입니다. 어서 좌정하시
지요!"

여주인이 메뉴를 갖다주면서, 기쁜 어조로 우선 음료 주문부터
받겠다고 말했다.

"선생님, 오랜만에 안덱스의 수도원 맥주Andechser Klosterbier
한잔 어떠세요?" 하고 내가 여쭈었다. "아직 그 정도는 하실 수 있
으시죠?"

"그럼, 최 교수가 이렇게 본까지 왔는데, 한잔하지 않을 수가 있
나? 난 안덱스 맥주로 하고, 집사람은 좀 순한 쾰쉬(Kölsch, 쾰른 산
의 맥주 이름)로!"

그래서, 안덱스의 수도원 맥주 두 잔에다 쾰쉬 한 잔이 주문되
었다. 그리고, 나는 두 분의 동의를 얻어 일단 전식으로 어니언 수
프와 '주방장 야채 샐러드, 대' 하나를 주문했다.

음료가 나오기 전에 나는 한국에서 가져온 녹차와, '스승님의
은혜에 깊이 감사드립니다!'라는 내 자필 붓글씨를 써 넣은 합죽
선合竹扇을 선물로 드렸다. 사모님께서 한글 붓글씨가 참 아름답
다고 하시면서 무슨 의미인지 물으셔서, 번역해드렸더니, 미소를
띠면서 고개를 끄덕여주셨다.

그때 맥주가 나왔다. 카우프만 선생님께서 맥주잔을 들고 말씀
하셨다. "자, 우리 건배합시다! 최 교수가 본까지 와서 우리를 초
대해준 데에 고마움을 표하고, 최 교수의 건강과 행운을 빌어요!

춤볼!"

"예! 선생님 내외분의 만수무강을 빕니다!" 하고 대답하면서 나도 잔을 들었다. "춤볼!"

그때 주인이 전식 요리를 가져오자, 카우프만 선생님은 '돼지 목살 스테이크'를, 사모님은 '구운 감자를 곁들인 로스트비프'를 주문하시기에, 나도 '돼지 목살 스테이크'를 주문했다.

나는 두 분이 어니언 수프를 드시는 동안 야채 샐러드를 작은 접시들에 옮겨 담아 두 분 앞에 놓아드리고 나를 위해서도 작은 접시에 샐러드를 조금 덜어놓았다. 그러고는 나도 어니언 수프를 먹기 시작했다.

카우프만 선생님께서 이번 바이마르 여행에서의 내 프로젝트에 관해 물으시기에 나는 내 집안 이야기를 중심으로 한국 현대사에 관한 성찰을 담은 소설 비슷한 글을 조금 썼는데, 아직 완성하지는 못한 원고를 들고 귀국하는 길이라고 말씀드렸다.

"참 잘하는 일입니다!" 하고 선생님께서 말씀하셨다. "우리 철학자들도 자신이 살아온 시대에 대해 의견과 기록을 남기는 것이 바람직하지요. 그래야 다음 세대의 사람들한테 길잡이가 될 수 있습니다. 철학이란 학문이 지금까지 선학들이 온축해온 지식의 총량을 그냥 전승하기만 한다면, 늘 본전밖에 안 되는 '장사'를 계속하는 꼴이 될 것입니다. 최 교수가 꼭 그 작품을 출간해서, 우리 철학도의 사명을 다하기를 진심으로 바랄게요!"

마침 여주인이 음식을 갖고 오자, 선생님께서는 자신의 핸드폰을 여주인에게 건네주면서 말씀하셨다.

"미안하지만, 우리 셋이 만난 이 귀한 장면을 사진으로 한 장 찍어주시겠어요? 35년 전에 내게서 박사 논문을 썼던 제자가 지금 정년 퇴임을 해서 나를 다시 찾아온 겁니다. 이게 기적 같은 '사건'이 아니고 무엇이겠습니까? 부디 잘 찍어주시기를 바랍니다!"

32. 바이마르에선 아무 일도 없었다?

늘 느끼는 일이지만, 독일에서 귀국하는 여정이야말로 지루한 기다림의 연속이다. 우선, 요즘은 독일 철도에 연착이 너무 잦아서 일찌감치 프랑크푸르트 공항에 도착해 있어야 안심이 되기 때문에, 두세 시간 일찍 공항에 도착해야 한다. 그래서 체크인을 할 때까지 공항에서 지루하게 기다리지 않으면 안 되는 것이다. 마침내 보안 검사와 출국 수속을 거쳤다 해도 또 탑승 대기실에서 탑승 수속을 기다려야 한다.

그때 핸드폰에서 무슨 소리가 나기에 열어보았더니, 서준희 박사가 카톡을 보내왔는데, 본에서 발간되는 지방지 '본의 일반신문 Bonner Generalanzeiger'의 기사였다. 뜻밖에도 어제저녁 본의 식당 '작은 계단으로'에서의 카우프만 선생님 내외분과 나의 사진이 실려 있었고, 내가 선물한 합죽선 사진도 함께 보였다. 그 옆에

'35년 만에 찾아온 제자!'라는 큰 제목이 눈에 띄었다. 작은 활자로 된 기사에는 헤르베르트 카우프만 교수가 본대학 철학과에서 네 번째로 배출한 철학박사인 한국 출신의 제자 최준기 교수를 소개하고 있었으며, 사진 설명에는 '은혜를 아는 한국인'이라는 진한 글자의 제목 아래에 작은 글자로, "35년 뒤에 본에 찾아와 스승과 그 부인에게 만찬을 대접하는 최 교수"라는 설명문이 있었다. 기사의 내용으로 미루어 짐작하건대, 카우프만 교수님이 어젯밤에 바로 '본의 일반 신문'사에 사진과 기사를 제공하신 듯했다.

선생님, 축하드려요!
우리 한국인이 '은혜를 아는 국민'으로 선양되었다고 해서, 본에 유학하고 있는 제 친구가 이 기사를 저에게 카톡으로 보내 줬네요.
저는 깜짝 놀라 잠시 어리둥절했지만, 금방 선생님께서 귀로에 본에 들르신 것을 알아차렸답니다. 선생님이 무척 자랑스럽습니다.
저도 지금 귀국을 서두르고 있습니다. 금방 대구에서 뵙겠습니다. 선생님, 부디 무사 귀국하소서!

—아직 베를린에서, 제자 서준희 올림.

카우프만 선생님의 기민한 언론 플레이도 뜻밖이라 놀라웠지만, 가히 광속도로 전파되는 전지구적 정보화 세계도 새삼 경이로웠다.

아무튼, 잠시 뒤에 나는 드디어 서울-인천행 항공기의 지정 좌석에 안전벨트를 매고 앉아 있게 되었는데, 그래도 기다림은 아직 끝나지 않아 마지막으로 항공기의 이륙을 기다리는 중이었다. 이윽고 항공기가 이륙해서 모니터에 비행 안내도가 뜨기 시작하자, 그때야 비로소 안심이 된 것인지, 또는 장기간 외국 체류에 마침내 노인의 기력이 다한 것인지, 나는 저절로 스르르 눈이 감겨 오는 것을 어쩌지 못했다.

아마도 바이마르란 타지에서 지낸 것이 그래도 힘이 들어서, 그동안에 누적된 피로가 한꺼번에 몰려온 탓이었겠지만, 이상하게도 나는 식당 비슷한 어떤 홀의 공중에 가볍게 둥둥 떠서 하릴없이 아래쪽을 내려다보고 있는 나 자신을 발견했다. 아래에서는 사람들이 둘러앉아서 무얼 먹고 마시면서 서로 대화를 나누고 있었다.

"자기 자신 안에 하느님을 모셨던 분이 '천도지상연天道之常然'에 드신 것이지!"라고 말하는 것은 내 귀에 익은 옛 후배 동료 김 교수의 목소리였다.

"지난 5월 스승의 날에 뵈었을 때만 해도 건강하셨잖아!" 하고 내 귀에 익은 어떤 다른 목소리가 말했다. "독일에서 돌아오신 지

닷새 만에 그냥 누운 자리에서 고이 잠드셨다는 게 고종명考終命이긴 하다만, 이상하잖아? 바이마르에서 혹시 과로하셨나?"

"쉬러 가신 분이 과로할 게 뭐 있겠어?"라고 또 다른 목소리가 말했다. "혹시 독일에서 여자라도 생겼으면 또 몰라도!"

목소리 A: "바이마르의 어느 귀부인의 초청을 받아 그녀의 고풍스럽고 유서 깊은 저택에서 지내셨다던데, 혹시 거기서 무슨 일 있었던 건 아닐까?"

목소리 B: "혹시 모르지! 복상사는 아니더라도, 그 비슷한 피로감 때문일 수도 있고……. 성욕이란 건 사람이 죽는 날까지도 없어지지 않고 남아 있다잖아!"

지금 내가 정신을 차리고 아래를 내려다보자니, 이게 어느 장례식장의 조문객 접대 홀 같았고, 이 사람들이 둘러앉아 아마도 내이야기를 하고 있는 것 같았다.

김 교수: "에끼 이 사람들아! 쇠주 한잔 걸쳤다고, 고인에게 무슨 그런 당찮은 추측인가? 고인은 엄격한 도덕군자도 아니셨지만, 그렇다고 그런 데에 푹 빠질 분은 더욱 아니셨네!"

고인이라? 그럼, 내가 이미 죽었단 말 아닌가? 지금 이 사람들이 나의 사인에 대해 이런저런 추측을 하고 있는 모양인데, 사람들도 참, 영안실에서는 원래 고인에 대해 이러쿵저러쿵 말이 많긴하다만, 꼭 내가 '바이마르에선 아무 일도 없었다'고 발명을 해야하나? 하긴, 사람이 머물던 곳에서 '아무 일도 없었다'는 게 말이 되나? '무사했다'고 말한다면 또 몰라도! 그러나저러나 죽은 사람은 이제 말을 못 하는 것 아닌가? 뭐, 아무렇게나들 생각하라지! 어차피 죽은 몸이라면, 그까짓 게 뭐 대수라고!

그런데, 꿈결인데도 독일인 여승무원이 내게 음료로는 무엇을 드시겠느냐고 물은 것 같기에, 얼결에 나는 독일어로 "아펠자프트, 비테Apfelsaft, bitte!"라고 대답했다. 그러고는 사과 주스 한잔을 받아 단숨에 죽 들이켰다. 나는 그새 자신이 죽은 꿈을 꾸었다는 사실이 은근히 겸연쩍기도 해서 다시 슬그머니 눈을 감았다.

"시천아, 할아버지한테 인사드려야지!"—아, 이건 분명 내 며느리의 목소리다!
"안녕하세요, 할아버지! 저예요, 시천이!"
"아, 그래, 시천아! 내 손자가 왔구나! 시천, 때를 천번이나 만나리라는 그 이름! 1875년에 해월 선생이 '용시용활用時用活의 개명'을 단행하신 걸 생각해서, 때 시 자를 넣어 이 할아버지가 지어준 이름이지. 실은 그 안에 '하느님을 모셨다侍天'는 의미도 음차로 넣어놓았단다!"

(꿈이란 참 이상도 하지! 이미 꿈인 줄 알고 멀쩡히 깨어 있는 것 같은데도, 계속 더 꿈을 꾸기도 하는데, 그럴 때는 더러 비약도

322

생기고, 나중에 그 꿈 조각들을 다시 꿰맞춰봐도 엉성한 얘기밖에 되지 않는단 말이야!)

"클라라, 난 지금 할매 부처와 나란히 하늘을 둥둥 떠 날아가고 있어요! 저 아래로 양양한 금호강 줄기! 저 앞으로는 우뚝 솟은 팔공산! 이 땅의 민초들이 소원을 빌어오던 갓바위가 저기 보여요! 내 소원요? 그야 물론 클라라를 한 번 더 이 땅에서 만나, 할매 부처 앞에서 우리 둘이 국적과 남녀를 떠나 다 같은 인간으로서 서로 포옹하는 것! 그리고 또 다른 소원? 19세기 초반에 독일인들도 외쳤던 바로 그 '자유Freiheit'와 '통일Einheit'! 하지만 '자유'를 핑계로 '통일'을 한없이 미루지 않고, '통일'을 지상 과제로 내세워 '자유'를 억압하지도 않는 나라! 주변 강대국에 빌붙어 '각자위심' 하지 않고 천도의 상연常然으로 동귀일체同歸一體하는 국민들!"

동학의 후예, 바이마르에 오다

정지창

(문학평론가, 전 영남대 독문과 교수)

1

올해는 수운 최제우 선생의 탄생 200주년이자 갑오 동학농민 전쟁 130주년이 되는 해이다. 이를 기념하듯 연초에 '개벽'을 주제로 백낙청이 주도한 네 차례의 좌담을 정리한 『개벽사상과 종교공부』(창비, 2024)가 출간되었고, 뒤이어 안삼환의 장편소설 『바이마르에서 무슨 일이』(앞으로 『바이마르』로 줄여 표기한다)와 김민환의 장편소설 『등대』가 동시에 선을 보였다. 두 편의 소설은 모두 동학사상과 동학운동을 주제로 삼고 있지만, 사전에 출판사나 작가들 사이에 어떤 기획이나 약속이 있었던 것이 아니고 우연히 이 시점에 세상에 함께 나오게 된 것이니, 우리가 모르는 미묘한 시절 인연이 무르익어 저절로 이루어진 일이다.

돌이켜보니 동학의 부활을 알리는 전조는 이미 몇 년 전부터 나타나기 시작하던 것 같다. 영문학을 바탕으로 한국문학과 한국사상의 새 길을 열어온 평론가 백낙청은 2020년 『서양의 개벽사상가 D. H. 로런스』를 통해 개벽 사상이 한국 개벽 종교(동학·천도교, 증산교, 원불교)의 전유물이 아니라 인류 보편적인 화두이자 과제임을 선언했다. 뒤이어 도올 김용옥은 동학 경전 해설서인 『동경대전 1 ─ 나는 코리안이다』와 『동경대전 2 ─ 우리는 하느님이다』 (통나무, 2021), 『용담유사』(통나무, 2022)를 출간하여 동학 공부의 새로운 지평을 열었다. 이를 계기로 백낙청은 도올과 동학 연구자인 박맹수를 초청하여 '다시 동학을 찾아 오늘의 길을 묻다'라는 제목의 특별 좌담을 갖고 개벽 사상과 개벽 운동을 심도 있게 논의하여 동학의 현재적 의미를 부각했다. 이와 동시에 문학평론가 임우기가 오랜 동학 공부의 결정체인 『유역문예론』(솔출판사, 2022)을 제출함으로써 지금까지 서쪽만을 바라보던 문단에 "동쪽도 보라!"라는 강력한 메시지를 던진 것도 우연으로 넘길 일은 아니었다.

어디 그뿐인가. 2023년 5월에는 1960년대부터 선구적으로 동학 공부의 불씨를 지폈던 김지하 시인의 1주기를 맞아 '김지하의 문학·예술과 생명 사상'을 주제로 대규모 학술 심포지엄이 열렸다. 여기서 김지하의 생명 사상과 생명운동, 그리고 그의 문학·예술의 바탕인 동학에 관한 다양하고 심층적인 토론이 이뤄졌으니,

이런 일련의 계획되지 않은 우연의 중첩을 동학의 시운이 무르익은 증표라고 보는 것은 제 논에 물 대는 식의 억지는 아닐 것이다.

2

알다시피 작가 안삼환은 저명한 독문학자이다. 일찍이 독일에 유학하여 토마스 만 연구로 박사 학위를 받고 귀국하여 대학교수로 평생을 한눈팔지 않고 오직 학생들을 가르치고 연구에만 전념하는 전형적인 선비의 삶을 살아왔다. 그런 그가 정년 퇴임 후에 뒤늦게 『도동 사람』(부북스, 2021)이라는 독특한 교양소설을 선보이더니 뒤이어 『바이마르』라는 본격적인 장편소설을 써냈다. 같은 시기에 그와 동갑인 언론학 교수 출신의 작가 김민환도 『큰 새는 바람을 거슬러 난다』(문예중앙, 2021)를 통해 독서계에 신선한 바람을 일으킨 데 이어 이번에 문제작 『등대』를 써냈으니, 팔순의 두 작가가 나이를 거꾸로 먹은 듯, 청년 못지않은 기개로 동학사상과 동학운동이라는 만만치 않은 주제를 참신한 시각과 독창적인 형식으로 형상화했다는 사실이 놀랍다. 『바이마르』에서는 유럽의 문화 수도인 바이마르를 방문한 동학의 후예가 한국인의 특수한 역사적 경험을 바탕으로 동학과 서학의 회통을 통해 세계시민의 보편성에 도달하려고 암중모색하고 있는데, 『등대』는 한일합방 직전인 1909년 남해의 작은 섬 소안도에서 일어난 동학교도들의 항일 투쟁을 영화처럼 생동감 넘치게 보여준다.

　두 작품의 비교 연구는 차후의 과제로 남기고, 여기서는 일단 안삼환의 『바이마르』를 집중적으로 살펴보자. 이 소설은 외면적으로 여행기의 형식을 취하고 있다. 최준기라는 은퇴한 철학 교수가 예전에 유학했던 독일에 두 달 동안 머물면서 겪은 일들을 일기 쓰듯이 상세하게 기록한 것이 이 소설의 내용이다. 그러나 이 여행기는 개화기의 유길준과 이종응이 쓴 『서유견문록 西遊見聞錄』처럼 서구 문물과 풍속의 소개를 목적으로 씌어진 것이 아니다. 또한 토마스 모어의 『유토피아』처럼 낯선 이상향의 정치와 사회 제도를 소개함으로써 불합리한 자기 나라의 현실에 대한 대안을 제시하기 위한 허구의 모험담도 아니다.

　이 작품의 주인공 최준기는 청년시절 독일에 유학하여 평생 서양철학을 공부하고 가르친 학자지만 나이 들면서 동학에 관심을 가지고 동서양의 사상과 문화의 회통을 모색한다. 우연한 기회에 경주를 찾은 독일 여성과 친분을 맺고 그녀의 초대로 바이마르를 찾아 잠시 머물게 되지만 여기서 그의 인생행로를 바꿀 만한 특별한 일은 벌어지지 않는다. 어찌 보면 작가가 근년에 발표한 장편 『도동 사람』과 단편 「천년의 미소」(2022)에서 보듯이 슴슴하고 담백한 교양소설의 기조가 여기서도 그대로 이어지고 있는 것처럼 보인다.

　그러나 이러한 담담한 서사의 표층 밑에서는 최준기의 회상이

나 꿈을 통해 그의 할아버지와 아버지, 그리고 최준기 자신이 겪어온 파란만장한 한국의 근현대사와 함께 그가 동학의 후예임을 자각하게 되는 과정이 서술된다. 최준기는 수운 최제우 선생이 득도 후 처음 지은 한글 가사 「용담가」를 읽고 자신이 속한 경주 최씨의 가계를 더듬어 그의 할아버지인 동학도 최내천과 아버지 최여경의 이름, 즉 '내천乃天'과 '여경餘慶'이 모두 동학과 관련된 것임을 알게 된다. 그러면서 자신이 어쩔 수 없이 동학의 가문에서 태어난 동학의 후손임을 어렴풋이 깨닫는다.

바로 (「용담가」의) 이 대목에서 '내천'의 손자요, '여경'의 아들인 이 최준기는 꼼짝달싹도 할 수 없는 자신의 '숙명'을 어렴풋이 깨달았다. '어렴풋이'—그렇다, 모든 깨달음은 처음에는 일단 '어렴풋이' 온다. 다시 말하자면, 나는 내 숙명을 어렴풋이 깨닫긴 했지만, 아직도 그것이 뭔지 정확히 깨닫지는 못하고 있었다. (128~129쪽)

「용담가」에서 하늘님(하늘님)은 수운에게 너와의 만남이 나로서는 하늘과 땅이 처음 열린 선천개벽先天開闢 이후 오만 년 동안의 헛된 노력 끝에 가까스로 이룬 성공이요, 너에게는 숙원인 무극대도無極大道를 깨달아 뜻을 이룬 득의인 동시에, 너의 집안(경주 최씨 집안)의 운수라고 말한다. "개벽 후 오만 년에 네가 또한 첨이로다 나도 또한 개벽 이후 노이무공 하다 가서 너를 만나 성공 하니 나도 성공 너도 득의 너의 집안 운수로다." 수운의 득도는 하 늘님과 수운 사이의 사건일 뿐만 아니라 최씨 집안의 운수이기도 하다는 것이니, 최준기로서는 동학 후예로서 동학의 뜻을 체득하 여 널리 알리는 것이 그의 숙명이자 소명임을 어렴풋이 자각하게 된 것이다.

그러던 최준기는 서학의 본산인 독일 땅에 와서야 비로소 자신 이 선조들의 영기靈氣를 물려받은 동학의 후예임을 확연히 깨닫 게 된다. 최준기의 의식 속에 잠재해 있던 이런 자의식이 현실 공 간에서 정제된 담론으로 표현된 것이 바로 예나대학에서의 동학 강연이다. 그는 독일 청중들 앞에서 강연을 시작하면서 이렇게 말 한다. "오늘 저는 저 먼 극동의 조그만 왕국 조선에서 19세기 후반 에 일어난 '동학'이라는 사회사상에 대해 말씀드리고자 합니다. 저의 이 강연이 예나와 바이마르에서, 나아가 독일과 유럽에서, 아니, 전 세계에서의 동·서 철학적 대화를 위한 작은 자극제가 되 기를 바랍니다."

이런 점에서 『바이마르』는 전통적인 여행 소설이나 독일의 교 양소설과는 성격이 비슷하면서도 결이 다르다. 이 소설은 낯선 세 계에서 겪는 한 개인의 경험이나 그러한 경험을 통해 그가 원숙한 인격체로 성장하는 과정을 보여주는 것이 아니라, 동양 문화권에 속한 주인공의 철학과 사상이 서구 문화권의 철학과 사상을 만나 부딪히고 뒤섞이는 과정을 보여준다. 필자는 이러한 새로운 유형의 소설을 담론 소설이라고 부르고자 한다. 여기서 담론의 주제는 바로 동학과 서학의 만남이고, 이런 점에서『바이마르』는 동학 담론의 세계화, 또는 동학을 주제로 한 동·서의 대화를 모색하는 담론 소설이라고 할 수 있다.

이런 담론 소설의 선례는『서유기』와『화두』를 비롯한 최인훈의 작품에서 찾을 수 있다. 그의 소설들은 대체로 극적인 사건이 없이 환상과 현실, 과거와 현재, 의식과 무의식을 넘나들며 이데올로기의 대립으로 인한 분단과 전쟁, 그리고 외세와 독재 권력과 분단체제 속에서 방황하고 고뇌하는 피난민 지식인의 의식을 고도의 비판적 성찰과 담론으로 표현한다. 지금까지 평론가들은『광장』을 제외한 최인훈의 소설들을 '관념소설'이라고 규정해왔다. 이 명칭은 역동적이고 극적인 사건이 중심을 이루는 전통적인 소설 형식에서 벗어난, 관념의 유희가 주조를 이루는 소설이라는 부정적 의미를 은연중에 담고 있다. 그렇지만 최인훈은 굳이 19세기 서양에서 형성된 플롯 중심의 소설 양식을 따르지 않는다. 그는 소설과 시, 희곡의 서양식 장르 개념에 구애받지 않고 동양의 전통 서사 형식인 신화와 전설, 민담, 야담, 시화, 가전假傳, 행장, 일기 등이 뒤섞인 독특한 서사 형식을 구사한다. 이런 점에서 최인훈과 안삼환의 작품들은 그 형식에서 서양의 소설보다는 연암의『열하일기』에 가깝다.

3

바이마르는 알다시피 괴테의 도시이다. 18세기 후반에 이 조그
만 도시에 괴테와 쉴러, 헤르더, 빌란트 같은 천재적 재능과 개성
을 가진 작가들이 모여들어 독일고전주의 문학을 꽃피웠다. 바이
마르 공국은 나폴레옹 전쟁이 끝난 1817년에 시민대표와 농민대
표가 10명씩 참여하는 의회를 만들고 언론과 집회의 자유를 보장
하는 선구적인 입헌군주국이 되었다. 1919년 1차세계대전이 끝
나고 독일이 민주공화국으로 출범할 때 가장 모범적인 민주공화
국의 헌법으로 일컬어지는 바이마르 헌법이 선포된 곳이다. 바이
마르 공화국 시절(1919~1933)에는 이곳에 터를 잡은 종합예술
학교 바우하우스가 미술과 공예, 건축, 디자인 분야의 새로운 기
풍을 창안하여 전 세계에 파급시켰고, 소설에도 나오지만, 니체의
서고(아카이브)와 슈바이처 기념관도 이곳에 있다. 1999년 유럽
의 문화 수도로 지정된 바이마르는 이런 점에서 유럽 문화를 상징
하는 도시다. 소설의 주인공 최준기를 초청한 바이마르의 클라라
폰 쥐트휘겔 부부를 비롯하여 최준기의 친구나 은사인 학자와 교
수들은 이러한 바이마르식 인도주의와 문화적 교양을 물려받은
인물들이다. 이들은 중동과 우크라이나, 폴란드 등지에서 들어온
난민들을 따뜻하게 보살피고, 동양의 문화와 사상에도 마음의 문
을 열고 호감을 표시한다.

최준기는 이러한 유럽 교양 시민들의 환대와 호의를 긍정적으로 받아들이면서도, 바이마르 근교의 부헨발트 강제수용소를 방문하면서 나치 독일의 유대인과 정치범 학살 같은 역사적 과오를 되새기고, 독일과 유럽이 안고 있는 난민 문제와 극우 파시즘 세력의 득세에 대해서도 눈을 감지 않는다. 그리고 그런 과정을 거쳐 유럽의 문화와 사상, 즉 서학에 대한 비판적 수용이 이루어진다.

가령 목사의 아들로서 '신은 죽었다'라고 선언한 니체의 서고를 찾은 최준기가 비판적 성찰을 하는 대목을 보자. "우리 한국의 지식인이 1950년대 말에 실존주의적 고민에 빠질 이유나 필연성이 과연 있었을까? 우리 한국인은 부엌에도, 곡간에도, 변소에도 신이 있다고 믿어왔고, 산에도, 강에도, 땅에도 신이 있으며, 하느님까지도 절대적 권능의 창조주 및 섭리자가 아니었기 때문에, 하느님이 죽는 일도 있을 수 없었다. 그런데 지난 세기의 50년대 말에 한국의 지성인들과 문학인들이 실존주의적 고민에 머리를 싸맬 필요가 과연 있었던가 말이다! '형이상학적 노숙 상태'에 빠진 기독교적 서구인들의 고민에 편승한 쓸데없는 '흉내 고민' 때문에, 정작 우리 한국인이 당면해 있던 전후의 여러 문제와 민족의 분단상황에 대해서는 '올바른 고민'을 못했던 측면은 없었던가?" 이러한 비판은 곧바로 다음과 같은 반성을 낳는다. "내가 지금까지 전공해온 서양철학이란 것이 서양인의 사고방식, 종교와 문화를 올바르게 이해하기 위해서 다소 필요했던 것은 사실이지만, 나는 그 철학이 우리 땅에서, 우리 한반도에서 우리가 당면한 여러 문제를 해결하는 데에는 막상 별 도움이 되지 못했다는 사실을 유감스럽지만 인정하지 않을 수 없었다."

이 소설에서 작가가 가장 공을 들여 파헤치고 드러낸 것은 동학 농민전쟁 시기에 자행된 농민 학살과 1946년 대구와 영천의 10월항쟁과 6·25 전쟁 당시에 벌어진 민간인 학살 등 한국 근현대사의 피비린내 나는 민간인 학살이다. 1950년 음력 6월 25일(8월 7일) 영천에서 보도연맹원들과 함께 총살된 할아버지 최내천, 1980년 5월 광주 민주항쟁 당시 도청에서 산화한 친구 김장춘이 끊임없이 최준기의 의식 속에서 재생된다. 이와 함께 외세의 개입과 침탈로 인한 망국과 분단, 전쟁의 참화를 되새기면서, 해방 이후에도 외세에 빌붙어 국민을 억압하고 있는 독재 권력도 날카롭게 비판한다.

특히 영천의 10월항쟁에 대한 세밀한 묘사는 이 소설의 백미로 꼽을 만하다. 영천 출신의 이중기 시인이 근 20년 동안 피해자들을 만나 인터뷰를 하고 자료를 수집하여 『시월』(삶창, 2014)과 『영천 아리랑』(만인사, 2016), 『어처구니는 나무로 만든다』(한티재, 2018), 『정녀들이 밤에 경찰 수의를 지었다』(산지니, 2022) 등 일련의 시집을 통해 영천 10월항쟁의 진상은 비교적 상세하게 밝혀냈으나, 이를 소설로 형상화한 것은 안삼환의 『바이마르』가 처음일 것이다. 영천 지역의 해방전후사나 10월항쟁의 전개 과정은 이중기의 작업을 참조한 흔적이 보이지만, 작가 안삼환은 독창적인 안목과 솜씨로 최내천이라는 기인 동학도인과 그의 아들 최여경의 행적을 묘사함으로써 한 가족의 수난사를 통해 영천 지역의 10월항쟁을 생생하게 부각하는 데 성공했다.

1946년에 대구와 영천을 중심으로 남한 각지에서 벌어진 10월항쟁은 미국이 일본의 식량난을 해결하기 위해 5백만 섬의 쌀을 밀반출함으로써 쌀 품귀 현상이 일어나자 "쌀을 달라!"는 부녀자들의 시위가 도화선이 되어 폭발한 것이다. 미국의 일본 우선 정책은 일본의 조선 식민지화와 미국의 필리핀 지배를 상호 묵인하기로 한 가쓰라桂太郎·태프트 밀약(1905)으로 거슬러 올라간다. 이 소설에서는 이에 대한 직접적인 언급은 없으나 최준기가 바이마르에서 만난 캐서린이라는 미국 외교관 출신의 여성은 미국의 과오에 대해 한국인들에게 진심으로 반성하고 사과한다. 이러한 양심적인 미국인이 많아지면 한국에 대한 미국의 정책이 달라질까? 미국의 군산복합체가 워낙 막강한 영향력을 가지고 있으므로 그런 정책 변화가 쉽게 이루어질 것 같지는 않다. 그래도 양식 있는 시민들끼리의 소통과 대화를 통해 서서히 그런 변화를 이끌어낼 수도 있다는 것이 이 소설이 던지는 희망의 메시지가 아닐까.

내 생각으로는 바로 한국이야말로 '미국인의 환상'을 가장 잘 관찰할 수 있는 모델 케이스일 듯합니다. 1945년의 미군정이

'선의'의 점령이었다 치더라도, 그게 결국은 한반도의 분단을 고착화했다고도 볼 수 있어요. 남한의 가난을 구제해주었고 남한에 민주주의 체제를 심어준 것은 미국인의 공적이라 할 수 있겠지요. 하지만 해방 직후에 친일파가 아닌, 한국 땅에서의 당시 양심세력이라 할 수 있었던 사회주의 계열의 지식인들과 그들을 따르던 민중들을 냉전 논리로 억압하고 한국전쟁을 전후하여 제주 등지에서 죄 없는 민중들을 많이 희생시킨 잘못을 저질렀습니다. 미국적 가치가 보편적 가치이며 미국은 이 가치를 세계에 전파할 사명이 있다는 '미국인의 환상'이 저지른 중대한 과실입니다. 미국은 자국이 '세계의 경찰'이라는 환상을 버리고, '민주주의적 모범국'으로서의 자신의 모습을 세계 각국에 그냥 보여주는 것만으로도 만족할 줄 알아야 하겠습니다. 자기 자신은 군사주의, 황금 만능주의, 인종주의를 아직도 극복하지 못한 꼴이면서 세계를 지도하거나 호령하려는 것은 겸손을 잊은, 지나친 자만심의 발로이지요. 바로 여기에 미국인으로서 미안해해야 할 이유가 있는 것입니다. (269~270쪽)

꿈과 현실, 과거와 현재, 동과 서를 넘나들며 분단을 극복하고 뭇생명을 살릴 지혜를 찾아 헤매던 최준기는 귀국하는 비행기에서 이렇게 그의 소망을 밝힌다.

내 소원요? 그야 물론 클라라를 한 번 더 이 땅에서 만나, 할매 부처 앞에서 우리 둘이 국적과 남녀를 떠나 다 같은 인간으로서 서로 포용하는 것! 그리고 또 다른 소원? 19세기 초반에 독일인들도 외쳤던 바로 그 '자유Freiheit'와 '통일Einheit'! 하지만 '자유'를 핑계로 '통일'을 한없이 미루지 않고, '통일'을 지상 과제로 내세워 '자유'를 억압하지도 않는 나라! 주변 강대국에 빌붙어 '각자위심'하지 않고 천도의 상연常然으로 동귀일체同歸一體하는 국민들! (323쪽)

이제 바이마르에서 돌아온 동학의 후예를 위해 수운 선생의 가르침을 되새기며 추임새 한번 넣을 때다. "멀리 구하지 말고 너를 닦으라遠不求而修我. 어화둥둥 새날이 온다."

작가의 말

작년에 바이마르에 잠깐 다녀올 일이 있었다.

출국할 때는 기행문 비슷한 단편 하나를 쓰고자 했다. 하지만 국내외에서 바라보는 우리의 정치적 상황이 정말 입에 올리기도 싫은 저열한 소극 같아서 자연히 할 말이 많아졌고, 산문 작가로서 우선 확보해야 할 평정심이 사라지고 가슴 속에는 부질없는 진심瞋心이 가득함을 느꼈다. 그런 와중에 이만한 글이라도 간신히 써낸 게 그나마 다행일까?

늦게 작품을 쓰기 시작한 게 오히려 의미가 없지 않겠다는 생각도 간혹 들었다. 그나마 아직은 총기를 잃지 않은 노인의 시각으로 내가 살아온 시대를 한번 뒤돌아보는 그런 글쟁이도 이 복잡한 나라에는 한둘 필요할 듯했다.

얼마나 오래 기다려온 그 시간인가, 내가 남의 글을 해석하거나 번역하지 않고 직접 내 손으로 글을 쓰는 시간 말이다! 비록 몸은 노쇠하였으나, 정신이 무엇인가를 사유하고 간절히 추구하자, 몸도 같이 따라와주었다.

　이제야 알겠다, 이 작품으로 그냥 내 글쓰기를 마감할 수는 없겠다는 사실을! 이것만은 아니었다, 내가 쓰려던 것은! 벌써 눈앞에 무엇인가 어슴푸레한 형상들이 어른거린다. 그들은 저마다 새로운 형상과 의미를 얻고자 나를 향해 무엇인가를 외쳐대며 두 손을 한껏 내뻗는다. 아, 나는 그들을 생생히 살려내고 싶다, 죽음이 나를 부를 때까지!

2024년 3월 17일 새벽
낙산 도동재에서
안삼환

안삼환 장편소설: 『바이마르에서 무슨 일이』(솔출판사, 2024)

주요 인물 계보도

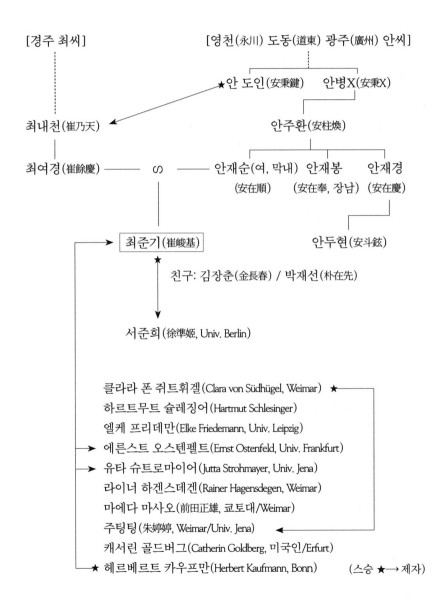

[경주 최씨]

[영천(永川) 도동(道東) 광주(廣州) 안씨]

★안 도인(安秉鍵)　안병X(安秉X)

최내천(崔乃天)

안주환(安柱煥)

최여경(崔餘慶) ── S ── 안재순(여, 막내)　안재봉　안재경
　　　　　　　　　　　　　　(安在順)　　(安在奉, 장남)　(安在慶)

최준기(崔峻基)

안두현(安斗鉉)

친구: 김장춘(金長春) / 박재선(朴在先)

서준희(徐準姬, Univ. Berlin)

클라라 폰 쥐트휘겔(Clara von Südhügel, Weimar)　★

하르트무트 슐레징어(Hartmut Schlesinger)

엘케 프리데만(Elke Friedemann, Univ. Leipzig)

에른스트 오스텐펠트(Ernst Ostenfeld, Univ. Frankfurt)

유타 슈트로마이어(Jutta Strohmayer, Univ. Jena)

라이너 하겐스데겐(Rainer Hagensdegen, Weimar)

마에다 마사오(前田正雄, 쿄토대/Weimar)

주팅팅(朱婷婷, Weimar/Univ. Jena)

캐서린 골드버그(Catherin Goldberg, 미국인/Erfurt)

★헤르베르트 카우프만(Herbert Kaufmann, Bonn)　　(스승 ★─→ 제자)

바이마르에서 무슨 일이

1판 1쇄 인쇄   2024년   5월 27일
1판 3쇄 인쇄   2024년 10월 11일

지은이   안삼환
펴낸이   임양묵
펴낸곳   솔출판사

편집   윤정빈 임윤영
경영관리   박현주

주소   서울시 마포구 와우산로29가길 80(서교동)
전화   02-332-1526
팩스   02-332-1529
블로그   blog.naver.com/sol_book
이메일   solbook@solbook.co.kr
출판등록   1990년 9월 15일 제10-420호

© 안삼환, 2024

ISBN   979-11-6020-205-2 (03810)